Mia Jakobsson

Eine Liebe zu Mittsommer

Roman

Weltbild

Besuchen Sie uns im Internet:
www.weltbild.de

Genehmigte Lizenzausgabe für Weltbild GmbH & Co. KG,
Werner-von-Siemens-Straße 1, 86159 Augsburg
Copyright © 2020 by Bastei Lübbe AG, Köln
Umschlaggestaltung: Johannes Frick, Neusäß
Umschlagmotiv: © Johannes Frick unter Verwendung eines
Motivs von iStockphoto (© RicoK69)
Satz: Datagroup int. SRL, Timisoara
Gesamtherstellung: CPI Moravia Books s.r.o., Pohorelice
Printed in the EU
ISBN 978-3-96377-516-1

2023   2022   2021   2020
Die letzte Jahreszahl gibt die aktuelle Lizenzausgabe an.

*Für
Mama, David, Jenny, Elsa,
Sabine, Dennis, Dominik,
Heike, Roland, Deborah, Eike,
Gisela, Heinz und Hannelore.*

Weil Familie das Wichtigste im Leben ist!

Liebe Leser,

vielleicht findet ihr es ein wenig befremdlich, dass sich alle Menschen in diesem Buch duzen, selbst Fremde. Aber in Schweden duzt man sich seit mehr als fünfzig Jahren, deshalb habe ich das in meiner Geschichte um Eva und Jon auch übernommen.

Die beiden sind Köche, und einige ihrer Rezepte findet ihr am Ende zum. Nachkochen.

Ich wünsche euch viel Spaß in Schweden.

Herzlichst

Mia Jakobsson

Prolog

Alles war perfekt, selbst das Wetter spielte mit. Stockholm hatte sich in eine weiße Schneedecke gehüllt. In der Luft lag immer noch der Hauch von Weihnachten, der sich jetzt mit der Freude über die Silvesternacht vermischte.

Jon hatte für seine ganz besondere Überraschung den Monteliusvägen gewählt. Es war sein Lieblingsort, seit er vor etwas mehr als einem Jahr alles am Siljansee aufgegeben hatte, um seiner großen Liebe nach Stockholm zu folgen. Von hier war selbst in der Dunkelheit die Aussicht auf Gamla Stan spektakulär. Die Lichter der Altstadt spiegelten sich im Riddarfjärden und zauberten bunte Reflexe auf die graue Wasserfläche.

Annika hatte dafür leider so gar keinen Blick. Fröstelnd schlang sie die Arme um sich. Unter der Plüschjacke trug sie lediglich ein dünnes Abendkleid, dazu offene Highheels.

»Ich dachte, wir gehen hinauf nach Mosebacke.« Sie war hörbar unzufrieden.

Jon warf verstohlen einen Blick auf seine Armbanduhr. Noch drei Minuten bis Mitternacht. Einzelne Böller waren bereits zu hören.

Genau jetzt musste er ihr die Frage aller Fragen stellen. Dann konnte sie ihm ihr Jawort geben und überglücklich in seine Arme sinken, gekrönt vom Stockholmer Feuerwerk.

Hastig zog er den Brillantring aus seiner Tasche, der ihn zwei Monatsgehälter gekostet hatte. »Annika, ich liebe dich!« Eigentlich hatte seine Stimme bewegt klingen sollen, das hatte er lange genug zu Hause geprobt. Doch jetzt schossen irgendwelche Idioten nicht weit entfernt eine ganze Serie von Knallkörpern in die Luft und Jon musste laut rufen, damit Annika ihn verstehen konnte. »Willst du mich heiraten?«

Sie schaute ihn so entgeistert an, dass er im ersten Moment glaubte, sie hätte seine Frage nicht verstanden. Ihr Blick wurde abweisend. »Spinnst du? Nein, ich will dich nicht heiraten!«

Ihre Augen glänzten gierig, als sie auf den Ring in seiner Hand schaute, doch an ihrer Entscheidung änderte das nichts. »Niemals!«, bekräftigte sie ihre Absage, drehte sich um und machte sich schimpfend an den Abstieg. »Und für so einen Blödsinn musste ich den ganzen vereisten Weg nach oben steigen?«

Das Feuerwerk über Stockholm brach los und untermalte ihren Abgang in bunten Fontänen.

Jon schaute ihr fassungslos nach. Ganz fest umklammerte seine Hand den Ring, während sein Herz zerbrach. Plötzlich schien das Schmuckstück in seiner Hand zu brennen, Jon konnte es kaum ertragen. Er wandte sich um, holte aus und schleuderte den wertvollen Ring weit von sich fort.

VIER MONATE SPÄTER

Kapitel 1

... Bertil stieß einen tiefen Seufzer aus, doch Kommissar Lars Dahlström lachte nur. »Der Täter sitzt hinter Gittern, meine Arbeit ist getan.« Mit einer knappen Verbeugung wandte er sich um und ging aus dem Zimmer.

Eva tat es Bertil gleich und stieß einen tiefen Seufzer aus. Dann schloss sie die Augen und wartete darauf, dass die Spannung in ihrem Körper wenigstens ein bisschen nachließ.

Es war vollbracht. Mit exakt einem Monat Verspätung hatte sie ihren Kommissar Dahlström zusammen mit seinem trotteligen Assistenten Bertil den Mordfall lösen lassen. Ihr Manuskript war vollendet und sie war nicht mehr der erfolgreiche Schriftsteller Mikael Käkelä, sondern ausschließlich die Hotelbesitzerin Eva Berglund aus Torsby. Aus der Nähe von Torsby, um genau zu sein. Ihr kleines Familienhotel befand sich direkt am Ufer des Sees Övre Brocken.

Erleichterung über die Fertigstellung ihres Manuskripts empfand Eva noch nicht. Im Gegenteil, es tat wie immer weh, sich von den vertrauten Figuren zu trennen. Sie hinaus in die Welt zu schicken und sie dort nicht nur ihrem Schicksal, sondern vor allem der Gunst ihrer Leser zu überlassen.

Nun ja, noch hatte sie es nicht in die Welt geschickt. Eva öffnete die Augen und schrieb das letzte Wort unter exakt dreihundertzwanzig Seiten ihres neuen Kriminalromans:

Ende!

Sie verfasste eine Mail an ihre Lektorin, fügte das Manuskript als Anhang bei und schickte sie zu ihrem Verlag nach Stockholm. Es würde sie nicht wundern, wenn Linn sich gleich noch meldete – sie wusste, dass sie oft lange im Büro war, manchmal auch an Wochenenden und Feiertagen. Linn hatte keine Familie. Die Lektorin lebte für ihre Arbeit und die Autoren, die sie betreute. Und richtig: Keine fünf Minuten später klingelte das Telefon.

»Es ist also verbracht«, sagte sie.

»Gott sei Dank!« Eva gähnte laut.

»Ich mache mich gleich morgen an den Text, dann bekommst du die korrigierte Fassung so schnell wie möglich zurück.«

»Lass dir ruhig Zeit«, erwiderte Eva. Im Moment hatte sie von Lars Dahlström und dessen Ermittlungen die Nase gestrichen voll.

»So viel Zeit haben wir nicht mehr.« Ein leichter Vorwurf schwang in Linns Stimme mit.

»Ich weiß!« Eva versuchte schuldbewusst zu klingen, obwohl sie sich nicht so fühlte.

»Was ist jetzt eigentlich mit deiner Aktivität als Autor Mikael Käkelä in den sozialen Medien? Wir haben doch neulich darüber gesprochen.«

»Als ich mitten im Manuskript steckte«, erwiderte Eva unwillig. »Da hatte ich andere Dinge im Kopf als Facebook und Co.«

»Facebook ist ein gutes Stichwort.« Linn lachte leise. »Die Anfragen nach Mikael Käkelä häufen sich. Er ist inzwischen so erfolgreich, dass die Leser mehr über ihn wissen wollen. Sogar ein Fernsehsender hat schon wegen eines Interviews angefragt.«

»Soll ich mir einen Bart ankleben und mit ganz tiefer Stimme sprechen?«, erkundigte sich Eva ironisch.

»Sei nicht albern«, erwiderte Linn. »Wir wären schon mit einer Autorenseite zufrieden, auf die wir die Leser verweisen können.«

»Mal sehen«, sagte Eva ausweichend. »So ganz nebenbei führe ich ein Hotel, und jetzt beginnt die Sommersaison.«

Linn ignorierte den Einwand. »Ich brauche auch ein neues Exposé.« Sie zögerte anstandshalber, bevor sie die nächste Frage stellte. »Deine Krimis sind so erfolgreich, dass wir mehr als nur einen pro Jahr herausbringen wollen. Schaffst du das?«

Zwei Bücher in einem Jahr?

Eva verschlug es im ersten Moment die Sprache. Ja, es reizte sie, aber da gab es ja auch noch ihre drei Kinder und das Hotel. Sie hatte keine Ahnung, wie sie das alles unter einen Hut bringen sollte.

Linn kannte ihre Situation und bedrängte sie nicht weiter. »Denk einfach darüber nach«, schlug sie vor. »Wir reden nach der Korrektur der aktuellen Story darüber.«

»Heute kann ich ohnehin keinen klaren Gedanken mehr fassen.« Eva lachte. »Ich brauche jetzt ein paar Tage, um mich von Mikael Käkelä wieder in Eva Berglund zu verwandeln. Danach sehen wir weiter.«

»Dann wünsche ich dir eine fröhliche Metamorphose.« Linn verabschiedete sich und beendete das Gespräch.

Eva legte das Handy auf ihren Schreibtisch. Eigentlich konnte sie den Computer jetzt ausschalten und in die Küche gehen, um noch eine Kleinigkeit zu essen. Oder ein Glas Wein trinken. Sie konnte auch gleich ins Bett gehen, die Augen schließen und endlich zur Ruhe kommen.

Stattdessen blieb sie sitzen und überließ sich völlig der Stille, die sie in ihren ersten Jahren hier gehasst und nach Svens Tod gefürchtet hatte. Inzwischen hatte sie sich mit der Stille angefreundet. Sie war ihr eine Freundin geworden in den langen Nächten, in denen sie sich in *Mikael Käkelä* verwandelte und ihren Kommissar *Lars Dahlström* ermitteln ließ. Ihre Kriminalromane spielten an der schwedischen Ostküste und waren trotz der darin erwähnten Mordopfer eher heiter angelegt. Das lag vor allem an der ironischen Art ihres Kommissars. Vielleicht sollte sie *Lars Dahlström* einmal einen Fall bescheren, der ihn ganz persönlich betraf?

Entgegen ihres Vorhabens tauchte sie in Gedanken sofort wieder in die niederen Abgründe der schwedischen Kriminalität ein. Sie ließ ihren Blick durch den Raum schweifen, ohne bewusst etwas wahrzunehmen. Erst als sie durch das Fenster ihres Büros am gegenüberliegenden Seeufer ein Feuer aufleuchten sah, kehrte sie in ihr eigenes Leben zurück. Sie stand auf und öffnete das Fenster. Von drüben waren Stimmen zu hören, das Lachen und die Gesänge, mit denen an diesem Valborgsmässoafton der Winter ausgetrieben werden sollte.

Vor vier Jahren hatten sie und Sven die Walpurgisnacht noch gefeiert. Sie waren so glücklich miteinander gewesen, bis dieser grässliche Autounfall ein paar Monate später alles zerstörte.

Hastig schloss Eva das Fenster. Sie wollte diese schmerzhaften Erinnerungen nicht zulassen.

»Hast du Lust auf eine Tasse Tee?«, unterbrach Astrid ihre Gedanken. Es war eine rhetorische Frage, denn sie hielt bereits zwei dampfende Tassen in ihren Händen, als sie das Büro betrat.

Eva lächelte. »Du kommst genau im richtigen Moment.«

»Ich weiß doch, wie du dich fühlst, wenn du dein Manuskript abgeschickt hast«, sagte sie und reichte Eva eine der Tassen.

Eva nickte. »Raus aus der Geschichte, rein in die Realität. Und heute ist Valborg. Ausgerechnet.« Waren wirklich schon vier Jahre vergangen, seit sie das letzte Mal ausgelassen mit Sven gefeiert hatte? Vier lange Jahre? Es kam ihr immer noch so vor, als wäre er erst gestern aus dem Haus gegangen, um nie mehr zurückzukehren.

Astrid nippte an ihrem Tee und schaute sie über den Rand der Tasse hinweg nachdenklich an.

»Hast du nie daran gedacht, dich noch einmal zu verlieben?«, fragte sie nach einer Weile. Wie so oft hatte sie Evas Gedanken erraten.

Eva hob abwehrend die Hände. »Was ist denn das für eine Frage? Natürlich nicht! Niemals!«, rief sie vehement. Dann atmete sie tief durch und zwang sich zu einem Lächeln. »Erzähl mir lieber, was sich in den letzten Tagen im Hotel getan hat.«

»Benny Sjöwall hat ein Zimmer gebucht. Er kommt wie immer Mitte Mai und bleibt drei Wochen.«

Eva nahm es schweigend zur Kenntnis. Benny Sjöwall war schon regelmäßig Gast im Hotel gewesen, als Sven noch lebte. Allerdings traf das auf die meisten ihrer Stammgäste zu.

»Er verehrt dich sehr«, sagte Astrid.

Eva und Benny hatten über die Jahre eine wirklich gute Freundschaft entwickelt, aber Eva gefiel die Richtung nicht, in die sich das Gespräch entwickelte. »Und was ist mit dir?«, wechselte sie eilig das Thema. »Du bist schon so lange allein. Hast du nie wieder …«

»Auf keinen Fall! Nach allem, was Dag mir angetan hat, kann ich nie wieder einem Mann vertrauen«, sagte sie leise.

»Nicht alle Männer sind so wie Dag«, wandte Eva sanft ein.

»Das stimmt. Du hattest Glück mit Sven.« Astrid lächelte wehmütig. »Es ist kaum zu glauben, dass zwei Brüder so unterschiedlich sein können.«

Vor acht Jahren hatte Dag seine Frau Astrid und die gemeinsame Tochter Elin wegen einer anderen Frau verlassen. Schon davor hatte er Astrid oft betrogen, doch sie hatte ihm jedes Mal verziehen, weil sie für Elin die Familie erhalten wollte und weil sie Dag liebte.

Astrid sprach nicht gern über Dag und die Zeit mit ihm, und so wechselte sie auch jetzt das Thema. »Nächste Woche kommen die Mädchen von ihrer Klassenfahrt zurück. Die beiden scheinen sich in Stockholm bestens zu amüsieren.«

Eva war überrascht. »Hat Elin sich etwa bei dir gemeldet? Ann hat mich nur einmal kurz angerufen, um mir zu sagen, dass sie gut angekommen sind.«

Astrid ließ ein schnaubendes Geräusch hören. »Meine Tochter meldet sich auch nicht bei mir. Wenn ich wissen will, wie es ihr geht, schaue ich auf ihre Facebookseite.«

Eva grinste. »Du stalkst deine Tochter auf Facebook?«

»Meine Tochter und deine Tochter«, gab Astrid mit schuldbewusster Miene zu. »Woher sollen wir sonst wissen, dass alles in Ordnung ist?«

Eva schielte auf ihre Tastatur.

»Komm schon«, feuerte Astrid sie an. »Ich logge mich ein und zeig dir die Bilder. Es ist ja schließlich kein Tagebuch, sondern eine öffentliche Seite.«

Nach einem kurzen inneren Kampf überwog Evas Neugier und sie deutete auf den Schreibtischstuhl. Mit wenigen Klicks hatte Astrid sich angemeldet und Elins Facebook-Seite aufgerufen.

Eva lächelte, als sie die Fotos sah. Es waren überwiegend Selfies, die Ann und Elin an verschiedenen Orten zeigten. Vor dem königlichen Schloss, das aber nur ausschnittsweise zu erkennen war. Im Freilichtmuseum Skansen, im Vasa-Museum und beim gemeinsamen Bummel mit Klassenkameraden durch Gamla Stan. Zahlreiche Bilder waren auch auf dem Monteliusvägen entstanden, hier allerdings schienen sie sich nicht so sehr für die fantastische Aussicht zu interessieren, sondern mehr für einen attraktiven Mann, den sie mehrfach fotografiert hatten.

Er war groß. Seine dunkelblonden Haare waren ein wenig zu lang, fand Eva, doch der kurz gestutzte Bart unterstrich seine markanten Gesichtszüge. Auf allen Bildern wirkte es so, als suche er etwas. Zusammen mit einem etwas rundlichen Mann mit Brille. Der war jedoch nur auf wenigen Fotos zu sehen. Es war deutlich zu erkennen, dass Elin und Ann es vor allem darauf angelegt hatten, den attraktiven Mann zu fotografieren, vermutlich ohne sein Wissen.

Astrid wies auf den Monitor. »Unsere vierzehnjährigen Töchter stehen auf ältere Männer.«

»Ältere Männer?« Eva war entsetzt. »Die sind in unserem Alter.«

Astrid grinste. »Genau.« Sie loggte sich aus, und Eva fuhr den PC herunter. »Ich gehe jetzt schlafen«, verkündete sie. Sie stand auf und umarmte Astrid. »Danke, dass du immer im richtigen Moment da bist.«

Die wispernden Stimmen ihrer Zwillinge weckten sie am nächsten Morgen. Pentii und Lotta hatten vor Kurzem ihren fünften Geburtstag gefeiert.

»Sag du Mama, dass du Hunger hast«, hörte sie Pentii sagen.

»Ich hab doch gar keinen Hunger«, behauptete Lotta.

»Hast du wohl!«

»Hab ich nicht!«

Vielleicht gehen sie ja, wenn ich die Augen nicht öffne, hoffte Eva. Sie war so unendlich müde.

Dann war es lange still, aber Eva spürte, dass die Zwillinge vor ihrem Bett standen und sie anstarrten. Sie erlebte diese Situation nicht zum ersten Mal – und meist gewannen die Zwillinge. So auch heute.

»Ihr sollt mich nicht wecken«, brummte sie mit geschlossenen Augen.

»Wir haben dich nicht geweckt«, behauptete Lotta.

»Und wieso bin ich jetzt wach?«

»Vielleicht hast du dich selbst geweckt«, vermutete Pentii.

Eva öffnete die Augen und ihr Herz quoll über, als sie die beiden in ihren teddybärgemusterten Schlafanzügen vor dem Bett stehen sah.

Lotta war mit ihren rotblonden Locken und den grünen Augen eine Miniaturausgabe von Eva, während Pentii seinem Vater immer ähnlicher wurde.

Pentii hielt Stellan, sein Rentier aus inzwischen ziemlich abgewetztem Plüsch, fest an sich gepresst. Es war ein Geschenk seines Vaters. Obwohl Pentii bei dessen Tod erst ein Jahr alt gewesen war und sich kaum an Sven erinnern konnte, war Stellan sein ständiger Begleiter. Niemals ließ er es zu, dass jemand Stellan anfasste. Das durfte nicht einmal Lotta, die ansonsten die Dominantere von ihnen war.

»Pentii hat Hunger«, sagte Lotta und schob ihn damit vor, wie so oft, wenn sie etwas haben wollte.

Pentii warf seiner Schwester einen finsteren Blick zu. »Aber nur ein bisschen«, sagte er.

Eva schlug die Decke zurück und erhob sich. Tag eins nach der Manuskriptabgabe war immer etwas mühselig, aber sie musste sich ihrem ganz normalen Alltag stellen.

Kapitel 2

Es war die Tragödie seines Lebens, dass er nicht nur die Liebe seines Lebens, sondern auch die Leidenschaft für seine Arbeit verloren hatte. Wobei Jon ehrlich zugeben musste, dass ihm der Job in der Kantine eines Stockholmer Medienhauses von Anfang an nicht gefallen hatte.

Früher, als er noch im Hotel Tällberg am Siljansee gearbeitet hatte, war das Kochen Vergnügen und Lust zugleich gewesen. Da waren die Gäste extra wegen seiner Küche ins Hotel gekommen. Er war glücklich gewesen, beruflich wie privat.

Annika Sand hatte im gleichen Hotel als Zimmermädchen gearbeitet. Sie hatte ihn vom ersten Augenblick an fasziniert. Er hatte sie geliebt, liebte sie immer noch, und bis zu seinem Heiratsantrag auf dem Monteliusvägen war er davon überzeugt gewesen, dass sie seine Gefühle erwiderte.

Lustlos öffnete Jon die Verpackungen mit den Fertiggerichten und schob sie in den Backofen. *Janssons Frestelse* stand heute auf der Speisekarte. Zum Nachtisch gab es *Milchreis*. Nur gut, dass die Namen der Gerichte auf den Verpackungen vermerkt waren, denn in allen Schalen befand sich eine weißlich pampige Masse, die durchaus verwechselt werden konnte.

Jon presste die Lippen zusammen, als er an das dachte, was er für Annika aufgegeben hatte. Seiner Stelle im Hotel Tällberg hatte er von Anfang an nachgetrauert. Nur wegen Annika war er nach Stockholm gezogen.

Na gut, schränkte er ein, ein wenig auch wegen Sten. Zumindest hatte ihm der Gedanke an seinen Freund aus Kindertagen den Abschied vom Siljansee leichter gemacht.

»Wovon träumst du gerade, Erlandsson? Hast du ein Problem?«

Die Stimme seines Chefs riss Jon aus seinen Gedanken. Es war eine üble Angewohnheit Ronny Hellstens, seine Mitarbeiter ausschließlich mit dem Nachnamen anzusprechen. Sein Lächeln wirkte freundlich, seine babyblauen Augen unter dem hellblonden Haarschopf schauten ihn arglos an.

Jon ließ sich dadurch nicht mehr täuschen. Ronny Hellsten war ein unangenehmer Zeitgenosse. Außerdem war er ein miserabler Koch und erlaubte in der Kantinenküche nicht den geringsten Hauch von Kreativität.

»Ich habe kein Problem.« Jon zeigte auf die Aluschale. »Ich muss das ja zum Glück nicht essen.«

Ronny lächelte freundlich, als er erwiderte: »Warum suchst du dir nicht einfach einen anderen Job, wenn es dir bei uns nicht passt?«

Jon verschwieg, dass er Ronnys Vorschlag großartig fand. Tatsächlich dachte er seit der Silvesternacht immer öfter daran, an den Siljansee zurückzukehren. Dafür sparte er jede Krone, die er erübrigen konnte. Inzwischen bedauerte er, den teuren Verlobungsring weggeworfen zu haben, anstatt ihn zurückzugeben. Dann wäre er schon längst wieder zu Hause. Oft hatte er mit Sten auf dem Monteliusvägen nach dem Ring gesucht, auch wenn er nicht mehr wirklich damit rechnete, ihn zu finden.

Jetzt grinste er Ronny lediglich an und erledigte schwei-

23

gend seine Arbeit. Er musste hier weg, bevor ihn sein monotoner Job völlig abstumpfte. Zumindest lenkte er ihn ein bisschen ab.

Er hatte Annika seit der Silvesternacht nicht mehr gesehen. Ein paar Mal hatte er sie angerufen, doch sie hatte ihn jedes Mal weggedrückt. Es tat immer noch weh …

»Erlandsson, du hilfst vorn bei der Essensausgabe«, ordnete Ronny eine halbe Stunde später an.

Jon zuckte gleichgültig mit den Schultern und kam der Aufforderung nach, obwohl das, nicht zu seinen Aufgaben gehörte. Er war Koch, aber das, was er hier zubereitete, hatte auch kaum etwas mit Kochen zu tun.

Alle Tische in der Kantine waren besetzt. Jon wunderte sich nicht zum ersten Mal darüber, dass sich so viele Menschen mit aufgewärmtem Convenience Food zufriedengaben. Niemand beachtete ihn, als er die Teller der Menschen füllte, die am Tresen vorbeizogen. Alle waren so sehr von ihrer Wichtigkeit erfüllt, von den Nachrichten, die wöchentlich in den hier produzierten Boulevardzeitungen standen.

In seiner Pause schrieb er eine SMS an Sten: *Ich suche heute noch einmal nach dem Ring. Kommst du mit?*

Sten antwortete sofort: *Tut mir leid, aber ich habe einen neuen Auftrag. Ich brauche das Geld!*

Kein Problem!, schrieb er zurück.

Sten arbeitete freiberuflich als Software-Entwickler und verbrachte unendlich viel Zeit vor dem Computer. Für Jon war das unvorstellbar, ebenso wie ein ganzes Arbeitsleben in der Kantine. Stumpf erledigte er seinen Job, bis er endlich Feierabend hatte.

»Was machst du da?«

Er kannte die Stimme nur zu gut. Langsam drehte er sich um. Annika stand vor ihm, in ihren Augen lag etwas Lauerndes.

»Ich suche den Verlobungsring«, beantwortete er ihre Frage.

»Er ist weg? Bist du ganz sicher, dass du ihn verloren hast?«, fragte sie mit einem süffisanten Lächeln.

»Ich habe ihn weggeworfen«, gab Jon zu. »Ich war wohl …«, er stockte kurz, bevor er fortfuhr, »… ein wenig enttäuscht.« Das war die Untertreibung des Jahrhunderts, aber selbst er besaß noch einen Hauch von Stolz und war nicht bereit zuzugeben, wie sehr sie ihn verletzt hatte. So sehr, dass es ihn jetzt überraschte, wie wenig ihn die unerwartete Begegnung berührte.

»Und jetzt brauchst du ihn wieder?« Sie grinste amüsiert. »Hast du eine neue Freundin?«

»Nein. Ich will zurück an den Siljansee.« Jon war jetzt richtig wütend. »Zurückgeben kann ich den Ring ja nicht, nachdem er monatelang hier herumlag. Aber ich kann ihn verkaufen. Immerhin hat mich das verdammte Ding zwei Monatsgehälter gekostet.«

Er hörte, wie sie Luft holte, und sah die Gier in ihrem Blick. »Wow!«, stieß sie hervor und grinste selbstgefällig. Jon hatte das Gefühl, dass der Wert des Ringes sie regelrecht erfreute. Es versetzte sie offensichtlich in Hochstimmung, dass er so viel Geld für sie ausgegeben hatte. Was ihn nur in seiner Annahme bestätigte, dass es ihr eigentlich nie um ihn gegangen war. Der zurückgewiesene Heiratsantrag, all die unbeantworteten Anrufe … »Hast du mich eigentlich je geliebt?«, stellte er die Frage, die ihn in den letzten Monaten beschäftigt hatte.

»Es war ganz nett mit dir, aber im Grunde bist du ein schrecklicher Langweiler. Ich habe dir nie etwas vorgemacht. Du hast gewusst, dass ich nach Stockholm wollte, um hier Karriere zu machen.« Sie stellte sich in Pose und reckte das Kinn. »Ich habe hier übrigens gleich ein Fotoshooting.«

Das erklärte immerhin, wieso sie auf dem Monteliusvägen war.

»Ich weiß immer noch nicht, wie deine sogenannte Karriere aussehen soll. Du warst Zimmermädchen. Das ist ein guter, ehrlicher Job und …«

Sie unterbrach ihn mit einem freudlosen Lachen. »Ich weiß, dass dir das genügt. Mir aber nicht!«

Jon schnaubte. »Warum hast du mir das nicht gesagt, bevor ich alles für dich aufgegeben habe, um mit dir nach Stockholm zu ziehen?«

Annika lächelte geziert. »Du wolltest doch unbedingt mitkommen.«

»Weil ich dachte, dass wir uns lieben!«

Annika holte tief Luft, doch bevor sie etwas sagen konnte, tauchte ein Mann in schwarzer Kleidung auf. Seine blonden Haare fielen zum Pferdeschwanz gebunden lang über seine Schulter. In der Hand hielt er eine teure Kamera.

»Arvid!« Annika freute sich sichtlich, ihn zu sehen.

»Das ist Arvid. Er ist Fotograf«, stellte sie ihn sofort Jon vor. »Und das ist Jon. Ein Bekannter.«

Dass sie ihn als *Bekannten* präsentierte, schmerzte Jon fast ebenso wie ihre Reaktion auf seinen Heiratsantrag.

Jon nickte Arvid knapp zu. »Wir kennen uns.«

Er schaute ihn überrascht an. »Tut mir leid, ich kann mich nicht erinnern.«

»Ich koche in der Kantine des Medienhauses in der Vasagatan«, erklärte Jon. »Ich habe dich da schon ein paar Mal gesehen«, fügte er hinzu.

»Ach so!« Arvid verlor augenblicklich das Interesse und wandte sich Annika zu. Er musterte sie von Kopf bis Fuß und schnalzte anerkennend mit der Zunge. »Du siehst toll aus! Lass uns anfangen.«

Annika nickte Jon zum Abschied lediglich kurz zu, dann konzentrierte sie sich ausschließlich auf Arvid.

»Frauen!«, stieß Sten abfällig hervor, nachdem Jon ihm von der Begegnung erzählt hatte.

Sten war sein bester Freund, aber eigentlich wusste Jon ziemlich wenig von ihm, seit sich ihre Wege vor ein paar Jahren getrennt hatten. Sten war vor fünf Jahren nach Stockholm gezogen, auch wegen einer Frau. Er sprach nie darüber, was passiert war und wieso er und diese Frau sich getrennt hatten. Jon kannte nicht einmal ihren Namen. Jetzt schämte er sich ein wenig, weil er sich in den vergangenen Jahren kaum um seinen Freund gekümmert hatte.

»Das kannst du laut sagen. Irgendwie haben wir beide offenbar kein Händchen dafür.« Jon seufzte. »Was ist eigentlich bei dir damals passiert?«, wagte er dann zu fragen.

Sten zuckte mit den Schultern. »Keine Ahnung, irgendwie war es nach kurzer Zeit vorbei.«

»Vielleicht sitzt du einfach zu viel am PC.« Jon sah sich in dem großen Raum um, der eigentlich als Wohnzimmer gedacht war. Mitten im Zimmer standen zwei Schreibtische aneinandergerückt. Darauf waren drei große Monitore und zwei aufgeklappte Notebooks platziert. Sten umrundete die Tische gern auf seinem Schreibtischstuhl, um von einem PC zum nächsten zu gelangen.

An der Längswand stand ein altes Sofa, auf dem Jon jetzt Platz genommen hatte. Mehr Möbel gab es in diesem Raum nicht.

»Und besonders gemütlich ist es hier auch nicht«, fügte Jon hinzu.

Sten hob nun ebenfalls den Kopf und schaute sich um. »Ich habe auch schon überlegt, ob ich mir einen Eimer Farbe besorgen soll.«

Jon musste lachen. »Ich fürchte, ein bisschen Farbe reicht da nicht.«

Sten zuckte mit den Schultern. »Ich fühle mich hier sehr wohl.«

»Du bist ja auch ein unverbesserlicher Nerd.«

In diesem Augenblick wurde die Tür, die nur angelehnt war, aufgestoßen, und Stens Kater Curt huschte lautlos ins Zimmer, sprang aufs Sofa und enterte die Rückenlehne. Er duckte sich ein wenig, als er zu Jon schlich und wenige Schritte vor dessen Kopf in Lauerstellung ging.

Jon fand den Kater unheimlich. Jedes Mal, wenn er Jon besuchte, hatte er das Gefühl, dass Curt mit seinen Besuchen nicht einverstanden war.

Curt war das Ergebnis der kurzen Unaufmerksamkeit einer Ragdoll-Züchterin. Ein ganz gewöhnlicher Hauskater hatte sich in ihr Haus geschlichen, ausgerechnet zu dem Zeitpunkt, als ihre preisgekrönte Ragdoll rollig und in der Wahl ihres Liebhabers nicht besonders wählerisch war.

Herausgekommen war Curt. Ein Einzelkind, eher eine Seltenheit bei Katzengeburten, aber dennoch höchst unwillkommen. Vielleicht hatte er sich deshalb zu einem äußerst unfreundlichen Zeitgenossen entwickelt, vielleicht lag es aber auch einfach in seiner Natur, dass er Menschen nicht besonders mochte.

Er war groß. Größer als jede Katze, die Jon jemals gesehen hatte. Der Makel seiner Abstammung war ihm nicht anzusehen, er sah aus wie seine Mutter. Helles, buschiges Fell, das ihn noch wuchtiger aussehen ließ. Die Beine und der Schwanz waren dunkel gefärbt, ebenso die Ohren und das Gesicht, in dem seine tiefblauen Augen förmlich leuchteten. Der Kater fixierte Jon und ließ ein leises Grollen hören.

»Kannst du dieses Vieh bitte aussperren, bevor es mich angreift?«

»Quatsch«, sagte Sten grob von seinem Schreibtischstuhl aus. »Ragdolls sind für ihr sanftes und freundliches Wesen bekannt.«

»Curt scheint das nicht zu wissen.« Jon erhob sich vorsichtshalber, als der Kater jetzt mit dem Schwanz peitschte. Er hatte gelesen, dass dies bei Katzen kein Zeichen von Freundlichkeit war.

Curt enterte augenblicklich den Platz, auf dem Jon gesessen hatte. Sein Blick wirkte jetzt hochmütig und triumphierend.

Jon nahm an der anderen Seite des Sofas Platz. Sofort erhob sich Curt und schritt drohend auf ihn zu.

»Vergiss es!«, zischte Jon ihn an. »Diesmal bleibe ich sitzen.«

Als hätte Curt seine Worte verstanden, drehte er um und

stolzierte zurück zur anderen Sofaseite. Dort legte er sich nieder, ließ Jon aber nicht aus den Augen. Hin und wieder stieß er ein leises Grollen aus, während sein Schwanz unablässig hin und her peitschte.

Jon runzelte die Stirn. »Vielleicht klappt dein Liebesleben besser, wenn du diese Bestie loswirst.«

»Bei dir klappt es doch auch ohne Kater nicht«, konterte Sten trocken. »Ich werde mich niemals von Curt trennen. Er ist das einzige Lebewesen, das immer für mich da ist.«

Jon starrte ihn betroffen an. Die Worte zeigten deutlich, wie einsam Sten im Grunde war, und Jon nahm sich fest vor, sich in Zukunft mehr um seinen Freund zu kümmern. Sie konnten so viel miteinander unternehmen …

Aber was? Welche Gemeinsamkeiten gab es noch zwischen ihnen? Sten betrieb keinen Sport, dafür aß er gerne. Und wenn er auch nicht unbedingt dick war, so war ihm diese Vorliebe deutlich anzusehen.

»Was hältst du davon, heute Abend mit mir in einen Club zu gehen?«, schlug Jon vor.

Sten schaute ihn überrascht an. »Was soll ich denn da?«.

»Abhängen, das Leben genießen, ein bisschen tanzen«, zählte Jon auf. »Und vielleicht lernen wir ein paar nette Mädels kennen, die uns unseren Liebeskummer vergessen lassen.«

»Ich kann nicht tanzen«, lehnte Sten ab. »Und Liebeskummer habe ich schon lange nicht mehr.«

»Dann lass uns einfach nur miteinander Spaß haben.«

Sten hob abwehrend die Hände. »Ich mag keine Clubs, das ist nichts für mich. Außerdem ist heute Montag!«

So leicht gab Jon sich nicht geschlagen. »Wie wäre es dann mit Sport? Joggen, schwimmen …«

»Kino!«, fiel Sten ihm ins Wort. »Lass uns ins Kino gehen, wenn du unbedingt etwas mit mir unternehmen willst.«

Jon war sofort einverstanden. Er liebte Actionfilme und Science-Fiction.

Sten machte sich im Internet auf die Suche und fand einen Actionfilm, den sie beide sehen wollten. Allerdings lief der erst am Donnerstag an, was Sten nach eigener Aussage ganz recht war. Er gestand Jon, dass er heute keine Lust mehr hatte, seine Wohnung zu verlassen.

Jon hob mahnend den Zeigefinger. »Keine Hoffnung – ich werde unsere Verabredung bis Donnerstag nicht vergessen haben. Ich hole dich pünktlich um 19 Uhr ab.«

Kapitel 3

»Stockholm ist sooo toll!« Ann flog Eva um den Hals. »Wie konntest du da wegziehen?«

»Ich habe mich in deinen Vater verliebt.« Eva drückte ihre Tochter fest an sich. »Schön, dass du wieder zu Hause bist. Wir haben dich vermisst.«

»Ich nicht!«, war Lottas Stimme zu hören. Das Mädchen hatte ihre Arme vor der Brust verschränkt und schaute Ann finster an. In ihrem Gesicht war keine Spur von Wiedersehensfreude zu erkennen.

Pentii dachte eher praktisch. »Hast du mir was mitgebracht?«

Ann löste sich aus Evas Umarmung. »Ich habe euch beiden etwas mitgebracht, aber Geschenke gibt es nur für Geschwister, die sich freuen, weil ich wieder zu Hause bin.«

»Ich freue mich«, behauptete Pentii mit unbewegter Miene. »Was hast du mir denn mitgebracht?«

Lotta sagte kein Wort. Sie reckte stur das Kinn in die Höhe und blickte ihre Schwester herausfordernd an.

Ann stemmte die Hände in die Hüften. »Du freust dich also überhaupt nicht? Soll ich wieder verschwinden?«

»Nimmst du mein Geschenk dann mit?« Pentii blickte seine große Schwester ängstlich an.

Ann lachte und lief zur Tür, wo sie ihren Rucksack achtlos auf den Boden geworfen hatte. Sie kramte eine Weile darin herum, zog Kleidungsstücke heraus, die sie auf den Boden fallen ließ, und zog schließlich ein Päckchen hervor, das sie ihrem Bruder reichte. »Für dich.«

Pentii zog das Papier darum ab und riss beim Anblick der Verpackung vor Freude die Augen weit auf. »Ein Angelspiel! Das habe ich mir so gewünscht.«

»Ich weiß.« Ann ging vor ihrem Bruder in die Hocke. In ihrem Gesicht lag all die Zuneigung, die sie für den Kleinen empfand. »Ich habe das in einem Stockholmer Spielwarengeschäft gesehen und es sofort für dich gekauft.«

Eva beobachtete, dass Lotta jetzt angespannt wirkte. Sie war sicher, dass sie eifersüchtig war, und empfand Mitleid mit ihr, weil sie so einsam und verloren dastand. Doch Lottas Miene blieb unbewegt, selbst als Ann ihr zulächelte und ihr damit zu verstehen gab, dass sie nicht wirklich böse auf sie war.

Ann erhob sich und kramte erneut in ihrem Rucksack, aus dem sie nach kurzer Zeit ein weiteres Päckchen hervorzog. Sie reichte es Eva. »Ich habe dir auch etwas mitgebracht«, sagte sie.

Eva freute sich. Das Päckchen fühlte sich weich an, wie ein Stück Stoff. Als sie es öffnete, befand sich darin ein Seidentuch in changierenden Grüntönen.

»Das ist wundervoll!« Eva legte sich das Tuch gleich um.

»Und es passt ganz toll zu deinen grünen Augen.« Ann klatschte begeisterte in die Hände. »Elin hat das gleiche Tuch in Blau für Astrid gekauft.«

»Vielen Dank, ich freue mich sehr.« Eva umarmte ihre Tochter und flüsterte ihr dabei ins Ohr: »Sei bitte nicht so hart mit Lotta.«

Ann nickte ihr lächelnd zu, als Eva sie losließ, und ging

ein drittes Mal zu ihrem Rucksack. »Ich hab natürlich auch was für eine kleine Schwester, die sich nicht darüber freut, dass ich wieder zu Hause bin.«

Lottas Miene entspannte sich trotz des Seitenhiebs und sie ließ ihre Arme, die sie immer noch vor der Brust verschränkt hatte, sinken. Ihre Augen strahlten auf, als sie sah, was Ann für sie gekauft hatte.

»Ein Kätzchen!« Glücklich schloss sie die kleine Plüschkatze in ihre Arme.

»Das war auch eingepackt«, sagte Ann, »aber das Geschenkpapier ist zerrissen und hat sich gelöst.«

»Das ist egal.« Lotta umschlang Anns Hüfte mit beiden Armen. »Jetzt freue ich mich doch ein bisschen, dass du wieder da bist.«

Ann strich ihrer Schwester über den Kopf. »Ich weiß«, sagte sie leise.

Eva wusste, dass sie ihre kleinen Geschwister von ganzem Herzen liebte. In der ersten Zeit nach Svens Tod waren es oft die Zwillinge gewesen, die ihr selbst und auch Ann die Kraft gaben, den Schmerz auszuhalten. Sven und Eva hatten sich nach Anns Geburt so sehr weitere Kinder gewünscht, doch es hatte nie geklappt. Erst nachdem sie jede Hoffnung aufgegeben hatten, wurde Eva erneut schwanger. Ihre Freude war groß, vor allem, als sie erfuhren, dass sie Zwillinge bekommen würden.

Jetzt ließ Lotta ihre große Schwester los und betrachtete ihre Katze. »Die ist so schön und die bleibt jetzt immer bei mir. Aber ich möchte ja noch lieber eine echte Katze.« Ihr Blick flog zu Eva.

»Du weißt, dass das nicht geht«, begann Eva. Es tat ihr

selbst leid, dass sie ihrer Tochter diesen Herzenswunsch nicht erfüllen konnte. »Aber …«

»… die Gäste«, fielen ihr alle drei Kinder ins Wort.

Eva atmete tief durch. »Ich würde dir so gern ein Kätzchen schenken«, sagte sie zu Lotta. »Aber Frau Öberg leidet an einer schlimmen Tierhaarallergie.«

Camilla Öberg gehörte zu einer Gruppe von Bewohnern eines Altenheims in Nacka, die seit Jahren jeden Frühsommer im Hotel Berglund verbrachte. Das Hotel lebte von den Stammgästen, die jedes Jahr bei ihr einkehrten, und Eva konnte es sich nicht leisten, einen von ihnen zu verlieren. Obwohl es ihr finanziell inzwischen weitaus besser ging, seit sie ein zweites Leben als *Mikael Käkelä* führte.

»Ist schon gut, Mama«, gab Lotta großmütig nach. »Frau Öberg ist ja schon alt. Kriege ich eine Katze, wenn sie tot ist?«

Eva setzte zu einer Antwort an, doch in diesem Moment kam Astrid ins Zimmer. Sie trug ihr blaues Halstuch und lachte, als sie das Tuch von Eva sah. Gleich darauf wurde ihre Miene jedoch ernst.

»Ich habe gerade einen Anruf bekommen: Monica und Ove Jönsson kommen schon am Samstag!«

Eva erschrak. »Aber die kommen doch sonst immer erst im August!«

»Ja, aber Ove muss sich von einem Herzinfarkt erholen, und das kann er am besten hier. Deshalb kommen sie schon jetzt. Für sechs Wochen. Monica hat mir mitgeteilt, dass ihr Mann sehr viel Ruhe braucht.«

»Dann kommt er am besten allein«, entfuhr es Eva.

Astrid schmunzelte. »Das war auch mein erster Gedanke.«

Eva seufzte. »Vor uns liegen anstrengende Wochen.«

»Sieh es positiv«, riet ihr Astrid. »Dann haben wir den Putzteufel Monica für dieses Jahr hinter uns. Und genug Erfahrungen gesammelt für den Umgang mit Mats und Jimmy. Die haben ab Juni gebucht.«

»Party!«, rief Ann sofort fröhlich.

»Auf keinen Fall!« Astrid schaute ihre Nichte streng an. »Ich habe den beiden unmissverständlich klargemacht, dass ich sie sofort aus dem Haus werfe, wenn sich die Vorfälle des vergangenen Jahres wiederholen.«

Die Studenten hatten die vergangenen Semesterferien als eine nicht enden wollende Party betrachtet, die für sehr viel Unruhe im Hotel Berglund gesorgt hatte. Es hatte Eva und Astrid viel Anstrengung gekostet, die anderen Gäste zu beschwichtigen und die ständig betrunkenen Studenten in Schach zu halten.

»Ich habe den beiden hier im Haus ein striktes Alkoholverbot erteilt und ihnen gesagt, dass sie sofort rausfliegen, wenn sich ein Gast durch sie gestört fühlt.«

»Warum hast du ihre Buchung überhaupt angenommen?«, fragte Eva unzufrieden. »Eigentlich hatten wir doch beschlossen, nie wieder Studenten aufzunehmen. Insbesondere nicht die beiden.«

»Ich hatte ja zuerst auch abgelehnt«, erwiderte Astrid zerknirscht. »Aber Mats hat auf eine so charmante Art gebettelt, dass ich einfach nicht bei meinem Nein bleiben konnte. Er hat mir versichert, dass er und Jimmy dieses Jahr keinen Alkohol trinken. Jedenfalls nicht hier im Hotel.«

»Du bist viel zu gutmütig«, sagte Eva.

Astrid erwiderte ihr Lächeln. »So wie du.«

»Haben wir weitere Reservierungen?«

»Ein paar.« Astrid seufzte. »Komplett ausgebucht sind wir aber noch nicht. Vielleicht war es doch ein Fehler, Jimmy und Mats zuzusagen. Sie haben uns im vergangenen Jahr sehr geschadet und einige Gäste vergrault.«

»Leider nicht die Gäste, auf die ich im Moment gerne verzichten würde.« Eva dachte an Monica Jönsson und ihren Putztick, der sie alle auf Trab halten würde.

Astrid erriet offenbar ihre Gedanken. »Wir schaffen das schon.« Besonders zuversichtlich klang ihre Stimme allerdings nicht.

Eva liebte diese frühe Stunde am Morgen. Sie hatte das Fenster ihres Büros weit geöffnet und blickte über den See. Schilf und hohe Nadelbäume spiegelten sich in der Wasseroberfläche. Ebenso wie das rötliche Leuchten, mit dem die Sonne den Himmel jetzt gerade überzog. Ein früher Angler saß auf der gegenüberliegenden Seite am Ufer. Nichts war zu hören außer dem Gesang einer Amsel.

Mittlerweile liebte Eva diesen Anblick, er inspirierte und beruhigte sie gleichermaßen. Das war nicht immer so gewesen, schon gar nicht zu Beginn ihrer Zeit hier.

Eva dachte an Stockholm, an die Worte ihrer Tochter. »Wie konntest du da wegziehen?«

Im ersten Jahr, als sie mit Sven hier lebte, hatte sie sich diese Frage immer wieder selbst gestellt. Damals hatte sie sich in das trubelige Stockholm zurückgesehnt, in das schöne Restaurant in Gamla Stan, in dem sie als Köchin gearbeitet hatte. Sie hatte das Großstadtleben vermisst und Angst davor gehabt, dass ihr Heimweh irgendwann ihre Liebe zu Sven zerstören könnte.

Sie hatte Sven von Anfang an im Hotel unterstützt. Damals hatte sie in der Küche gestanden, er kümmerte sich um alles andere. Ihre einzige Hilfe war Svante gewesen, der damals schon in der kleinen Kammer neben der Küche wohnte. Mehr Personal als ihn und Astrid hatten sie sich damals nicht leisten können, weil Sven seinen Bruder Dag auszahlen musste.

Ursprünglich hatte das Hotel beiden Brüdern gehört, aber Dag hatte kein Interesse an dem Familienerbe gezeigt und lieber als Fotograf arbeiten wollen. In dieser Zeit hatte sich die enge Freundschaft zwischen Astrid und Eva entwickelt. Sie wurden gleichzeitig schwanger, ihre Töchter wurden kurz nacheinander geboren, wuchsen miteinander auf und wurden wie ihre Mütter beste Freundinnen. Doch während für Sven nichts wichtiger war als seine kleine Familie, wurde es Dag in Torsby zu eng. Ihn zog es immer wieder weg.

Eva wusste, wie sehr Astrid darunter gelitten hatte. Sie hatte allerdings nie geklagt und schien nur darauf zu warten, dass Dag irgendwann erkannte, wo sein Platz war.

Vor acht Jahren kam Dag dann zum letzten Mal nach Hause. Kurz und bündig teilte er Astrid mit, dass er die Liebe seines Lebens gefunden habe und sich scheiden lassen wollte.

Eva erinnerte sich nur zu gut an diese Zeit. Astrid brach vollends zusammen. Sie hatte Dag geliebt, seine Entscheidung traf sie hart und überraschend, und es kostete sie sehr viel Kraft, in ihren normalen Alltag zurückzukehren.

Eva und Sven kümmerten sich um sie, ihre Freundschaft wurde dadurch noch enger. Als dann Jahre später dieser schreckliche Unfall passierte, war Astrid für Eva da.

Eva schloss mit einem tiefen Seufzer das Fenster und setzte sich an den Schreibtisch. Sie wollte sich nicht in diesem besonders schmerzlichen Teil ihrer Erinnerungen verlieren. Eigentlich hatte sie diese ruhige Zeit des Tages nutzen wollen, um sich Gedanken zu neuen Krimis zu machen. Als sie ihren Computer einschaltete, fand sie sofort eine Nachricht von Linn. *Nicht vergessen: Mikael Käkelä braucht eine Autorenseite!*

»Kein Problem«, sprach Eva ironisch zu sich selbst. »Ich muss nur eben erst noch ein paar Bestseller des Herrn Käkelä konstruieren.«

Sie hatte eine vage Idee im Kopf, die sich aber nicht richtig festzurren ließ. Sie dachte an ihre Lektorin, die ihr zum wiederholten Male geraten hatte, die Handlung, Personenschilderung, Zeitschiene eines neuen Buches mithilfe von Listen zu strukturieren, weil dies angeblich die Arbeit enorm erleichterte. Eva beschloss, diese Methode zumindest einmal zu versuchen. In Gedanken brachte sie ihr Opfer, einen unsympathischen Immobilienhändler, um. Aber wie?

Sie notierte diese Frage handschriftlich auf einem Blatt, überlegte weiter. Zwischendurch dachte sie darüber nach, was sie den Kindern am Abend kochen könnte. *Kartoffel-Lachs-Salat*, schoss es ihr durch den Kopf. Eilig notierte sie die Zutaten, die sie dafür noch einkaufen musste.

Wie bringe ich Jerker um?, las sie kurz darauf. *Kartoffeln*, stand gleich daneben.

Eva grinste und überlegte, wie sie den fiesen Jerker mithilfe von Kartoffeln um die Ecke bringen konnte. Weit kam sie nicht, denn die Zwillinge wachten auf. Höchste Zeit, den Frühstückstisch zu decken. Ann und Elin hatten an diesem

Tag schulfrei, also ließ Eva sie schlafen. Offiziell sollten sie sich von der Reise nach Stockholm erholen, aber Eva hegte den Verdacht, dass es vor allem die begleitenden Lehrer waren, die sich ausruhen mussten.

Nach dem Frühstück brachte Eva die Kleinen in den Kindergarten. Sie war gerade zurück und auf dem Weg vom Parkplatz zum Hoteleingang, als ihr Handy klingelte. Auf dem Display stand Bennys Name.

»Hej, Benny!«

»Hej, Eva«, grüßte Benny zurück.

»Astrid hat mir erzählt, dass du für dieses Jahr bereits gebucht hast.«

»Ja«, erwiderte er zögernd. »Da hat sich aber etwas geändert.«

»Du kommst nicht?« Eva war enttäuscht. Benny war einer der Stammgäste, auf die sie sich jedes Jahr besonders freute.

Sie hörte ihn am anderen Ende leise lachen. »Doch, aber ich würde gerne früher kommen«, sagte er. »Wenn ihr noch ein Zimmer frei habt.«

»Das wäre schön«, sagte Eva erleichtert. »Ich muss aber erst Astrid fragen, du weißt ja, dass sie für die Reservierungen zuständig ist. Wann willst du denn kommen?«

»Am Samstag.«

»Schon! Da kommen auch die Jönssons, sie haben ihren Urlaub in diesem Jahr ebenfalls vorverlegt. Was für ein Zufall!«

»Ja, wirklich.« Eva hörte an Bennys Stimme, dass er grinste. »Und mich stört Monica gar nicht so wie dich und Astrid.«

»Weil du jeden Tag mit ihrem Mann spazieren gehst.

Vielleicht ist es keine so gute Idee, dass du gemeinsam mit den beiden hier auftauchst. Denn wenn Monica sich um ihren Mann kümmern muss, hat sie keine Zeit, im Hotel nach Schmutz und Staub zu suchen und unser Personal verrückt zu machen.«

Nach seinem Herzinfarkt würde Ove kaum dazu in der Lage sein, Benny zu begleiten. Das allerdings behielt Eva für sich. Es stand ihr nicht zu, Benny über die Erkrankung eines anderen Gastes zu informieren.

»Ich brauche dringend Urlaub«, bat Benny. »Kannst du nicht ganz schnell nachschauen, ob noch ein Zimmer frei ist?«

»Ich bin auf dem Weg vom Parkplatz ins Hotel. Wenn du einen Moment in der Leitung bleibst, frage ich Astrid sofort.«

Aus dem Augenwinkel bemerkte Eva Hjalmar, der am Hinterausgang der Küche eine Zigarette rauchte. Der Koch blickte sie missmutig an und ließ den Zigarettenstummel zu Boden fallen. Während er ihn austrat, zündete er bereits die nächste Kippe an. Eva war froh, dass sie ihr Handy am Ohr hielt, das würde ihn davon abhalten, sie anzusprechen.

Hjalmar war chronisch unzufrieden und ließ keine Gelegenheit aus, sich lautstark zu beschweren. Es passte ihm nicht, dass er beständig alleine mit der Aushilfe Karolina und dem Auszubildenden Jakob in der Hotelküche arbeiten musste. Er forderte, dass Eva als ausgebildete Köchin tagtäglich mit einsprang. Doch zumindest außerhalb der Saison war die Arbeit gut zu bewältigen, und Eva hatte in den letzten Wochen wegen ihrer Schriftstellerei wenig Zeit für die Küche gefunden. Nicht umsonst legte sie ihre Abgabeter-

mine stets so, dass sie im Herbst und Winter schrieb und in
den Sommermonaten in der Küche half. Aber Hjalmar me-
ckerte ständig, und weder Astrid noch Eva nahmen seine Weh-
klagen ernst. Eva winkte ihm kurz zu, doch er reagierte nicht.

»Bist du noch da?«, fragte Benny.

»Ich betrete gerade das Hotel. Astrid ist zum Glück an der
Rezeption«, erwiderte Eva.

Astrid tippte etwas in den hoteleigenen Computer hinter
dem Tresen.

»Ich habe Benny in der Leitung.« Eva zeigte auf ihr
Handy. »Haben wir ab Samstag noch ein Zimmer frei?«

Astrid nickte, ohne nachzusehen. »Samstag kommen nur
die Jönssons.«

»Danke.« Eva wunderte sich zum wiederholten Male, dass
sie den Belegungsplan im Kopf hatte. Sie selbst könnte sich
das nicht merken. »Alles klar«, sagte sie zu Benny. »Du
kannst kommen. Wie lange willst du bleiben?«

»Am liebsten für immer.« Benny lachte. »Leider geht das
ja nicht, aber ich bleibe diesmal mindestens sechs Wochen,
wenn das möglich ist.«

»Wow! So lange!« Eva war überrascht und erfreut zugleich. »Genau wie die Jönssons.« Sie lachte. »Man könnte
fast glauben, ihr hättet euch abgesprochen.«

»Äh …«, war alles, was Benny hervorbrachte, dann lachte
er. »Ja, das ist dieses Mal wirklich lange. Aber das ist halt der
Vorteil der Freiberuflichkeit«, sagte er. »Ich sitze zwar ständig bis spätabends im Büro, bei dringenden Projekten auch
mal die ganze Nacht, aber dafür kann ich in den Sommermonaten lange und ausgiebig Urlaub machen und notfalls
auch bei euch ein bisschen arbeiten.«

Benny arbeitete als technischer Übersetzer. Eva wusste, dass die meisten seiner Aufträge aus dem Bereich Maschinenbau stammten und er Fachbegriffe in verschiedene Sprachen übersetzte, die sie nicht einmal auf Schwedisch verstand. Wenn er in Torsby war, hatte er in der Regel frei. Eva verstand sich gut mit ihm, sie hatten schon viele intensive Gespräche geführt. Benny vertraute ihr. Sie war eine der wenigen Menschen, die sein Geheimnis kannten. Dabei hatte sie selbst ihm nie verraten, dass sie die Autorin hinter dem Pseudonym Mikael Käkelä war. Ihre zweite Identität war ein Geheimnis und sollte es auch bleiben. Selbst ihre Tochter hätte davon nichts erfahren, wenn Ann und Elin nicht zufällig vor einem Jahr darauf gestoßen wären, als sie verbotenerweise Evas Computer zum Surfen benutzt hatten.

Eva wandte sich an Astrid. »Benny möchte sechs Wochen bleiben. Geht das?«

Astrid hob zustimmend den Daumen und tippte etwas in den PC. »Die Buchungsbestätigung geht gleich raus.«

»Ich habe es gehört«, sagte Benny am anderen Ende der Leitung. »Viele Grüße an Astrid, ich freue mich auf euch. Bis Samstag.«

Nachdem Eva die Betten gemacht, die Waschmaschine be- und entladen und die Wohnung grob aufgeräumt hatte, machte sie sich wieder auf den Weg ins Hotel. Wie so oft, wenn sie sich dem Haupteingang näherte, ließ sie den Anblick auf sich wirken. Das zweigeschossige Holzhaus fügte sich harmonisch in die Landschaft ein. Die gesamte obere Etage war von einem Balkon umrundet, der von allen Gästezimmern betreten werden konnte. Das Holzhaus war rot gestrichen, die Fensterrahmen weiß abgesetzt. Der Wind strich leise durch das Laub der Birken neben dem Haus.

Auch auf der Wiese hinter dem Haus schufen Birken schattige Plätze. An schönen Sommertagen konnten die Gäste hier ihre Mahlzeiten einnehmen und dabei auf den See schauen.

»Schön ist es hier.« Eva zuckte zusammen. Sie hatte Astrid nicht kommen hören, die jetzt lächelnd neben ihr stand. »Ich könnte mir nicht vorstellen, jemals irgendwo anders zu leben.«

Eva lächelte jetzt auch. »Mir geht es genauso. Auch wenn das nicht immer so war und Ann nicht verstehen kann, wie ich aus Stockholm wegziehen konnte. Aber heute gibt es keinen anderen Ort, an dem ich lieber leben möchte. Das hier ist mein Zuhause. Ich verbinde so viele Erinnerungen mit diesem Ort. Hier habe ich meine Kinder bekommen.«

»Das heißt, wir werden hier gemeinsam alt.« Astrids Stimme klang melancholisch. Die Frauen schauten sich an, lachten gemeinsam auf.

»Davon gehe ich doch aus«, sagte Eva. »Ehrlich, Astrid«, fügte sie dankbar hinzu, »ich bin so froh, dass du hier bist. Ich wüsste nicht, wie ich ohne dich zurechtkommen sollte.«

»Das geht mir genauso. Neben Elin seid ihr meine Familie. Du, Ann und die Zwillinge. Und ich liebe meine Arbeit im Hotel. Aber mach dir nichts daraus, dass Ann sich gerade ein Leben in Stockholm wünscht. Elin spricht seit ihrer Rückkehr auch ständig davon. Sie hat mir gestern Abend erklärt, dass sie in Stockholm studieren will.«

»Du Glückliche«, erwiderte Eva trocken. »Ich würde Luftsprünge machen, wenn meine Tochter sich über so etwas wie ein Studium Gedanken machen würde. Sie spricht nur davon, dass sie reisen und feiern will, sobald sie ihr Abitur hat.«

»Immerhin will sie das Abitur machen, also sei nicht so pessimistisch«, erwiderte Astrid. »Außerdem bin ich sicher, dass es auch nicht unbedingt das Lernen ist, an das Elin denkt, wenn sie sich auf ihr Studentenleben freut.« Astrid zog eine Grimasse. »Ich fürchte, unsere studierenden Gäste, Mats und Jimmy, haben in dieser Hinsicht keinen guten Einfluss auf unsere Töchter ausgeübt.«

Sie beschlossen, gemeinsam noch einen Kaffee zu trinken. Im Restaurantbereich trafen sie auf Ann und Elin, die sich ein spätes Frühstück schmecken ließen, das ihnen Hjalmar servierte, der wie üblich schlecht gelaunt war. Seine Miene wurde nicht freundlicher, als Eva und Astrid sich nun ebenfalls an den Tisch setzten.

»Der wird auch immer unfreundlicher«, murrte Ann.

»Es ist auch nicht seine Aufgabe, euch zu bedienen«, erwiderte Astrid ruhig. »Das Restaurant ist ausschließlich für unsere Gäste bestimmt.«

»Wir wollten heute morgen einfach mal zusammen frühstücken«, sagte Elin. »So wie in Stockholm. Im Moment sind doch noch keine Gäste da. Hjalmar soll sich mal entspannen.«

Sie unterhielten sich eine Weile, bis Eva plötzlich eine Idee kam. Sie wandte sich an Ann und Elin. »Sagt mal, ihr habt doch beide eine Facebookseite.«

Ann ging sofort in Angriffsstellung. »Woher weißt du das?«, fragte sie scharf. »Kontrollierst du etwa meine Seite?«

»Natürlich nicht! Ich bin ja nicht mal bei Facebook.« Eva

45

versuchte, ihre Schuldgefühle zu ignorieren, dabei hatte sie sich die Seite ihrer Tochter nur einmal angeschaut. Und das auch nur, weil Astrid sie dazu ermuntert hatte. Doch die wich ihrem Blick aus.

»Nein, es geht darum, dass ich von meinem Verlag dazu verdonnert worden bin, da eine Seite für Mikael Käkelä einzurichten«, sagte sie schließlich. »Es fragen so viele Leser nach ihm, dass da unbedingt etwas Öffentliches erscheinen soll. Ihr wisst schon, so eine Seite mit Buchvorstellungen. Ein bisschen was aus seinem Leben.«

Ann schaute ihre Mutter aus schmalen Augen an. »Aus seinem Leben? Es gibt ihn doch überhaupt nicht.«

»Na ja, eine erfundene Biografie.« Eva trank einen Schluck Kaffee, bevor sie weitersprach. »Ich dachte, ihr könnt mir dabei helfen, diese Seite einzurichten.«

Sie beobachtete, wie Ann und Elin sich einen Blick zuwarfen. Ann nickte, und Elin holte tief Luft. »Also, wenn du willst, führen wir die Autorenseite für dich. Mit allen Buchvorstellungen …«

»… und kleinen Begebenheiten aus seinem Leben«, ergänzte Ann grinsend. »Und was uns sonst noch so einfällt. Stimmt's, Elin?«

Elin strahlte. »Ich hätte richtig Lust dazu!«

»Ich auch«, stimmte Ann ihr sofort zu.

»Toll! Dann haben wir einen Deal?«

»Deal!«, riefen die Mädchen einstimmig.

Eva war erleichtert. Sollte sich diese lästige Sache mit der Autorenseite für sie wirklich so einfach erledigen?

»Allerdings finde ich, dass wir für die Arbeit eine kleine Erhöhung unseres Taschengeldes verdient haben«, nutzte

Ann die Gunst der Stunde. »Die Seite muss ja auch ständig gepflegt werden.«

»Wir machen das natürlich gern«, fiel Elin ein.

»Ja, natürlich bezahle ich euch dafür.« Eva nannte eine Summe, und die Mädchen schauten sich begeistert an.

»Abgemacht!«, sagte Ann hastig, bevor sie es sich anders überlegen konnte.

»Dafür machen wir das gern«, bestätigte Elin eifrig. »Komm Ann, wir gehen zu mir und machen uns sofort an die Arbeit.«

»Ich fürchte, du hast keine Ahnung, worauf du dich da einlässt«, unkte Astrid, als sie mit Eva allein war.

Eva winkte ab. »Die Mädchen werden schon wissen, was sie tun. Im Gegensatz zu mir wissen sie, wie man so eine Seite einrichtet. Mich interessiert das alles nicht. Ich will einfach nur Bücher schreiben und mich nicht mit diesem ganzen Social-Media-Quatsch abgeben!«

»Hoffentlich bereust du das nicht irgendwann.« Astrid schien wirklich besorgt.

»Ich bereue nur, dass ich Ihnen so viel Geld geboten habe.« Eva grinste. »Hast du ihre überraschten Gesichter gesehen? Aber eigentlich bezahle ich das gerne. Ich bin froh, dass ich damit nichts zu tun habe.«

Und so begann Mikael Käkeläs virtuelles Leben.

Mikael Käkelä

Mikael Käkelä
Autor

»Und jetzt?« Ann starrte auf die drei Worte, die sie geschrieben hatte.

Elin zuckte mit den Schultern. »Ich habe es mir einfacher vorgestellt.«

»Na ja, immerhin haben wir schon den Account angelegt, jetzt müssen wir ihn nur noch mit Leben füllen.« Anns Hände schwebten über der Tastatur, während sie auf eine Eingebung wartete.

»Warum wollen die Leute überhaupt etwas über einen Schriftsteller wissen? Sie sollen seine Bücher lesen. Basta!«, beschied Elin.

Ann strahlte. »Coole Idee!«, rief sie und begann dann zu schreiben:

Liebe Leser! Von meinem Verlag erfuhr ich, dass ihr mich kennenlernen wollt.

Ich frage mich: Ist das wirklich wichtig? Sollten nicht die Geschichten im Vordergrund stehen, die ich erzähle?

Aber gut, ich komme eurem Wunsch gerne nach und lasse euch auf dieser Seite ein bisschen an meinem Leben teilhaben.

»Super!« Elin applaudierte. »Das klingt richtig erwachsen.«

Angestachelt durch dieses Lob fuhr Ann fort:

Ich wurde an einem eiskalten Wintertag irgendwo ganz hoch oben im Norden geboren. Nein, ich sage euch nicht, wann das war. Auch ein Schriftsteller ist eitel und verrät sein Alter nicht gern.

Nachdenklich legte Ann die Stirn in Falten. »Hoffentlich denken die Leute jetzt nicht, dass der uralt ist.«

»So ganz jung kann der aber auch nicht mehr sein«, wandte Elin ein. »Das passt nicht zu den Büchern, die er schreibt. So alt wie deine Mutter muss er also auf jeden Fall sein.«

»So alt!«, entfuhr es Ann. »Ich hab mir den aber jünger vorgestellt.«

»Deine Mutter *ist* Mikael Käkelä«, erwiderte Elin.

»Ja, aber *mein* Mikael Käkelä sieht nicht so aus wie meine Mutter.« Ann wies auf den Monitor.

»Apropos: Wir brauchen ein Foto«, gab Elin zu bedenken.

Sie schauten sich an und hatten gleichzeitig eine Eingebung.

»Der Typ vom Monteliusvägen«, rief Elin.

»Ja!«, stimmte Ann begeistert zu. »Der ist zwar auch schon mindestens so alt wie Mama, aber der sieht trotzdem cool aus.«

Sie verglichen die Fotos, die sie mit ihren Handys gemacht hatten, suchten das beste aus, schnitten es am Rechner zurecht und hatten schließlich das perfekte Profilfoto von Mikael Käkelä. Sie luden es hoch, Ann ergänzte ihren geschriebenen Text mit der Vorstellung der Bücher, die Eva bereits geschrieben hatte, und schaltete die Seite dann frei.

Es dauerte keine halbe Stunde, bis die erste Reaktion erfolgte: Eine Userin namens Malin likte das Foto und schrieb einen Kommentar darunter. *Ich bin dein größter Fan und habe alle Bücher von dir gelesen. Wow, du siehst toll aus.*

Ann und Elin schauten sich begeistert an und klatschten ihre Hände gegeneinander.

»Mama wird sehr zufrieden sein«, prophezeite Ann.

»Hoffentlich!« Elin schien nicht so ganz überzeugt. »Lass uns erst noch ein paar Reaktionen abwarten, bis wir ihr die Seite zeigen.«

Ann sagte nichts, sondern starrte nur auf den Monitor. Sprachlos wies sie auf die Anzeige, die besagte, dass die Seite in rasender Geschwindigkeit gelikt und sogar geteilt wurde. Offensichtlich war das Interesse an dem Schriftsteller weitaus größer, als sie alle vermutet hatten.

Kapitel 4

»Ich kann nicht mit dir ins Kino gehen«, hallte Stens Stimme aus Jons Telefon. »Curt ist weg!« Er klang verzweifelt, was Jon allerdings nicht wirklich registrierte.

»Gott sei Dank!«, stieß er hervor. Dann starrte er verwundert auf sein Handy: Sten hatte einfach aufgelegt. Offensichtlich war er beleidigt. Als Jon ihn sofort zurückrief, meldete sich nur die Mailbox.

»Tut mir leid«, entschuldigte sich Jon. »Ich habe nur an die curtfreie Zone gedacht und dabei völlig vergessen, dass du an ihm hängst. Also, ich fände es durchaus angenehm, nicht mehr von ihm bedroht zu werden, wenn ich bei dir bin. Trotzdem helfe ich dir natürlich bei der Suche.«

Sten ließ ihn zappeln. Es dauerte eine geschlagene Viertelstunde, bis er anrief. Er sprach, bevor Jon etwas sagen konnte, und in seiner Stimme lag tiefer Groll. »Das erwarte ich auch! Ich habe mit dir bis letzte Woche nach diesem blöden Ring gesucht.«

»Dann hoffe ich, dass wir auf der Suche nach dem blöden Kater erfolgreicher sind. Ich komme, sobald ich Feierabend habe.«

»Hoffentlich ist Curt bis dahin nicht tot«, erwiderte Sten düster. »Überfahren oder so. Er kennt sich da draußen doch überhaupt nicht aus.«

Jon machte sich wieder an die Arbeit. Während er Kartoffeln aus dem Glas erwärmte, überlegte er, wo sie nach Curt suchen sollten. Sten wohnte in der Odengatan. Nicht weit von seiner Wohnung entfernt war der Vasaparken. Vielleicht genoss Curt da gerade seine Freiheit, jagte Mäuse und vertrieb Passanten von den Parkbänken. Überrascht stellte Jon fest, dass er sich jetzt tatsächlich Sorgen um den Kater machte. *Natürlich nur wegen Sten*, redete er sich selbst ein.

Er war immer noch in Gedanken versunken, als Ronny ihn auch an diesem Tag zur Essensausgabe schickte. Jon nahm es hin. Es war ohnehin sinnlos zu protestieren, und letztendlich war es ihm inzwischen egal, ob er die Fertigmahlzeiten aufwärmte oder auf die Teller gab.

Er spulte teilnahmslos seinen Dienst ab, bis die Serviererin Sigrid ihn leicht anstieß und raunte: »Warum gucken die dich alle an?«

Jon hob den Kopf und stellte fest, dass er tatsächlich im Fokus der Aufmerksamkeit stand. Unwillkürlich rückte er die weiße Kappe auf seinem Kopf zurecht, die er während der Arbeit trug. »Habe ich vielleicht etwas im Gesicht?«, fragte er Sigrid.

Sie musterte ihn gründlich. »Du siehst aus wie immer.«

Und dann stand Arvid in der Schlange vor ihm. Wieder ganz in Schwarz gekleidet, die langen Haare zum Pferdeschwanz gebunden. »Die Fotos mit Annika sind toll geworden.« Es war das erste Mal, dass er Jon in der Kantine ansprach.

»Das freut mich«, erwiderte Jon gleichgültig.

Arvid betrachtete ihn prüfend. »Bist du wirklich Koch?«

»Ja, eigentlich schon.« Jon verstand die Frage nicht, aber letztendlich fühlte er sich selbst nicht mehr als richtiger Koch, seit er hier arbeitete. »Wenn es dir nicht schmeckt, musst du dich bei unserem Küchenchef beschweren.« Jon wies auf Ronny, der mit ungeduldiger Miene näher kam.

»Das Essen ist super«, versicherte Arvid.

Jon nahm das kommentarlos hin. Offensichtlich hatte der Fotograf noch nie etwas wirklich Gutes gegessen.

Plötzlich lag in Arvids Blick etwas Lauerndes. »Ich habe heute morgen dein Foto auf Facebook gesehen.«

»Das kann nicht sein, ich habe keinen Account bei Facebook«, erwiderte Jon sofort.

»Ich bin mir aber ganz sicher ...«

»Jon, du wirst in der Küche gebraucht«, fiel Ronny dem Fotografen ins Wort.

Arvid war sichtlich verärgert. »Wir unterhalten uns gerade!«

»Dann verabredet euch nach Jons Dienstschluss.« Ronny sprach leise und unterstrich seine Worte mit dem gewohnt freundlichen Lächeln, hinter dem sich nichts als pure Bosheit verbarg.

»Gute Idee!« Arvid lächelte Jon zu. »Sobald du frei hast, lade ich dich auf ein Bier ein.«

Jon war überrascht, gleichzeitig verspürte er nicht die geringste Lust, sich privat mit Arvid zu treffen. Außerdem hatte er Sten versprochen, ihm bei der Suche nach Curt zu helfen. »Tut mir leid«, behauptete er, obwohl das nicht stimmte. »Ich hab schon was vor.«

Arvid ließ nicht locker. »Dann vielleicht morgen?«

»Du gehst jetzt augenblicklich in die Küche!« Ronny lächelte sanft.

»Er ist der Chef!« Grinsend deutete Jon auf Ronny, bevor er sich abwandte und den Speiseraum verließ, ohne Arvids Frage zu beantworten.

Der Bus hielt direkt am Vasaparken. Jon musste nur die Straße überqueren. Dann stand er da und hatte keine Ahnung, wo auf diesem weitläufigen Gelände er mit der Suche beginnen sollte. Bäume begrenzten rechts und links die Wege, die den Park unterteilten, einander kreuzten und mitten in der Großstadt die Illusion von Ländlichkeit schufen.

Jon wurde die Aussichtslosigkeit seines Unterfangens bewusst. Auf Stens Sofa war Curt ihm immer riesig vorgekommen, aber angesichts der Ausmaße des Parks war er doch nur ein kleiner Kater, den er niemals finden würde, wenn er nicht gefunden werden wollte.

Trotzdem rief er immer wieder Curts Namen.

Wenn Curt ihn hörte, dann reagierte er nicht. Nach einer halben Stunde gab Jon auf und ging zu Stens Wohnung. An der Eingangstür des Mehrfamilienhauses gab er den vierstelligen Zugangscode ein und stieg in den zweiten Stock hinauf. Sein Freund riss bereits nach dem ersten Klingeln die Tür auf und schaute Jon vorwurfsvoll an. »Du wolltest doch sofort nach Feierabend kommen!«

»Ich habe im Park nach Curt gesucht«, rechtfertigte sich Jon. »Ich habe ihn gerufen, aber er kam nicht.«

»Natürlich nicht.« Sten winkte ihn ungeduldig hinein. »Er kommt ja kaum einmal, wenn ich ihn rufe. Warum soll er da ausgerechnet auf dich hören?«

Jon zuckte mit den Schultern. »Ich dachte, wenn er da irgendwo hilflos und ängstlich hockt, freut er sich über eine vertraute Stimme. Selbst wenn es meine ist.«

»Ich habe eine Online-Suche nach ihm gestartet. Du kannst mir helfen, indem du den Suchtext und Curts Foto in verschiedene Foren eingibst.« Sten ging voran ins Wohnzimmer und wies auf einen der Computer. »Nimm den«, schlug er vor. »Ich habe alle Angaben in einer Datei hinterlegt.«

Sten hatte auch schon eine Menge Links zu geeigneten Plattformen herausgesucht und abgespeichert.

Jon hatte keine Ahnung, ob dieser Weg der richtige war, aber er wollte seinen Freund nicht entmutigen. Wahrscheinlich half er Sten bereits durch seine bloße Anwesenheit.

Eine ganze Weile arbeiteten sie schweigend. Sten auf der einen Seite der Schreibtische, Jon auf der anderen.

Zwischendurch überprüfte Jon, ob auf eine der von ihm eingegebenen Suchmeldungen eine Antwort eingegangen war. Er zuckte erschrocken zusammen, als Sten plötzlich einen lauten Fluch ausstieß.

»Du Arsch!«, brüllte Sten ihn an. »Das ist nicht witzig!«

So aufgebracht hatte Jon seinen Freund noch nie gesehen. »Was ist? Was habe ich gemacht?« Jon hatte keine Ahnung, was seinen Freund so erboste.

Sten hingegen starrte nur auf seinen Monitor.

Jon stand auf und trat neben ihn. Er sah augenblicklich, was Sten so sehr aufbrachte: Das Foto nahm den gesamten Monitor ein. Darauf war Curt zu sehen. Auf genau dem Foto, das er und Sten verschickt hatten, doch hier hatte es jemand bearbeitet.

Curt trug jetzt eine Sonnenbrille, im Hintergrund war der Eiffelturm zu sehen und neben Curt befand sich eine Reisetasche, aus der ein Baguette hervorschaute.

Hej då Stockholm, bonjour Paris hatte jemand darüber geschrieben.

Jon hielt sich eine Hand vor den Mund, um nicht laut

aufzulachen. »Ich schwöre dir, ich war das nicht«, presste er hervor.

Sten fuhr zu ihm herum. »Wer soll das denn sonst …« Er brach ab, setzte sich wieder an seinen Computer und tippte wild auf der Tastatur herum.

Jon beobachtete ihn beunruhigt. »Was machst du denn da?«

»Ich finde heraus, wer mir das geschickt hat.«

»Kannst du das denn?«

Sten hieb weiter auf die Tasten ein. »Ich kann zumindest den Standort des Computers herausfinden.«

»Ist das überhaupt erlaubt?«, fragte Jon verwirrt.

»Natürlich nicht«, gab Sten barsch zurück. »Es gibt schließlich so etwas wie Datenschutz.«

»Aha!« Jon war klar, dass sich sein Freund im Ausnahmezustand befand, und zog es vor zu schweigen. Langsam ging er zurück zu seinem Computer und suchte in den Foren nach Rückmeldungen, während er darauf wartete, dass Sten sich beruhigte.

»Ich hab ihn!«, rief Sten schließlich. »Der Computer steht in Malmö.« Er ließ seine Finger noch einmal über die Tastatur schnellen und verkündete schließlich: »Irgendwo im Turning Tower.«

»Na toll«, erwiderte Jon. »Und was machen wir jetzt? Fahren wir nach Malmö und durchsuchen im Tower jedes Büro und jede Wohnung, bis wir den Absender der Mail gefunden haben? Meine Güte, jetzt beruhig dich mal!«

Sten sackte förmlich in sich zusammen. »Ich muss mich bei dir entschuldigen«, sagte er kleinlaut. »Ich dachte wirklich, du hättest diese Fotomontage gebastelt anstatt mir zu helfen.«

56

»Ich könnte jetzt erwidern, dass ich so etwas nie machen würde.« Jon grinste. »Aber ganz ehrlich, Sten, wenn es mir eingefallen wäre, hätte ich es gemacht.«

Sten lächelte. »Und ich kann morgen vielleicht darüber lachen«, gab er zu. »Oder übermorgen. Spätestens dann, wenn Curt wieder zu Hause ist. Das heißt, wenn er überhaupt jemals zurück nach Hause kommt.«

Sosehr sie auch den restlichen Abend auf Antworten hofften – bis auf die Fotomontage ging keine Nachricht zu Curt ein.

»Natürlich leiste ich dir heute Nacht Gesellschaft«, bot Jon schließlich an. »Ich kann auf dem Sofa schlafen.«

Sten lehnte deprimiert ab. »Ich wäre jetzt lieber allein.«

»Bist du sicher?«

»Ja.« Sten starrte ins Leere. Dann seufzte er tief auf. »Erinnere dich, wie das war, als Annika dich verließ. Damals wolltest du auch alleine sein.«

Eigentlich war Jon der Meinung, dass es einen gewaltigen Unterschied machte, ob man von einer Frau oder einem Kater verlassen wurde. Aber dies war nicht der richtige Zeitpunkt, seinen Freund darauf hinzuweisen.

»Meld dich aber, wenn etwas ist«, bat Jon.

Diesmal erhielt er nur einen Seufzer zur Antwort.

Es fiel Jon schwer, die Wohnung zu verlassen. Er überlegte, welche Möglichkeiten es noch gab, Curt wiederzufinden. Oder vielleicht einen Kater, der genauso aussah wie Curt. Ob Sten den Unterschied bemerken würde? Gedankenversunken stieg Jon die Treppe hinunter und öffnete die Eingangstür.

»Mau!« Curt strich um seine Beine und miaute kläglich.

Jon traute seinen Augen nicht. »Das gibt es doch nicht!« Mindestens so überrascht wie von Curts plötzlichem Auftauchen war er über die ungewohnt freundliche Begrüßung des Katers. Jon zögerte einen Augenblick, beugte sich dann aber zu dem Tier hinunter. Überraschend ließ Curt sich widerstandslos auf den Arm nehmen und begann sogar zu schnurren.

»Du bist ganz schön fett«, schimpfte Jon, während er erneut die Treppe erklomm. Er freute sich auf Stens Gesicht beim Anblick des Katers.

Sten riss wieder beim ersten Klingeln die Tür auf. »Ah, gut dass du kommst, ich muss dir was sag…«, rief er, dann realisierte sein Gehirn die Katze auf Jons Arm und er begann über das ganze Gesicht zu strahlen. »Curt!«, rief er und nahm Sten den Kater ab. »Wo hast du ihn gefunden?«

»Ich habe ihn nicht gefunden, er stand einfach unten vor der Haustür.«

»Schlaues Kerlchen. Komm rein.« Sten gab den Weg frei und Jon betrat die Wohnung. Doch Sten hatte zunächst nur Augen für Curt. »Endlich bist du wieder da.« Er vergrub sein Gesicht im weichen Fell des Katers. »Warum bist du weggelaufen? Und wo warst du überhaupt?«

Doch Curt, der offensichtlich begriff, dass er sich wieder in seinem gewohnten Bereich befand, wand sich in Stens Armen. Als Sten ihn auf den Boden setzte, lief er schnurstracks in die Küche und blieb lauthals miauend vor seinem Napf stehen.

Sten schmunzelte und füllte den Napf bis zum Rand mit Futter.

»Also, was wolltest du mir sagen?«, fragte Jon schließlich, nachdem sie dem sichtlich zufriedenen Kater eine Weile beim Fressen zugesehen hatten.

»Wieso hast du mir eigentlich nie gesagt, dass du Mikael Käkelä bist?«

Jon schaute seinen Freund entgeistert an. »Aus einem ganz einfachen Grund: weil ich nicht Mikael Käkelä bin!«, entgegnete er.

»Das glaubst aber auch nur du. Komm mit.«

Jon folgte Sten ins Wohnzimmer. Wieder nahmen sie vor einem der Rechner Platz, wo Sten die Facebookseite von Mikael Käkelä aufgerufen hatte. »Da, guck. Darauf bin ich gerade gestoßen.«

»Was hat das mit mir zu tun?«, fragte Jon verständnislos.

»Du willst also immer noch behaupten, dass du nicht der Autor von *Wer stirbt schon gern in Haparanda, Der Tote aus Trysunda* oder *Tote klettern nicht auf Bäume* bist?«

»Den letzten habe ich gelesen«, rief Jon aus. »Der war richtig gut.«

»Das glaube ich dir gerne. Denn hier steht, dass du alle drei Krimis geschrieben hast.«

»Da steht, dass Mikael Käkelä sie geschrieben hat.« Jon wies auf den Beitrag.

»Das stimmt. Und jetzt guck mal hier.« Sten klickte auf das kleine runde Profilbild, das daraufhin in Postkartengröße aufploppte. »Daher weiß ich, dass du Mikael Käkelä bist.«

Jon traute seinen Augen nicht. Das war nicht nur eine zufällige Ähnlichkeit zwischen dem Mann auf dem Foto und ihm. Zweifellos war es sein eigenes Gesicht, das er da vor sich sah. Er erkannte sogar die winzige Verletzung über der Augenbraue, die er sich vor zwei Wochen in der Kantine zugezogen hatte.

Hilflos sah er Sten an. »Ich verstehe das nicht! Wie kommt denn das dahin? Wer macht so etwas?«

»Das ist die offizielle Autorenseite von Mikael Käkelä. Wenn du der wirklich nicht bist …«

»… ich bin es wirklich nicht!«, fiel Jon seinem Freund ungeduldig ins Wort.

»… dann hat sich der Schriftsteller aus irgendwelchen Gründen deines Fotos bedient.«

»Das darf doch nicht wahr sein! Wie kommt der denn dazu? Das lasse ich mir nicht bieten!«

»Das musst du auch nicht«, stimmte Sten ihm zu. »Es gibt schließlich so etwas wie das Recht am eigenen Bild.« Er beugte sich vor. »Schau mal, das Foto wurde seit gestern über achthundertmal gelikt.«

»Mikael Käkelä hat mir einiges zu erklären«, sagte Jon grimmig.

»Sollen wir ihm gleich eine Nachricht schicken?«, schlug Sten vor. »Wir können uns aber auch mit dem Verlag in Verbindung setzen. Oder du suchst dir gleich einen guten Rechtsanwalt.«

Jon dachte angestrengt nach. Plötzlich kam ihm eine Idee, die er eine Weile in seinem Kopf durchspielte. Dann fasste er einen Entschluss. »Wir machen nichts von dem«, sagte er grinsend und wies auf den Monitor. »Wenn die da wollen, dass ich Mikael Käkelä bin, dann werde ich eben Mikael Käkelä sein.«

»Du willst dich als Schriftsteller ausgeben?«

Jon nickte zustimmend. »Und du findest in der Zwischenzeit heraus, wo der richtige Mikael Käkelä sitzt.«

Sten wirkte keineswegs begeistert. »Ich weiß nicht, ob ich das wirklich will.«

Jon maß ihn mit einem durchdringenden Blick.

»Okay«, schränkte Sten ein. »Ich kann ja mal versuchen, den Standort des Computers herauszufinden.«

»Mach das bitte«, bat Jon. »Und dann besuche ich Mikael Käkelä und teile ihm persönlich mit, was ich von seiner Aktion halte.« Er trat zu Stens Sofa und ließ sich darauf fallen.

Als wäre das sein Stichwort, kam in diesem Moment Curt in den Raum. Er stolzierte zum Sofa und sprang hoch. Nichts war mehr zu spüren von dem hilflosen, anschmiegsamen Kätzchen. Jetzt war er wieder die Raubkatze, die ihr Revier verteidigte. Grollend, mit peitschendem Schwanz und angelegten Ohren schritt er auf Jon zu.

Jon stand auf. »Undankbares Vieh! Nächstes Mal lasse ich dich vor der Tür sitzen.«

»Es gibt kein nächstes Mal«, versicherte Sten. »Ich lasse nie wieder die Wohnungstür offen stehen, wenn ich die Post hole.«

»Meld dich, wenn du herausgefunden hast, wo diese Seite erstellt wurde.« Jon wies auf den PC. »Ich werde jetzt versuchen, diesen Menschen herauszufordern.«

Sten rieb sich die Hände. »Jetzt wird es spannend.«

Kapitel 5

Eva und Astrid kontrollierten gemeinsam das Doppelzimmer. Astrid strich mit einem Finger über den runden Tisch, der zwischen zwei Stühlen neben der Balkontür stand.

Eva überprüfte derweil die Wäsche des frisch bezogenen Bettes.

Emilia, das Zimmermädchen, beobachtete sie mit gekränkter Miene. »Ich habe alles ordentlich erledigt!«

Eva trat neben sie und legte einen Arm um ihre Schulter. »Das wissen wir«, sagte sie beschwichtigend. »Aber hier ziehen heute Monica und Ove Jönsson ein. Du weißt doch, wie speziell Monica ist.«

Astrid, die gerade unter dem Doppelbett nach Staubkörnchen suchte, richtete sich auf. »*Speziell* ist sehr freundlich ausgedrückt. Diese Frau ist putzsüchtig. Egal, wie gründlich wir putzen, sie findet immer etwas, um sich doch noch zu beschweren«, meinte sie. »Und Emilia hat recht, hier ist alles in Ordnung.«

»Sag ich doch.« Emilia war noch immer eingeschnappt.

»Sechs Wochen sind schon lang. Aber das halten wir doch alle aus«, versuchte Eva sie zu trösten.

»Das kann ja heiter werden«, seufzte Emilia.

»Mit Monica wird es nie heiter«, sagte Eva. »Aber du weißt, dass wir ihre Beschwerden nicht ernst nehmen«, beteuerte sie. »Wir wissen, dass du und Malena gute Arbeit leistet. Lasst euch also von ihr nicht aus der Ruhe bringen.«

Emilia wirkte nicht überzeugt.

»Vielleicht fällt es dir leichter, wenn du an den armen Ove denkst«, fügte Eva hinzu. »Wir müssen Monica nur ein paar Wochen im Jahr aushalten, aber er ist lebenslänglich dazu verdammt.«

»Kein Wunder, dass er einen Herzinfarkt erlitten hat«, sagte Astrid. »Ich fürchte, wenn Monica so weitermacht, bedeutet lebenslänglich für Ove nicht mehr lange. Dabei ist er nicht mal in Rente.«

»Astrid!«, rief Eva entrüstet.

»Armer Ove«, stieß Emilia mitfühlend hervor.

Astrid drückte ihre Schulter. »Wir werden alles tun, um ihm den Aufenthalt so angenehm wie möglich zu gestalten«, sagte sie herzlich. Dann drehte sie sich langsam um sich selbst und ließ ihre Blicke durch das ganze Zimmer schweifen. »Es ist alles perfekt. Ich bin sicher, dass Monica hier kein Staubkorn mehr findet.«

»Wollen wir wetten?«, prophezeite Emilia düster. »Ihr habt Glück, dass ich so gerne für euch arbeite, sonst würde ich mich jetzt ein paar Wochen krankmelden.«

Eva spürte jetzt Irritation in sich aufsteigen.

Astrid schaute sie an und schien wie üblich zu spüren, was in ihr vorging. »Wir sind auch wirklich froh, dass wir dich haben«, sagte sie hastig zu Emilia, bevor sie Eva ein beruhigendes Lächeln schenkte.

Eva atmete tief durch. Sie lächelte zurück und gab Astrid damit zu verstehen, dass sie verstanden hatte: Nicht nur die Gäste, auch das Personal musste in den kommenden Wochen bei Laune gehalten werden.

Eva dachte an die Monate, die vor ihr lagen, und sehnte sich an ihren Schreibtisch, um in neue Geschichten um ihren Kommissar Dahlström einzutauchen. Aber sie hatte

Linn noch nicht einmal geantwortet, ihre Lektorin wartete immer noch auf neue Ideen.

Kurz vor fünfzehn Uhr an diesem Samstag trafen Monica und Ove ein. Eva wusste, dass Benny ungefähr jetzt in den Zug stieg, der ihn nach Torsby bringen sollte.

»Eigentlich hätten die Jönssons Benny auch mitbringen können, er wohnt doch nur zwanzig Kilometer von ihnen entfernt«, sagte Eva. »Für Monica und Ove wäre ein Abstecher nach Borlänge von Falun aus nicht mehr als ein kleiner Schlenker gewesen.«

»Du hast Ideen!« Astrid schüttelte in gespielter Empörung den Kopf. »Benny könnte eine Fluse auf der Rückbank ihres Volvos hinterlassen.«

Abgesehen von der Bauform sah der Volvo Baujahr 2000, der gerade vor dem Hotel hielt, tatsächlich aus wie ein Neuwagen. Kein Kratzer, keine Schramme. Monica wies ihren Mann scharf zurecht, als er einen der Koffer aus dem Kofferraum hob und dabei leicht gegen den Kofferraumdeckel stieß.

»Pass doch auf.«

»Entschuldigung«, murmelte Ove.

Das war untypisch für ihn. Noch im vergangenen Jahr hätte seine Reaktion aus einer scherzhaften Bemerkung bestanden und er selbst am meisten darüber gelacht. Als er sich schließlich aufrichtete und Eva sein Gesicht sehen konnte, erschrak sie.

Ove sah elend aus. Sein Gesicht war schneeweiß, dunkle Schatten lagen unter seinen Augen. Die schwere Krankheit war ihm deutlich anzusehen.

»Wie kann sie ihn die Koffer schleppen lassen!«, flüsterte Astrid, während sie ihren Gästen entgegengingen.

Ove hatte kleine Schweißtropfen auf der Stirn. Er blieb stehen und stellte beide Koffer ab, was ihm einen weiteren Verweis seiner Frau einbrachte.

»Ove! Stell die Koffer doch nicht in den Schmutz.«

Svante, der im Hotel als eine Art Hausmeister fungierte, hatte den Weg vom Parkplatz zum Hotel erst am Morgen gefegt.

»Lass die Koffer stehen!«, rief Eva ihm zu, als er sich danach bückte. »Svante bringt sie euch gleich aufs Zimmer.«

»Aber ...«

Astrid unterbrach Monica mit einer freundlichen Umarmung. »Herzlich willkommen. Wir freuen uns, dass ihr da seid.«

»Ja, wir freuen uns sehr.« Eva musste sich zusammenreißen, um bei Oves Anblick nicht in Tränen auszubrechen. Wie konnte sich ein Mensch in weniger als einem Jahr so sehr verändern? »Wie geht es dir?«

»Besser!« Er lächelte. »Viel besser. Und jetzt bin ich ja hier, um mich vollends zu erholen.«

Eva hörte, dass Astrid hinter ihr leise auf Monica einredete: »Du musst dir wegen der Koffer keine Gedanken machen. Ich werde Svante sagen, dass er sie abwischen soll.«

Eva war fassungslos. Waren Monica die Koffer tatsächlich wichtiger als der Gesundheitszustand ihres Mannes?

»Sie meint es nicht so«, sagte Ove leise, als hätte er ihre Gedanken gelesen. »Sie hat sich wirklich große Sorgen um mich gemacht.«

Später, als die beiden zusammen im Garten saßen, konnte Eva selbst beobachten, was er meinte. Die Kaffeetrinkerin Monica trank ihrem Mann zuliebe auch Tee. Hin und wie-

65

der strich sie über Oves Arm, und das war völlig neu. In den ganzen Jahren zuvor hatte Eva noch nie eine Geste der Zärtlichkeit zwischen ihnen gesehen. Und sie kannte sie schon seit der Zeit, als sie noch mit ihren Söhnen Fredrik und Niklas in ihrem Hotel Urlaub gemacht hatten.

Ansonsten blieb Monica sich selbst treu. Das bewies sie, als sie nach der Teestunde zusammen mit Ove auf ihr Zimmer ging. Svante hatte die Koffer inzwischen nach oben gebracht.

Es dauerte keine fünf Minuten, bis Monica erneut an der Rezeption stand.

»Hej, Monica, ich habe schon auf dich gewartet«, sagte Eva ironisch.

»Kontrolliert ihr eigentlich nicht, was eure Zimmermädchen machen?«

»Das ist nicht erforderlich«, erwiderte Eva scharf, verschwieg aber, dass sie und Astrid ausschließlich Monicas und Oves Zimmer nach der Reinigung besonders gründlich inspiziert hatten.

Monica setzte zu einer Erwiderung an, doch Astrid kam ihr zuvor. »Was stimmt denn nicht mit dem Zimmer?«, fragte sie.

Monica stemmte die Hände in die Hüften. »Hast du dir die Scheibe der Balkontür angesehen?«, fragte sie streng.

Astrid und Eva schauten sich fragend an. »Hast du?«, formten Astrids Lippen die Frage, ohne sie laut auszusprechen.

Eva spürte Wut in sich aufwallen. »Ich erledige das sofort«, sagte sie grimmig.

»Das erwarte ich auch!«, erwiderte Monica schnippisch.

Damit drehte sie sich um und stolzierte hoch erhobenen Hauptes davon.

»Sie ist unser Gast. Sogar ein Stammgast«, sagte Astrid sanft, nachdem Monica außer Hörweite war. »Und wir predigen unserem Personal ständig, dass der Gast immer recht hat und dass wir stets bestrebt sind, unsere Gäste zufriedenzustellen.«

»Das gilt für normale Gäste, nicht für Monica Jönsson«, erwiderte Eva finster. »Wie hält Ove es nur mit ihr aus?«

»Abgesehen von ihrem Putztick ist sie eigentlich eine sehr nette Frau«, sagte Astrid zu Evas Überraschung. »Ernsthaft, ich mag sie«, fügte sie hinzu, als Eva sie ungläubig anschaute. »Im Sinne der Kundenbindung werde ich mich also jetzt um die angeblich schmutzige Balkontür kümmern.«

»Aber ich …«

Astrid ließ sie nicht ausreden. »Du gehst jetzt unverzüglich an deinen Computer und verwandelst dich in Mikael Käkelä«, verlangte sie entschieden. »Im Moment ist es noch ruhig und du kannst dir Zeit zum Schreiben nehmen. Erfahrungsgemäß verbessert das deine Laune enorm.«

Eva musste lachen. »Was würde ich nur ohne dich machen?«

»Monica vor die Tür setzen«, erwiderte Astrid trocken.

Eva hielt das nicht für ausgeschlossen.

»Die beiden haben es gerade nicht leicht«, sagte Astrid. »Und für Ove ist es wichtig, dass er hier zur Ruhe kommt.«

»Du hast natürlich recht wie immer«, pflichtete Eva ihr bei. »Ich muss einfach geduldiger werden.«

»Du musst vor allem schreiben«, wiederholte Astrid.

Linn hatte ihre eine Mail geschickt: *Ich habe gesehen, dass Mikael Käkelä eine Seite bei Facebook hat. Großartig!*

Launig schrieb Eva zurück: *Schön, dass du zufrieden bist.*

Sie hatte nicht mit einer Reaktion gerechnet, doch offensichtlich war Linn auch an diesem Wochenende im Büro. *Noch nicht ganz*, bekam sie prompt zur Antwort. *Ich weiß immer noch nicht, was du von unserem Vorschlag hältst: Schaffst du zwei Krimis pro Jahr? Und hast du schon neue Ideen?*

Gib mir noch ein paar Tage Zeit, bat Eva. *Ich melde mich!*

Benny kam kurz nach neunzehn Uhr im Hotel an. Eva hatte Svante gebeten, ihn mit dem Wagen vom Bahnhof in Torsby abzuholen.

Er wirbelte ins Vestibül, stürmte hinter die Rezeption und zog Eva in seine Arme. »Endlich Urlaub!«, rief er begeistert aus. Als Astrid dazukam, umarmte er auch sie.

»Sind die Jönssons schon da?«, wollte er sofort wissen.

»Seit heute Nachmittag«, bestätigte Eva. »Sie sind jetzt im Speisesaal.«

»Alles klar. Ich gehe nach oben und mache mich frisch. Sehen wir uns später noch?«

Eva nickte lächelnd. »Bestimmt.«

»Ich sag doch, der steht auf dich«, sagte Astrid, kaum dass Benny außer Hörweite war.

Eva war froh, dass sie darauf nicht antworten musste, denn in diesem Moment kam Ann mit wichtiger Miene auf sie zu und reichte ihr einen Zettel. »Mama, wir brauchen ein paar Angaben von dir für die Facebookseite.« Sie sah aufmerksam nach rechts und links, bevor sie flüsterte: »Du weißt schon, was ich meine.«

Eva runzelte die Stirn. »Ich bezahle dich und Elin, damit ihr die Seite betreut.«

»Trotzdem gibt es da ein paar Fragen, die du dringend selbst beantworten musst.« Ann beugte sich ein wenig vor. »Also, die Mikael Käkelä beantworten muss. Verstehst du?«, flüsterte sie.

Eva begriff vor allem, dass ihre Tochter sich niemals für einen Job eignen würde, in dem sie sich möglichst unauffällig verhalten musste. Zum Glück war außer Astrid niemand an der Rezeption. Sie faltete den Zettel auseinander und wunderte sich über die seltsamen Fragen, die vor allem die weiblichen Leser an Mikael Käkelä gerichtet hatten.

Bist du in einer Beziehung?, war die Frage, die laut Ann besonders oft gestellt wurde, gleich gefolgt von *Wo kann man dich denn mal sehen?*

»Ich habe keine Ahnung, ob Mikael verheiratet sein soll. Was meint ihr?«, wollte sie wissen.

Jetzt trat auch Elin dazu. »Lass ihn Single sein«, schlug sie vor. »Sonst müssen wir uns demnächst noch Geschichten über Frau und Kinder ausdenken.«

Eva stimmte sofort zu. »Ihr macht das schon«, sagte sie. »Ich bin froh, wenn ich mich damit nicht abgeben muss.«

Sie überflog die restlichen Fragen, die sich um ihre Lieblingsfarbe oder ihr Lieblingsessen drehten. Nichts wirklich Wichtiges, bis auf das Thema Lesungen. Eva tippte mit dem Finger darauf. »Schreibt einfach, dass im Moment keine Lesungen geplant sind. Ansonsten könnt ihr schreiben, was ihr wollt.«

Die Mädchen grinsten sich an und verließen das Hotel. Astrid lachte laut auf. »Hoffentlich bereust du das nicht irgendwann«, wiederholte sie ihre anfänglichen Bedenken.

Mikael Käkelä

Liebe Leser, ich arbeite gerade an der Idee zu meinem neuen Buch, aber es ist noch zu früh, um darüber zu reden. Lasst euch einfach überraschen.

__An Na:__ Schreib doch endlich mal was über dich. Bist du verheiratet? Hast du eine Freundin? Kinder?

__Mikael Käkelä:__ Ich bin Single. Keine Freundin, keine Kinder.

__An Na:__ Echt? Das wundert mich jetzt aber.

»Macht die uns jetzt an?«, fragte Elin.

Ann grinste. »Nicht uns, sondern Mikael Käkelä.« Sie klickte auf das Profilfoto. »Guck mal, schon über dreitausend Likes. Und die Leute liken und teilen fleißig weiter. Dafür müsste Mama uns eigentlich das Doppelte bezahlen.«

__Curt aus Stockholm:__ Wo wohnst du denn, Mikael?

»Sollen wir schreiben, dass Mikael Käkelä in der Nähe von Torsby lebt?«, fragte Elin.

Ann zog eine Grimasse. »Lame! Dieser Traumtyp wohnt doch nicht am Ende der Welt, sondern in Stockholm!«

»Aber Curt ist auch aus Stockholm. Was, wenn der sich mit uns treffen will?«

Ann winkte ab. »Welcher Promi trifft sich schon mit seinen Fans?« Sie dachte kurz nach. »Ich werde trotzdem eher ausweichend antworten.« Grinsend tippte sie:

Mikael Käkelä: *In Schweden*

Curt aus Stockholm: *Witzbold: D*

Barbo Lind: Curt aus Stockholm, *Mikael hat Angst, dass du plötzlich bei ihm vor der Tür stehst.*

Curt aus Stockholm: Barbo Lind, *ich bringe auch Kuchen mit.*

Kristina B.: Mikael Käkelä, *ich würde dich auch gerne mal live sehen. Gibt es Termine für Lesungen?*

Ann stieß Elin leicht an. »Ich möchte die Gesichter der Leute sehen, wenn Mikael Käkelä tatsächlich eine Lesung hält.«

»Vor allem die Gesichter der Frauen.« Elin kicherte. Gleich darauf wurde ihre Miene jedoch ernst. »Wir müssen uns aber etwas einfallen lassen, weshalb Mikael niemals eine Lesung halten kann, denn die Leute werden nicht aufhören, danach zu fragen. Oder wir fragen einfach deine Mutter.«

»Auf keinen Fall«, lehnte Ann spontan ab. »Mama will mit der Seite nichts zu tun haben. Uns fällt da schon was ein.«

»Einen Account sollte sie aber schon haben, damit sie im Notfall zumindest Zugriff auf die Seite hat«, wandte Elin ein. Dann breitete sich ein Grinsen auf ihrem Gesicht aus. »Oder falls es sie doch einmal interessieren sollte, wie sie im Netz so lebt.«

»Gute Idee«, stimmte Ann ihr zu. »Wir legen ihr gleich einen Account an und erklären ihr, wie sie den nutzt, dann kann sie immer noch entscheiden, was sie damit macht.«

»Hauptsache, sie schickt uns keine Freundschaftsanfrage!« Elin grinste erneut. Dann deutete sie auf den Monitor.

»Guck mal, da passiert nichts mehr. Alle warten gespannt auf die Antwort zu den Lesungen.«

Ann zuckte mit den Schultern. »Ich schreibe einfach das, was wir bisher immer geschrieben haben.«

Mikael Käkelä: *Im Moment sind keine Lesungen geplant. Und damit verabschiede ich mich für heute dann mal, das nächste Buch will geschrieben werden. Bis bald!*

»Sehr gut«, lobte Elin.

Ann lächelte geschmeichelt. »Ich weiß!«

Kapitel 6

»Echt jetzt? *Curt aus Stockholm*?« Sten blickte über Jons Schulter auf den Monitor, auf dem sein Freund den Chatverlauf des vergangenen Abends aufgerufen hatte.

Grinsend wandte Jon den Kopf. »Was soll ich denn sonst schreiben? Etwa *Ich bin zwar nicht Mikael Käkelä, dafür aber der Typ auf dem Foto?* Das erschien mir als Name zu lang, und meinen richtigen Namen will ich nicht angeben.« Er blickte zu Curt, der sich auf Stens Sofa ausgebreitet hatte und entschlossen schien, es zu verteidigen, falls Jon sich darauf setzen wollte. »Und ich glaube, dem Kater ist es egal, wenn ich seinen Namen benutze. Ihn stört es nur, wenn ich mich aufs Sofa setze.«

»Ich hatte dir den Rechner eigentlich zur Verfügung gestellt, weil du nach Stellenangeboten suchen wolltest.«

»Wollte ich ja auch«, erwiderte Jon sehnsuchtsvoll. »Ich will unbedingt zurück an den Siljansee.«

»Ich werde dich vermissen.«

»Dann komm mit«, schlug Jon vor. »Lass uns zusammen zurück nach Hause ziehen.«

»Ich weiß nicht …«

»Was hält dich in Stockholm?«, fragte Jon.

»Mich hält hier nichts, aber es zieht mich auch nichts zurück an den Siljansee.« Sten zuckte die Schultern. »Vielleicht gibt es ja irgendwann einen Grund, mein Leben komplett umzustellen. Aber so lange bleibe ich hier. Zusammen mit Curt.«

73

Er wirkte in diesem Moment sehr einsam, und Jon empfand Mitleid mit ihm. Sofort meldete sich sein schlechtes Gewissen. »Es tut mir leid«, sagte er leise. »Ich bin dein Freund, ich hätte bemerken müssen, dass du unglücklich bist.«

»Das muss es nicht. Ich bin nicht unglücklich«, widersprach Sten ruhig. »Mein Leben ist okay. Ich bekomme genug IT-Aufträge, um meinen Lebensunterhalt zu bestreiten, und ich muss dafür nicht einmal meine Wohnung verlassen.« Er blickte sich im Raum um. »Ich fühle mich nicht unwohl«, schloss er.

Jon betrachtete ihn prüfend. »Lass uns was unternehmen«, schlug er vor.

Stens Gesichtsausdruck verriet, dass er dazu überhaupt keine Lust hatte. »Du wolltest nach Stellenangeboten am Siljansee suchen«, erinnerte er ihn.

»Das kann ich auch später noch machen.« Jon stand auf. »Lass uns rausgehen und irgendwo einen Kaffee trinken.« Er musste seine ganze Überredungskunst aufbieten, um Sten dazu zu bringen, ihn zu begleiten, und selbst dann wollte er nicht weiter als bis zum Café im Vasaparken gehen. Als sie dann jedoch dort saßen und Kaffee und Kuchen bestellt hatten, schien er sich mit jeder Minute wohler zu fühlen.

Auch Jon war entspannt und genoss den Kaffee und die Gesellschaft seines Freundes, bis ihm zwei junge Frauen auffielen, die ein paar Tische weiter saßen und immer wieder zu ihm rüberschauten. Eine von ihnen hielt ein Smartphone in der Hand. Nach einer Weile erhoben sie sich und traten zu ihm und Sten an den Tisch.

»Hej«, sagte die Kleinere, Dunkelhaarige, während die hochgewachsene, sehr schlanke Blondine lächelte und dann ihre Freundin anstieß. »Ich hab dir doch gesagt, dass er es ist«, zischte sie, bevor sie sich an Jon wandte. »Ich bin Maj«, stellte sie sich vor und wies auf ihre Freundin. »Und das ist Svea.«

Jon fühlte sich geschmeichelt und freute sich vor allem wegen Sten über das Interesse der jungen Frauen. Vielleicht gab es ja doch etwas, das Sten zeigte, dass es auch noch andere Dinge im Leben gab als Computer und einen neurotischen Kater.

»Jon«, nannte er seinen Namen.

Sten strich sich über sein dunkles Wuschelhaar und rückte die Brille zurecht. »Sten«, sagte er mit einem schüchternen Lächeln.

Keine der Frauen beachtete ihn.

»Jon?« Svea kicherte. »Ja, klar!«

»Wir wissen, dass du Mikael Käkelä bist«, ergänzte die blonde Maj.

Jon traute seinen Ohren nicht. »Der bin ich nicht!«

»Okay«, erwiderte Maj gedehnt. Sie lachte. »Können wir trotzdem ein Autogramm von dir bekommen?«

Jon öffnete den Mund, um noch einmal zu erklären, dass er nicht der Schriftsteller war, überlegte es sich dann aber anders. »Von mir aus«, sagte er schulterzuckend.

Svea zog das Buch mit dem Titel *Wer stirbt schon gern in Haparanda* aus ihrer riesigen Handtasche. »Schade, dass ich nur ein Buch von dir habe«, bedauerte sie. »Würdest du mir das bitte signieren?«

Jon bemerkte zwar Stens warnenden Blick und das kaum merkliche Kopfschütteln, doch er ignorierte es und schrieb schwungvoll *Für Svea, herzlichst dein Mikael Käkelä* auf die Schmutztitelseite.

Svea starrte verzückt darauf, dann schloss sie das Buch und drückte es ans Herz. »Danke«, stieß sie hervor. »Vielen, vielen Dank. Darum werden mich alle Freunde beneiden.«

Auf Maj traf das schon mal zu. »Ich habe leider kein Buch von dir dabei. Bekomme ich trotzdem ein Autogramm? Oder hast du vielleicht Autogrammkarten mit deinem Foto?«

»Die habe ich leider nicht dabei«, log Jon.

Maj kramte in ihrer Handtasche und zog schließlich einen Block heraus. Sie löste drei Blätter und legte sie vor Jon auf den Tisch.

»Kannst du mir bitte jedes davon signieren? Die lege ich dann in deine Bücher.« Mit einem triumphierenden Blick in Richtung ihrer Freundin fügte sie hinzu: »Im Gegensatz zu ihr habe ich nämlich alle deine Bücher.«

Svea reagierte mit einem süffisanten Grinsen und den Worten: »Es reicht nicht, die Bücher zu kaufen, man muss sie auch lesen!«

Jon ignorierte den unfreundlichen Wortwechsel. Er signierte die drei Blätter, reichte sie Maj, erhob sich und zeigte Sten damit an, dass er gehen wollte.

Sten stand schweigend auf. Er sagte auch nichts, als Jon sich von den beiden Mikael-Käkelä-Fans verabschiedete und zahlte. Selbst auf dem Rückweg schwieg er beharrlich, was ein sichtbares Zeichen dafür war, dass ihm etwas nicht gefiel.

Jon sah ihn grinsend von der Seite an. »Ich finde es gar nicht so schlecht, Mikael Käkelä zu sein.«

»Du bist nicht Mikael Käkelä«, brummte Sten. »Was denkst du dir eigentlich?«

76

»Ich denke, Mikael Käkelä braucht unbedingt Autogrammkarten mit meinem Foto.« Er brach in lautes Lachen aus, als er in die fassungslose Miene seines Freundes schaute.

Jon war überrascht, als ausgerechnet Annika ihn am nächsten Tag kurz vor dem Mittagessen anrief. Er sah ihren Namen auf dem Display, nahm das Gespräch aber nicht an, als Ronny ihn anlächelte.

Das Klingeln brach ab. Kurz darauf sah Jon, dass Annika ihm eine Nachricht auf der Mailbox hinterlassen hatte.

Als Ronny bemerkte, dass Jon das Handy bereits wieder in der Hand hielt, wurde sein Lächeln besonders breit und freundlich. »Offensichtlich bist du unterbeschäftigt. Steck deine Handy weg und hilf bei der Essensausgabe.«

Jon brannte vor Neugier, was Annika von ihm wollte. Trotzdem zuckte er scheinbar gleichgültig mit den Schultern und verließ die Küche.

Augenblicklich versammelten sich mehrere Kantinengäste an dem Bereich des Tresens, an dem er stand. Zwei von ihnen zückten eine Kamera, während eine junge Frau sich fast auf den Tresen warf, um ihm ein Mikrofon vor den Mund zu halten.

»Warum arbeitet ein berühmter Schriftsteller in einer Kantine?«

»Wann erscheint dein nächstes Buch?« Das war Arvid, dem es jedoch nicht gelang, sich nach vorn durchzudrängen.

Jon schloss die Augen, als ein Blitzlicht ihn blendete. Als er wieder klar sehen konnte, stand Ronny neben ihm. »Zurück in die Küche«, ordnete er an.

Auch diesmal kam Jon dem Befehl augenblicklich nach, froh, sich der öffentlichen Aufmerksamkeit entziehen zu können.

Als Ronny ihm nach wenigen Minuten in die Küche folgte, hatte es ihm zum ersten Mal sein Dauerlächeln verschlagen.

»So, so, du bist also ein berühmter Schriftsteller«, knurrte er.

Jon sparte sich eine Antwort und begann seinerseits zu lächeln, was Ronny offensichtlich erst recht aufregte. »Du hältst dich wohl für etwas Besseres!«

»Keineswegs«, behauptete Jon. »Wenn das so wäre, würde ich hier nicht arbeiten.«

Ronny fand sein Lächeln wieder. »Ich habe deine Bücher nicht gelesen. Das ist nicht die Art Literatur, die ich bevorzuge.«

Jon registrierte, dass er sich sehr über Ronnys abfälligen Ton ärgerte. Identifizierte er sich etwa schon zu sehr mit der Rolle des Schriftstellers? »Ich weiß, was du meinst«, konterte er und wies auf die brodelnden Töpfe, in denen die Fertiggerichte erwärmt wurden. »Das würde ich nie essen, weil es nicht die Küche ist, die ich bevorzuge.«

Ronnys Augen verengten sich zu schmalen Schlitzen, sein Lächeln jedoch verlor er nicht. »Ich habe dir schon einmal gesagt, dass du jederzeit gehen kannst, wenn es dir hier nicht passt.«

»Ich denke ernsthaft darüber nach.«

Über den Wortwechsel mit Ronny vergaß Jon Annikas Anruf. Der fiel ihm erst wieder ein, als er seine Ex-Freundin nach Feierabend vor der Tür des Mehrfamilienhauses stehen sah, in dem er wohnte.

»Da bist du ja endlich«, begrüßte sie ihn ungeduldig. »Warum hast du nicht zurückgerufen?«

Jon zog eine Augenbraue in die Höhe. »Warum sollte ich?«

Sie schaute ihn finster an. »Weil ich dich darum gebeten habe.«

Er verschwieg, dass er die Mailbox überhaupt nicht abgehört hatte. »Vielleicht war es mir nicht wichtig«, behauptete er stattdessen.

Darauf wusste sie offenbar nichts zu erwidern. Ihr Mund öffnete sich, klappte dann wieder zu.

»Du hast dich von mir getrennt«, erinnerte er sie mit einem ironischen Lächeln.

»Aber genau deshalb wollte ich dich doch auch sprechen.« Ihre Stimme überschlug sich fast. »Ich … ich …« Sie brach ab und wirkte plötzlich verlegen. Eine ganze Weile schaute sie auf ihre Füße und schien darauf zu warten, dass er etwas sagte.

Jon dachte nicht daran. Er ahnte, was sie zu ihm führte: Vermutlich hatte sie inzwischen von Arvid erfahren, dass er angeblich ein berühmter Schriftsteller war, und genau das fehlte ihr: ein prominenter Mann an ihrer Seite, dessen Glanz auf sie abstrahlte. Nur deshalb war sie zu ihm zurückgekommen. Jon war also keineswegs überrascht, als sie plötzlich den Kopf hob und mit tränenvollen Augen hauchte: »Ich habe einen Fehler gemacht. Bitte verzeih mir.«

Jon ließ sie noch ein Weilchen zappeln, ohne ihr mit einem einzigen Wort zu Hilfe zu kommen.

»Ich liebe dich immer noch«, sagte sie mit bebenden Lippen. »Bitte lass uns noch einmal von vorn anfangen.« Sie zog ein Taschentuch aus ihrer Jackentasche und betupfte ihre Augen, als wolle sie sich Tränen wegwischen. Dabei war sie sehr vorsichtig, um das kunstvolle Make-up nicht zu verwischen.

Jon stutzte überrascht. »Der Ring!« Er wies auf ihre Hand. »Das ist doch mein Verlobungsring!«

Sie ließ die Hand sinken und presste die Lippen zusammen. Von ihrer Ergriffenheit war nichts mehr zu spüren, als sie zu sprechen begann, in ihren Augen lag pure Gier. »Streng genommen ist es mein Verlobungsring. Du hast ihn mir geschenkt.« Sie versteckte beide Hände hinter ihrem Rücken, als Jon fordernd die Hand ausstreckte.

»Du hast ihn mir geschenkt«, wiederholte sie.

»Und du wolltest ihn nicht haben.« Jon bemühte sich, ruhig zu bleiben.

»Du auch nicht«, sagte sie. »Ich habe damals doch gesehen, wie du ihn weggeworfen hast.«

Als Jon die Tragweite ihrer Worte begriff, ließ er die Hand sinken. Sie war ihm und Sten zuvorgekommen, deshalb hatten sie den Ring nicht finden können!

Sie beobachtete ihn lauernd. »Arvid würde uns gerne zusammen interviewen und Fotos von uns machen«, sagte sie schließlich. »Und ich *will* dieses Interview und die Fotos!«, fügte sie entschlossen hinzu.

»Und ich will den Ring«, gab er ebenso entschlossen zurück und streckt die Hand noch einmal vor. »Kein Ring, keine Fotos mit Mikael Käkelä.«

Hastig zog sie sich den kostbaren Brillanten vom Finger, betrachtete ihn noch ein paar Sekunden, bevor sie ihn mit einem entsagungsvollen Seufzer auf Jons Hand legte.

Fest schlossen sich seine Finger darum. Nach Hause! Er konnte endlich zurück nach Hause! Jon war von so tiefer Erleichterung erfüllt, dass er Annika voller Freude anlächelte. »Danke!«

Sie kniff die Augen zusammen. »Wann machen wir die Fotos und das Interview?«

»Alle Termine von Mikael Käkelä gehen über den Verlag«, behauptete Jon. »Dein Arvid soll sich mit denen in Verbindung setzen.«

»Aber du hast nichts dagegen?«, vergewisserte sie sich.

Jon schaute sie arglos an. »Du und dein Fotograf könnt euch mit Mikael Käkelä treffen, wann immer es euch und ihm passt. Ich habe ganz bestimmt nichts dagegen.«

»Danke!« Sie lächelte und schenkte ihm einen betörenden Blick. »Und vielleicht, wer weiß, wird das ja doch noch einmal etwas mit uns.«

Jon war klar, dass sie nicht ihn, sondern den Schriftsteller meinte, für den sie ihn plötzlich hielt, obwohl sie ihn in all der gemeinsamen Zeit nie eine Zeile hatte schreiben sehen … Erstaunlicherweise machte es ihm nichts aus. Noch vor wenigen Monaten hatte er geglaubt, sie wäre die Liebe seines Lebens. Und jetzt tat es nicht einmal mehr weh, dass er ihr nicht genügte und sie sicher nichts mehr von ihm wissen wollte, wenn sie herausfand, dass er nicht Mikael Käkelä war.

»Ich glaube nicht«, erwiderte er. »Das mit uns ist endgültig vorbei.«

Annika lächelte geheimnisvoll und strich mit ihrer Hand über seinen Arm. »Wir sehen uns«, sagte sie leise. »Bald schon …« Damit wandte sie sich ab und ging.

Jon schaute ihr nach und schloss in diesem Moment endgültig dieses Kapitel seines Lebens ab. Es war vorbei – und er konnte nach Hause.

Schwungvoll lief er die Treppen zu seiner Wohnung hoch, während er gleichzeitig in seiner Hosentasche nach seinem Handy suchte.

»Ich habe den Ring zurück«, rief er ins Telefon, als Sten sich am anderen Ende meldete.

Sekundenlang war es still, bis sein Freund die Neuigkeit herausposaunte: »Und ich weiß, wo der richtige Mikael Käkelä lebt.«

Am nächsten Tag erlaubte Jon sich den Luxus, die Soße zu den Kroppkaka aus den Fertigpackungen mit etwas Sahne zu verfeinern. Er fand, dass die gefüllten Kartoffelklöße dadurch gleich appetitlicher aussahen.

Als Beilage für das Pyttipanna öffnete er Gläser mit eingelegter Roter Bete, obwohl diese für die Kartoffelpfanne auf dem Mittagsplan nicht vorgesehen war.

Ronny traten beinahe die Augen aus dem Kopf, als er das sah. »Was machst du da?«, fuhr er ihn an.

»Essen, das genießbar ist«, erwiderte Jon seelenruhig. »Ich kann diese Art von Küche einfach nicht mehr mit meiner Kochehre vereinbaren. Ich werde das den Leuten jedenfalls nicht mehr anbieten.«

»Du bist fristlos gefeuert«, fuhr Ronny ihn an, lenkte aber sofort ein, sichtlich erschrocken über seine eigenen Worte. »Also, wenn du nicht sofort mit dem Quatsch aufhörst.«

Jon musste sich zusammenreißen, ruhig zu bleiben. »Ich nehme deine Kündigung an«, sagte er förmlich, obwohl es ihn innerlich vor Freude beinahe zerriss. Normalerweise hätte er die Kündigungsfrist von einem Monat einhalten müssen, aber jetzt konnte er sofort verschwinden. Weg aus Stockholm, aber vor allem weg aus der Kantine.

»Ach, Erlandsson. Überleg dir das doch noch mal«, lenkte Ronny ein. »So schnell findest du keine neue Stelle.«

»Ich bin Schriftsteller.« Jon grinste über das ganze Gesicht. »Und zwar ein sehr erfolgreicher.«

»Offensichtlich ist dir dein Erfolg zu Kopf gestiegen!«, rief Ronny.

Dieses hinterhältige Lächeln werde ich wahrscheinlich immer in Erinnerung behalten, schoss es Jon durch den Kopf. Er würde sich dennoch alle Mühe geben, die Kantine und vor allem Ronny so schnell wie möglich zu vergessen.

Zufrieden zog er die Kochmütze ab und legte sie auf den Schubladenschrank. »Alles Gute«, wünschte er Ronny zum Abschied, ohne ihm die Hand zu reichen. »Und nicht vergessen«, er grinste selbst über das ganze Gesicht, »immer lächeln.«

»Leute, macht's gut«, rief er den Kollegen zu, die alle ihre Arbeit unterbrochen hatten und Ronny und ihn beobachteten.

Jon winkte noch einmal in die Runde und verließ die Küche durch den Hinterausgang. Dort blieb er kurz stehen, atmete tief durch und genoss das Gefühl der Freiheit, das ihn durchströmte.

Es war kein Problem, den Ring zurückzugeben. Jon erhielt zwar nicht den vollen Kaufpreis zurück, aber es war genug, um in aller Ruhe einen neuen Job suchen und den Umzug bezahlen zu können. Eigentlich war es nur noch der Gedanke an Sten, der ihn noch belastete. Sten wollte Stockholm nicht verlassen, und er wollte seinen Freund ungern in seiner Einsamkeit zurücklassen.

»Musst du nicht arbeiten?«, fragte Sten überrascht, als er ihm wenig später die Tür öffnete.

»Ja, irgendwann muss ich auch wieder arbeiten, aber nie mehr in der Kantinenküche.« Jon erzählte ihm in knappen Worten von den Geschehnissen des Tages. Aber das war nicht der einzige Grund seines Besuches.

»Du meinst also, dass sich der echte Mikael Käkelä in Värmland aufhält?«

»Na ja, wie ich gestern schon sagte: Ich kenne den ungefähren Standort des Computers, von dem die Beiträge gepostet werden«, stellte Sten richtig. »Er steht irgendwo in der Nähe von Torsby.«

»Und hast du inzwischen noch mehr herausgefunden?«

»Vielleicht.« Sten führte ihn zu einem seiner Computer und rief Mikael Käkeläs Seite auf. »In den letzten Tagen wurden Fotos von den Büchern gepostet.« Sten wies auf eines der Bilder. »Achte mal auf die Serviette.«

»Hotel Berglund«, las Jon laut vor.

Sten klickte ein weiteres Bild an. Hier lag das Buch *Tote klettern nicht auf Bäume* auf einem Stuhl, aber Sten wies auf den Wagen im Hintergrund. Auf der Tür stand ebenfalls der Name des Hotels.

»Vielleicht macht er da Urlaub«, mutmaßte Jon.

»Nein, das glaube ich nicht. Unser Mikael Käkelä hat etwas mit diesem Hotel zu tun, da bin ich mir sicher. Laut IP seines Computers steht der Rechner in der Nähe von Torsby, genau am selben Ort wie das Hotel.«

»Wie hast du das herausgefunden?«, wollte Jon wissen.

»Das war ein bisschen kompliziert«, gab Sten zu. »Und nicht ganz legal.«

»Es ist auch nicht legal, die Fotos einer fremden Person als seine eigenen auszugeben.« Jon klopfte seinem Freund auf die Schulter. »Du musst also keine Gewissensbisse haben.«

»Ich bin IT-Fachmann, kein Hacker.« Sten verließ die Seite und drehte sich zu Jon herum. »Ich mache so etwas also nie wieder.«

Jon sagte sehr lange überhaupt nichts, während in seinem Kopf eine Idee Gestalt annahm. »Lass uns nach Torsby fahren«, schlug er schließlich vor.

»Du willst dich dort auf die Suche nach Mikael Käkelä machen?«

»Ich werde Mikael Käkelä so herausfordern, dass er keine andere Wahl hat, als sich zu outen. Und ich fange direkt damit an.« Jon grinste, dann zog er sein Handy aus der Tasche und suchte nach der Nummer seiner Lieblingsbuchhandlung. Die Buchhändlerin war hellauf begeistert, dass Mikael Käkelä sogar persönlich bei ihr anrief, um einen Termin für eine exklusive und kostenlose Lesung zu vereinbaren, und versprach, entsprechend für die Veranstaltung zu werben.

»Das kannst du nicht machen!«, rief Sten entgeistert, als Jon das Gespräch beendet hatte.

»Nach der Lesung fahre ich nach Torsby«, sagte Jon. »Kommst du mit?«

Zu seiner Überraschung nickte Sten. »Das will ich mir auf keinen Fall entgehen lassen.«

Kapitel 7

»Woher kennst du den scharfen Typen eigentlich, der für dich den Mikael Käkelä spielt?«, wollte Linn wissen.

Eva irritierte die Frage ebenso wie die Anzüglichkeit in Linns Stimme. »Ich weiß nicht, wovon du sprichst.«

»Ich meine den Mann auf dem Profilfoto deiner Autorenseite!«, wurde Linn konkret. »Ist das ein Verwandter von dir?«

»Moment«, murmelte Eva, während sie zum ersten Mal die Seite an ihrem PC aufrief, mit den Daten, die Ann ihr gegeben hatte, und kurz darauf in das Gesicht eines Mannes starrte. Sie meinte, ihn schon einmal gesehen zu haben, aber ihr fiel nicht ein, wann und bei welcher Gelegenheit.

»Bist du noch da?«, hörte sie Linn fragen.

»Ich habe keine Ahnung, wer dieser Mann ist«, brachte sie wahrheitsgemäß hervor.

Diesmal war es Linn, die eine Weile schwieg. »Es gibt aber hoffentlich eine Einverständniserklärung für die Veröffentlichung dieses Fotos?«, fragte sie schließlich.

Keine Ahnung, schoss es Eva durch den Kopf, behielt diese Antwort aber lieber für sich. Nervös lachte sie auf. »Ganz bestimmt«, erwiderte sie. *Wehe, wenn nicht*, dachte sie gleichzeitig in Anns und Elins Richtung.

»Du weißt es aber nicht genau«, bohrte Linn nach.

»Ich habe jemanden damit beauftragt, diese Seite zu pflegen.« Wenigstens in dem Punkt konnte sie ehrlich sein, auch wenn sie nicht weiter ausführte, um wen es sich dabei

86

handelte. Linn hielt es bestimmt nicht für sonderlich professionell, dass sie zwei Teenager mit diesem Auftrag betraut hatte.

Linn ließ nicht locker. »Und diese Person kennt sich aus?«

»Ja!«, erwiderte Eva knapp. Noch während sie sprach, tippte sie eine Nachricht an Astrid, die an diesem Nachmittag an der Rezeption saß: *Schick bitte Ann und Elin unverzüglich zu mir! Es gibt ein Problem mit der Autorenseite.*

»Schade, dass du diesen Mann nicht kennst«, sagte Linn plötzlich. »Er wäre das perfekte Gesicht, um unseren Mikael Käkelä in der Öffentlichkeit zu präsentieren. Attraktiv, männlich! Ihm nimmt man den erfolgreichen Schriftsteller ab.«

»*Ich* bin Mikael Käkelä!«, erwiderte Eva scharf. Linns Worte hatten sie überraschenderweise verletzt.

»Diese Einsicht kommt ein bisschen spät!« Auch Linns Stimme klang jetzt weniger freundlich. »Es war deine eigene Entscheidung, dich hinter einem Pseudonym zu verstecken, das keine Rückschlüsse auf deine Person zulässt.«

Eva wusste, dass sie recht hatte. Aber war das jetzt anders? Darüber würde sie später nachdenken müssen.

Auf ihrem Monitor ploppte eine Nachricht von Astrid auf. *Die Mädchen sind auf dem Weg zu dir. Was ist denn passiert?*

Eva schwirrte der Kopf. Sie wusste nicht, worauf sie zuerst reagieren sollte, auf Linns Bemerkung oder Astrids Frage, und dann kamen auch noch Ann und Elin in ihr Büro. Sie wirkten ziemlich schuldbewusst, so als wüssten sie bereits, worum es ging.

»Was ist eigentlich mit einer neuen Idee?«, fragte Linn am anderen Ende der Leitung. »Oder vielmehr zwei neue Ideen. Ich habe immer noch keine Antwort auf die Frage, ob du dir zwei Krimis pro Jahr vorstellen kannst.«

»Ich habe darauf auch jetzt noch keine Antwort«, gab Eva zurück. »Ich weiß im Moment noch nicht, ob ich das mit dem laufenden Hotelbetrieb vereinbaren kann.«

»Okay …« Linn klang deutlich unzufrieden. »Ich erwarte deine Antwort aber in Kürze. Und mindestens ein Exposé zu einer neuen Geschichte.«

»Ja«, erwiderte Eva knapp. »Ich melde mich.« Sie beendete das Gespräch und wandte sich mit strenger Miene an Ann und Elin.

Die Mädchen ließen die Köpfe hängen und wichen ihrem Blick aus. »Du hast es also schon gehört?«, sagte Ann bekümmert.

Ein ungutes Gefühl beschlich Eva. »Was soll ich gehört haben?«

»Du hast doch gerade mit Linn telefoniert. Hat sie dir nicht gesagt, dass …« Ann schien in diesem Moment zu begreifen, dass Eva keine Ahnung hatte, und brach ab. »Was wollte Linn denn von dir?«

Eva winkte ab. »Uninteressant! Ich will jetzt wissen, was passiert ist und wieso ihr wie das personifizierte schlechte Gewissen vor mir steht.«

»Mikael Käkelä hat sich selbstständig gemacht«, brach es aus Elin heraus.

»Ich verstehe kein Wort.« Evas ungutes Gefühl verstärkte sich.

»Er macht einfach, was er will«, sagte Ann kleinlaut.

Eva hob die Hände. »Erzählt mir doch bitte alles von Anfang an.«

Elin und Ann schauten sich an. »Sag du es«, bat Elin mit ängstlicher Stimme. »Mikael Käkelä ist dein Vater ... deine Mutter ...« Sie holte tief Luft. »Du weißt schon ...«

Ann atmete tief durch. »Also: Wir haben die Autorenseite eingerichtet und gefüllt«, begann sie. »Ehrlich, Mama, das läuft richtig gut. Wir haben Bilder von deinen Büchern gepostet, und die Leute haben sich tierisch gefreut, endlich etwas über ihren Lieblingsschriftsteller zu erfahren.«

Eva zog die Augenbrauen zusammen. »Und weiter?«, forderte sie ihre Tochter auf, als die verstummte.

»Die wollten alle wissen, wie Mikael Käkelä aussieht«, fuhr Ann fort, und stockte erneut. Hilfesuchend schaute sie ihre Freundin an.

»Das stimmt«, bestätigte Elin. »Also haben wir beschlossen, den Leuten das zu zeigen.« Sie lächelte. »Wir haben in Stockholm einen supertollen Typen gesehen. Und fotografiert«, fuhr sie schließlich fort. »Ehrlich, Eva, der Typ ist der Knaller.«

Jetzt wusste Eva auch, weshalb ihr das Gesicht des Mannes so bekannt vorgekommen war. Sie hatte ihn auf der Facebookseite ihrer Tochter gesehen. »Ihr habt sein Foto auf die Seite gestellt.«

»Ja«, erwiderten Ann und Elin unisono.

Eva lief ein Schauder über den Rücken, als ihr die Tragweite des Problems bewusst wurde. Sie mahnte sich selbst zur Ruhe, was nicht sonderlich gut gelang. »Aber das geht doch nicht! Du lieber Himmel, ihr seid doch keine kleinen Kinder mehr! Habt ihr noch nie was vom Recht am eigenen

89

Bild gehört? Habt ihr wirklich nicht gewusst, dass ihr nicht einfach das Foto eines anderen Menschen benutzen und in ein öffentliches Netzwerk einstellen könnt?« Sie stöhnte leise auf. »Und dann gebt ihr ihn auch noch als den Schriftsteller aus, für den sich die Öffentlichkeit gerade besonders interessiert.«

»So weit haben wir nicht gedacht«, gab Ann zu.

»Wir fanden einfach, dass der Mann genauso aussieht, wie ein Mikael Käkelä aussehen sollte«, ergänzte Elin.

Eva atmete tief durch und versuchte, ihre Gedanken zu ordnen. Jetzt ging es vor allem darum, den Schaden zu begrenzen. »Ihr werdet das Foto sofort von der Seite löschen«, verlangte sie.

Wieder wechselten die Mädchen einen Blick. »Sag du es ihr«, flüsterte Elin.

Ann senkte den Kopf. »Das Foto und die Seite wurden bereits mehrere Tausend Male gelikt und auch geteilt.«

Eine unheilvolle Stille breitete sich in dem kleinen Büro aus, bis Ann den Kopf hob und versuchte, die Stimmung mit einem besänftigenden Lächeln zu entspannen. »Ein Gutes hat die ganze Sache«, sagte sie. »Du weißt jetzt, dass du ganz viele Fans hast.«

Eva stützte für einen Moment den Kopf in die Hände, um sich zu sammeln. »Im Augenblick vermag ich deine Begeisterung nicht zu teilen«, sagte sie schließlich. »Ehrlich: Das ist eine Katastrophe! Was, glaubt ihr, passiert, wenn mich dieser Mann verklagt?«

Dann würde auch die wirkliche Identität des angeblich männlichen Schriftstellers publik! Das wäre eine Katastrophe und würde auch dem Verlag überhaupt nicht gefallen. Doch abgesehen davon, spürte Eva überrascht, dass sie die Vorstellung, im Fokus der Öffentlichkeit zu stehen, gar nicht mehr so schrecklich fand. Im Gegensatz zu ganz am Anfang, nachdem ihr Debütroman erschienen und sofort ein Erfolg geworden war, da hätte sie sich kaum etwas Schlimmeres vorstellen können.

»Ich kann mir nicht vorstellen, dass er dich verklagen will«, sagte Elin. »Ich glaube, er findet es ganz gut, dass ihn alle für Mikael Käkelä halten.«

»Wie kommst du darauf?«, fragte Eva erstaunt.

»Weil er am Samstag in Stockholm eine Lesung als Mikael Käkelä hält. Das haben wir gerade eben gesehen.« Ann trat zu Eva an den Schreibtisch und tippte etwas in den Computer ein. Kurz darauf war die Seite einer Buchhandlung zu sehen. Der Mann von dem Profilfoto stand davor und hielt ein Exemplar ihres letzten Romans *Tote klettern nicht auf Bäume* in die Kamera.

Mikael Käkelä liest aus seinem aktuellen Buch, stand in der Überschrift. *Samstag, ab 16.00 Uhr.*

Eva spürte, dass in diesem Moment etwas in ihr zerbrach. Dieser verdammte Kerl stahl ihr etwas, das einen Großteil ihres Lebens ausmachte. Was ihr geholfen hatte, mit Svens Tod fertig zu werden. Und sie konnte nichts dagegen tun.

Linn schien das noch nicht zu wissen und würde toben, wenn sie davon erfuhr. Wahrscheinlich bedeutete das sogar das Ende der Zusammenarbeit mit ihrem Verlag. Von wegen zwei Bücher in einem Jahr! Es würde nie wieder ein Buch von Mikael Käkelä geben.

»Mama?« Anns Stimme klang zutiefst verunsichert.

»Geht bitte«, bat Eva mit äußerster Beherrschung. »Ich will alleine sein und darüber nachdenken, was jetzt zu tun ist.«

»Aber …«, begann Ann, doch Eva wollte nichts mehr hören.

»Löscht das Foto von dem Account«, befahl sie. »Und schließt die Tür hinter euch, wenn ihr geht.«

Minutenlang saß Eva am Schreibtisch, den Kopf in die Arme gestützt. Sie fühlte sich vollkommen hilflos, hatte keine Ahnung, was sie jetzt machen sollte. Einmal griff sie sogar zum Telefon, um Linn anzurufen, doch dann überlegte sie es sich doch anders. Schließlich stand sie auf und trat ans Fenster.

Draußen sah sie Ove und Benny den Weg Richtung See einschlagen. Benny griff nach Oves Arm und leitete ihn fürsorglich bis ans Seeufer.

Unwillkürlich musste sie lächeln. Es tat gut zu sehen, dass die beiden ihre Urlaubsfreundschaft wieder aufleben ließen. Ove konnte jemanden gebrauchen, der sich um sein Wohlbefinden sorgte. Und für Benny war es gut, dass jemand da war, mit dem er sich austauschen konnte.

Zum wiederholten Male fragte sie sich, ob auch Ove Bennys Geheimnis kannte. War die Freundschaft zwischen den beiden Männern so groß, dass Benny sich ihm anvertraut hatte?

»Herein!«, sagte sie, als es an der Tür klopfte. Sie lächelte schwach, als Astrid eintrat. »Die Mädchen haben dir bestimmt alles erzählt.«

Astrid nickte. »Ich habe nicht mit Vorwürfen gespart und

ihnen mit deutlichen Worten gesagt, was ich von der ganzen Sache halte.«

Eva winkte ab. »Ich bin nicht wirklich sauer auf die Mädchen, und du solltest dich auch nicht über sie ärgern. Es ist nicht ihre, sondern ausschließlich meine Schuld. Ich hätte Linn entweder sagen müssen, dass sie sich ihre Idee mit der Autorenseite sonst wohin stecken kann, oder es einfach selbst machen müssen. Ich habe die Verantwortung dafür auf zwei Teenager abgewälzt, also muss ich jetzt auch die Verantwortung tragen.«

»Vielleicht hast du recht«, sagte Astrid. »Aber ich bin nicht nur deshalb hier. Es ist etwas ganz Komisches passiert.«

Eva stöhnte auf. »Bitte, nicht noch mehr Katastrophen!«

»Ich habe eben eine Buchungsanfrage für zwei Einzelzimmer ab Montag erhalten.«

Diesmal atmete Eva erleichtert auf. »Endlich mal was, das nichts mit mir und meiner Schriftstellerei zu tun hat.«

»Doch, irgendwie schon.« Astrid hob die Hand, in der sie einen Zettel hielt. »Die eine Buchung lautet auf den Namen Sten Edlund.«

»Der Name sagt mir nichts.«

Astrid holte tief Luft. »Sein Begleiter ist Mikael Käkelä. Die beiden kommen aus Stockholm.«

Obwohl sie auf ihrem Bürostuhl saß, meinte Eva für einen Moment, dass der Boden unter ihr schwankte. »Das ist nicht wahr«, flüsterte sie. »Eine zufällige Namensgleichheit?«

»Das glaubst du doch nicht wirklich, oder?«

Eva schwieg, ihre Gedanken rasten.

»Soll ich ihnen mitteilen, dass wir ausgebucht sind?«, fragte Astrid.

Eva fasste einen Entschluss. »Auf keinen Fall!«, beschied sie energisch. »Ich will diesem Typen von Angesicht zu Angesicht gegenüberstehen«, erklärte sie kampfeslustig.

»Und dann?«, holte Astrid sie in die Realität zurück. »Du kannst nichts machen, ohne dich zu verraten. Wenn er nicht bereits weiß, dass du Mikael Käkelä bist, und dich damit herausfordern will.«

»Lass ihn und seinen Begleiter trotzdem kommen«, bat Eva. »Und dann schauen wir mal, was passiert.«

»Okay«, stimmte Astrid zu.

»Und sprich bitte mit den Mädchen«, bat Eva. »Sie sollen sich nicht verraten und so tun, als hätten sie diesen Mann noch nie gesehen.«

Astrid lächelte. »Klar, das mache ich. Sonst noch was?«

»Halt mich bitte zurück, wenn ich mich auf diesen Typen stürze, um ihm an die Gurgel zu gehen.«

Astrid lachte. »Ich werde es versuchen«, versprach sie. »Ehrlich gesagt bin ich ziemlich gespannt auf diesen Mann. Das alles hätte auch viel schlimmer kommen können.«

»Noch schlimmer?«

»Wenn er gerichtlich gegen dich vorgehen würde zum Beispiel«, erläuterte Astrid. »Ich frage mich, warum er stattdessen den Mikael Käkelä spielt.«

»Weil er ein aufgeblasener Gockel ist und die öffentliche Aufmerksamkeit seinem Ego schmeichelt.«

»Wow«, stieß Astrid hervor. Dann breitete sich ein Grinsen auf ihrem Gesicht aus. »Offensichtlich hast du dir völlig unvoreingenommen bereits ein Bild von diesem Mann gemacht.«

»Deinen Spott kannst du dir und vor allem mir ersparen«, gab Eva giftig zurück.

Lachend verließ Astrid das Büro.

Evas Gedanken kreisten um den Mann, dem sie am kommenden Montag persönlich gegenüberstehen würde. Sie wollte sich sein Gesicht noch einmal genau ansehen, auch wenn sie keine Ahnung hatte, was sie darin zu finden hoffte.

Sie rief die Autorenseite auf …

… das Foto war weg. Die Mädchen hatten schnell gehandelt.

Eva fiel ein, dass sich Fotos des Mannes auf den Facebookseiten der Mädchen befunden hatten, doch als sie nachschaute, waren die Bilder auch dort verschwunden.

Eva war nervös. Etwas mehr als drei Tage hatte sie Zeit, sich auf diesen Mann vorzubereiten. Das Adrenalin aktivierte ihre Fantasie und sie stellte sich vor, wie sie ihn auf seinem Weg nach Torsby abfing und ihn gewaltsam daran hinderte, hierher zu kommen.

Plötzlich war da die Idee für ihren neuen Krimi. Eva notierte sie und fertigte gleich eine Liste über das Mordopfer, dessen Umfeld und den ungefähren Ablauf an. Danach tauchte sie ins Exposé ein, bis eine Mail von Linn kam.

Warum hast du mir nicht gesagt, dass dieser Supertyp am Samstag eine Lesung als Mikael Käkelä hält? Ich glaube, ich sehe mir den mal aus der Nähe an.

»Bitte nicht«, flehte Eva leise. *Sei bitte vorsichtig*, schrieb sie. *Ich kann dir das jetzt nicht alles erklären, aber dieser Mann weiß nicht, wer der richtige Mikael Käkelä ist. Und ich möchte auch nicht, dass er es erfährt.*

Cool bleiben, ich will ihn mir nur ansehen, antwortete Linn prompt. *Ich habe nicht die Absicht, Geheimnisse mit ihm auszutauschen.*

Das beruhigte Eva nicht wirklich, aber ihr war klar, dass sie keine andere Wahl hatte, als einfach abzuwarten und alles auf sich zukommen zu lassen.

Mikael Käkelä

Kristina B.: »kreisch« Wieso ist dein Profilbild weg???

An Na: Huch, das ist mir noch gar nicht aufgefallen.

Kristina B.: Das ist auch erst vor ein paar Minuten verschwunden.

Curt aus Stockholm: Ich bin genauso hübsch wie Mikael! ;-)

An Na: Den Beweis bist du uns schuldig. Du hast nur einen ollen Kater als Profilbild.

Kristina B.: Es ist mir egal, wie Curt aussieht. Ich will Mikael sehen. Hast du nicht ein paar neue Fotos, Mikael, die du uns zeigen kannst?

Curt aus Stockholm: Ja, Mikael, zeig uns doch einmal ein paar andere Fotos. Ich würde die auch gerne sehen!

»Und jetzt?«, fragte Elin.

Ann zuckte mit den Schultern. »Keine Ahnung! Und ich mag Mama jetzt nicht fragen.«

Elin schwieg einen Moment. »Das kann ich verstehen. Glaubst du, das gibt jetzt richtig Ärger?«

Ann zuckte die Schultern. »Hoffentlich nicht. Ich hab aber wirklich nicht darüber nachgedacht, dass wir das Foto von diesem Typen aus Stockholm nicht einfach so einstellen dürfen.«

»Wer konnte auch damit rechnen, dass das so einen Hype auslöst.« Elin stieß Ann mit dem Ellbogen leicht an. »He, deine Mutter ist echt berühmt.«

»Ja, das habe ich mittlerweile auch bemerkt«, erwiderte

Ann stolz. »Aber es tut mir sehr leid, dass sie jetzt meinetwegen so einen Kummer hat.«

»Unseretwegen«, berichtigte Elin und legte einen Arm um Anns Schulter. »Leider fällt mir nichts ein, um den Schlamassel in Ordnung zu bringen.«

»Mir auch nicht. Und wir müssen trotzdem was dazu schreiben.« Ann stieß einen Seufzer aus. »Irgendwie müssen wir die Leute hinhalten. Vielleicht vergessen sie die Fotos ja irgendwann.«

»Oder wir löschen die Seite ganz«, schlug Elin vor. Ein kurzer Blickkontakt zwischen ihnen genügte, um festzustellen, dass sie das beide nicht wollten.

»Wir müssen uns einfach etwas einfallen lassen und dann noch mal mit Mama reden, sobald sie den Schock verdaut hat«, beschloss Ann.

»Guter Plan«, stimmte Elin zu.

Mikael Käkelä: Ich habe keine Ahnung, was da mit meinem Profilbild passiert ist.

Kristina B.: Stell es bitte wieder ein. Ich schaue dich so gerne an.

Mikael Käkelä: Sorry, aber es ist komplett vom Rechner verschwunden.

Kristina B.: Schaaaaaade! :-((((((

Elin legte ihre Hände auf Anns, als diese weiterschreiben wollte. »Ich habe eine supercoole Idee, wie wir die Leute beruhigen und gleichzeitig etwas für deine Mutter tun können. Das heißt«, verbesserte sie sich, »sogar für unsere beiden Mütter.

Wir machen statt eines neuen Profilbildes Werbung für unser Hotel.«

Ann wirkte nicht überzeugt. »Ob das gut ankommt?«

»Wir müssen das ja nicht so offensichtlich machen. Überleg mal: Warum kann Mikael Käkelä nicht nach anderen Fotos suchen?«

Ann zuckte ahnungslos mit den Schultern.

»Weil er nicht zu Hause ist«, rief Elin ungeduldig. »Sondern …«

»… im Hotel Berglund am Övre Brocken«, ergänzte Ann. Endlich hatte sie verstanden, worauf Elin hinauswollte.

»Genau!« Elins Augen glänzten. »Auch ein Schriftsteller macht mal Urlaub.«

»Und wenn er hier Urlaub macht, sind wir demnächst immer ausgebucht.« Ann stieß einen Jubelschrei aus. »Mama und Astrid werden begeistert sein.«

»Los, schreib schon«, drängte Elin.

Mikael Käkelä: Leute, lasst mir ein wenig Zeit! Neue Fotos von mir stelle ich ein, sobald ich wieder zu Hause bin.

Curt aus Stockholm: Wo bist du denn, Mikael?

An Na: Wollte ich auch gerade fragen. Rechercherreise?

Ann und Elin schauten sich an und kicherten.

Mikael Käkelä: Ausnahmsweise mache ich mal Urlaub. Im Hotel Berglund, in der Nähe von Torsby. In den nächsten Tagen stelle ich ein paar Fotos von meinem Urlaubsdomizil ein.

Kristina B.: Schöne Ecke, da war ich vor Jahren auch schon.

Curt aus Stockholm: Wie schön, vielleicht besuche ich dich da in den nächsten Tagen mal.

»Siehst du, es klappt. Der erste Besucher hat sich bereits an-
gekündigt«, freute sich Elin.

»Der wird sich allerdings wundern, wenn er Mikael Käkelä
hier nicht antrifft«, wandte Ann ein.

Elin ließ sich nicht verunsichern. »Na und, dann ist
Mikael eben bereits wieder abgereist.«

»Soll ich noch was schreiben?«, überlegte Ann. In diesem
Augenblick kam Astrid ins Zimmer.

»Ich muss mit euch reden«, sagte sie. »Es geht um Mikael
Käkelä …«

Kapitel 8

»Keine Antwort ist auch eine Antwort«, kommentierte Jon vom Sofa aus am nächsten Vormittag seinen letzten Eintrag auf Mikael Käkeläs Seite, mit dem er seinen Besuch ankündigte.

»Was soll er dazu auch schreiben«, gab Sten schulterzuckend zurück. »Für ihn war das gestern möglicherweise nicht einmal eine Überraschung, wenn er wirklich zum Hotelpersonal gehört. Dann hat er längst unsere Buchungsanfrage gesehen.«

»Hast du inzwischen die Bestätigung bekommen?«, fragte Jon.

»Nein«, sagte Sten. Er saß wie immer an seinem Computer.

»Keine Antwort ist auch eine Antwort«, wiederholte Jon grinsend. »Wahrscheinlich überlegt der echte Mikael noch, wie er mit der Buchungsanfrage umgehen soll.«

»Und dann?«, fragte Sten.

»Dann suchen wir uns ein anderes Hotel in der Nähe.« Diese Notlösung gefiel Jon nicht wirklich, er wollte lieber direkt an Ort und Stelle sein und sich dort auf die Suche machen.

»He, die Buchungsbestätigung ist gerade eingegangen«, sagte Sten wenige Augenblicke später. »Wir kriegen die Zimmer.«

»Oh!« Jon war ehrlich überrascht. Er hatte kaum damit gerechnet, unter dem Namen Mikael Käkelä ein Zimmer im

Hotel Berglund zu bekommen. Dann kam ihm ein Gedanke: »Bedeutet das vielleicht, dass Mikael sich doch nicht in diesem Hotel aufhält?«

Sten antwortete nicht, sondern tippte eifrig auf seiner Tastatur herum. »Die ist aber nicht von dem Rechner abgeschickt, den er für seine Autorenseite nutzt«, stellte er schließlich fest. »Der hier hat eine andere IP. Schade, es wäre zu schön gewesen.« Schwungvoll drehte er sich auf seinem Bürostuhl zu Jon um. »Aber wir finden ihn. Irgendwo im Hotel hält er sich auf, da bin ich ganz sicher.«

Jon rieb sich die Hände. »Ich kann es kaum erwarten, ihm gegenüberzustehen.«

Sten grinste. »Selbst dann wirst du ihn nicht erkennen.«

Jon erhob sich. Nicht nur wegen Curt, der gerade wieder auf dem Kriegspfad wandelte, um sein Sofa zu verteidigen, sondern weil er noch einiges zu erledigen hatte.

»Gehst du schon?«, fragte Sten.

»Ich muss mich auf die Lesung morgen vorbereiten«, sagte Jon. Er grinste von einem Ohr zum anderen. »Danach werde ich Bücher signieren.«

Sten teilte seine Euphorie nicht. »Das gibt irgendwann richtig Ärger«, prophezeite er.

Jon grinste. »Mikael Käkelä sollte mir dankbar sein, weil ich den Verkauf seiner Bücher ankurbele.«

»Seine Dankbarkeit werden wir wahrscheinlich nächste Woche persönlich erleben«, konterte Sten trocken. »Wann genau beginnt die Lesung? Ich möchte unbedingt dabei sein.«

»Morgen um 16 Uhr. In der Buchhandlung in Gamla Stan, die kennst du ja. Soll ich dir einen Platz freihalten?«

»Du bist ein Optimist.« Sten lächelte. »Würde es deinem Selbstbewusstsein einen harten Schlag verpassen, wenn außer mir kein Mensch kommt?«

»Jon Erlandsson kann damit leben, aber ich habe keine Ahnung, wie es dann den beiden Mikael Käkeläs ergeht. Also, dem in Stockholm und dem in Torsby.«

»Das kannst du ihn ja wahrscheinlich bald fragen.« Sten stand auf und begleitete seinen Freund zur Tür. »Wir sehen uns morgen.«

»Bis morgen«, verabschiedete sich Jon.

»Was ich noch sagen wollte ... Ich finde es gut, dass du nach dem Verkauf des Ringes nicht gleich am nächsten Tag an den Siljansee gezogen bist«, sagte Sten leise, bevor Jon durch die Tür schritt. »Ich hatte lange nicht mehr so viel Spaß mit dir wie jetzt. Fast so wie früher.«

Jon freute sich über die Worte seines Freundes, bis Sten nachdenklich hinzufügte: »Mir fällt gerade ein, dass deine Aktionen schon früher viel Ärger eingebracht haben. Nicht nur dir, sondern auch mir.«

Jon traute seinen Augen kaum, als er am nächsten Tag zur Buchhandlung kam. Vor der Tür hatte sich eine lange Schlange gebildet. Jetzt war er froh, dass Tilde, die Buchhändlerin, ihn gebeten hatte, den Hintereingang zu benutzen.

Sie empfing ihn bereits an der Tür. »Hast du gesehen, was vor dem Laden los ist? Ich habe nicht damit gerechnet, dass dich so viele Leute sehen wollen«, sagte sie aufgeregt. »Ich werde einen Teil von ihnen wegschicken müssen, wir haben einfach nicht genug Platz für alle. Und die Presse kommt auch noch.« Sie schaute ihn bittend an. »Wärst du vielleicht bereit, in den nächsten Tagen noch einmal zu lesen? Dann könnte ich den Zuhörern, die ich jetzt wegschicken muss, einen Alternativtermin anbieten.«

»Das geht leider nicht, ich verreise am Montag wieder.« Er sah, dass seine Antwort Tilde enttäuschte, doch er hatte ein ganz anderes Problem: So wie er Sten kannte, kam der erst kurz vor vier und hatte damit keine Chance mehr, eingelassen zu werden.

»Vielleicht nach meiner Rückkehr«, versuchte Jon zu beschwichtigen, »ich rufe dich dann sofort an und wir vereinbaren einen Termin.« In Gedanken war er immer noch bei Sten und der Frage, wie er dafür sorgen konnte, dass er eingelassen wurde. »Gleich kommt übrigens noch mein …«, plötzlich kam ihm die zündende Idee: »… mein Agent«, sagte er. »Sten Edlund. Wir sollten alles Weitere mit ihm besprechen.«

»Alles klar. Er soll den Hintereingang nehmen, ich reserviere ihm einen Platz«, sagte Tilde und ging nach vorne in den Laden, um mit dem Einlass zu beginnen. Währenddessen schrieb Jon Sten eine SMS mit der Bitte, so schnell wie möglich zu kommen. Er hatte auf einmal das Gefühl, dass ihn die eine oder andere knifflige Situation erwartete, bei deren Lösung er Stens Hilfe gut gebrauchen konnte.

Komm bitte sofort, schrieb er. *Durch den Hintereingang. Und zu deiner Information: Du bist mein Agent!* Doch Sten ließ sich Zeit, während Jon immer nervöser wurde. Mehrmals schaute er auf sein Handy, aber Sten antwortete nicht und tauchte auch nicht auf.

Wo bleibst du?, schrieb Jon. Wieder erhielt er keine Antwort. Die Minuten verrannen.

»Die Leute warten«, drängte Tilde schließlich.

Jon vernahm die Stimmen der Menschen, die sich in der Buchhandlung versammelt hatten. Er hatte in einem Exemplar des Buches die Seiten markiert, aus denen er vorlesen wollte. Alles war also vorbereitet, aber er hatte plötzlich das Gefühl, dass er kein Wort herausbekommen würde, sobald er vor die Leute trat.

»Wir müssen jetzt wirklich nach vorn gehen, die Leute werden ungeduldig.« Tilde fasste nach seinem Arm und wollte ihn in den Verkaufsraum ziehen, wo ihre Mitarbeiter sich Mühe gaben, die Besucher zu beschwichtigen.

Jon spürte, wie ihm übel wurde, und dann war Sten endlich da. »Warum hast du mich nicht davon abgehalten, diesen Termin zu vereinbaren?«, flüsterte Jon seinem Freund zu.

»Weil jeder Versuch zwecklos gewesen wäre.« Sten grinste. »Du hast Lampenfieber, aber du schaffst das schon.«

»Erinnere mich an diesen Moment, wenn ich mal wieder einen öffentlichen Auftritt plane«, bat Jon. Er straffte seine Schultern und betrat den Verkaufsraum.

Schlagartig wurde es ruhig, alle Augen waren auf ihn gerichtet, während er aufs Podium stieg.

»Hej«, grüßte er nervös. »Mein Name ist Jo…« Er spürte den Stoß in seinem Rücken.

»Mikael Käkelä!« Er schaute sich kurz um und warf Sten einen dankbaren Blick zu, bevor er sich auf den ihm zugewiesenen Stuhl fallen ließ.

Dann wusste er nicht mehr, was er sagen sollte.

»Du siehst noch besser aus als auf deinem Profilbild«, rief eine weibliche Stimme aus dem Publikum. Gelächter war zu hören.

Auch Jon lachte, und endlich war es ihm möglich, ein wenig zu entspannen.

»Wieso bist du eigentlich hier?«, rief die gleiche Stimme.

Jon erkannte, dass es sich um eine Frau handelte, die vor einem der Bücherregale auf dem Boden saß.

»Du hast doch auf deiner Seite geschrieben, dass du Urlaub machst.«

»Meinen Urlaub habe ich extra für euch unterbrochen«, log er. »Morgen fahre ich wieder zurück.«

Die Frau auf dem Boden grinste ihn an. »Also können wir heute Abend noch etwas unternehmen.«

Jon grinste zurück. »Vielleicht ein anderes Mal, wenn du mir deinen Namen verrätst.«

Sie warf den Kopf zurück und lächelte. »Ich heiße Linn, und wie du heißt, weiß ich.«

»Okay, Linn, wir haben irgendwann ein Date«, versprach Jon, und dann begann er mit der Lesung. Alle Anspannung war von ihm abgefallen. Er las die markierten Passagen aus den Büchern, scherzte und lachte mit den Besuchern.

Jon bemerkte, dass auch Arvid unter den Besuchern war. Immer wieder leuchtete ein Blitzlicht auf, wenn er ihn fotografierte.

Die Lesung endete mit einer Signierstunde. Schwungvoll setzte Jon den Namen *Mikael Käkelä* in die aufgeschlagenen Bücher, die ihm vorgehalten wurden. Bisweilen, wenn er darum gebeten wurde, schrieb er eine Widmung dazu.

Auch Linn stand plötzlich mit einem Buch vor ihm. »Ich finde es toll, dich persönlich kennenzulernen.« Unverwandt starrte sie ihn an. »Ich komme übrigens auch aus der Verlagsbranche. Wir haben uns bei unserem Date bestimmt eine Menge zu erzählen.«

»Da bin ich mir sicher«, erwiderte Jon freundlich. Sie hatte ihm den Einstieg erleichtert und dafür war er ihr dankbar. Gleichzeitig war er sich sicher, dass sich ihre Wege nie wieder kreuzen würden.

Dann kam Arvid an die Reihe. Er wollte kein Buch signieren lassen, sondern wies mit ausgestrecktem Zeigefinger auf Jon. »Du schuldest Annika und mir noch eine gemeinsame Fotostrecke sowie ein Interview.«

Jon grinste breit. »Ich habe Annika bereits gesagt, dass ihr euch dafür mit dem Verlag in Verbindung setzen müsst. Die organisieren die Termine für Mikael Käkelä.«

Arvid wandte sich ohne ein weiteres Wort sichtlich unzufrieden ab und drängte sich an Linn vorbei, die noch in Hörweite war und Jon jetzt interessiert musterte. Er nickte ihr kurz zu, dann ging sie weiter.

»Das war eine tolle Veranstaltung«, sagte Jon, als er gemeinsam mit Sten die Buchhandlung verließ. »Ich könnte mich an so ein Leben gewöhnen.«

»Öffentliche Auftritte, Presse, Lesungen und Bücher signieren?«, zählte Sten auf.

»Ja«, sagte Jon begeistert.

Sten grinste. »Wenn du ein Schriftstellerleben führen und damit Geld verdienen willst, solltest du vielleicht das eine oder andere Buch schreiben«, schlug er ironisch vor.

Nachdem er am Morgen lange geschlafen hatte, verbrachte Jon den Sonntag damit, seine Reisetasche zu packen. Anschließend rief er Sten an. »Wollen wir uns um kurz vor neun an der Centralstation treffen?«

»Nein. Kleine Planänderung: Wir fahren mit dem Auto«, verkündete Sten. »Ein Nachbar leiht uns seinen Wagen.«

Jon war überrascht. »Wann hattest du denn vor, mir das mitzuteilen? Stell dir vor, ich hätte die Tickets schon gekauft.«

»Hast du?« Sten lachte. »Natürlich nicht!«, beantwortete er sich die Frage selbst. »Und die Sache mit dem Auto hat sich gerade erst ergeben. Ich erledige hin und wieder Besorgungen für meinen Nachbarn. Als ich ihm eben gesagt habe, dass ich für zwei Wochen verreise, hat er mir den Wagen angeboten.«

»Das ist ja nett. Aber die zwei Wochen sind ja nur unsere vorläufige Planung, wir wissen nicht, ob das reicht und wie lange wir wirklich bleiben«, sagte Jon. »Was ist, wenn er den Wagen selbst braucht?«

»Petter fährt schon seit Jahren nicht mehr. Ich habe keine Ahnung, wieso er den Wagen trotzdem behält.«

»Dass Petter seit Jahren nicht mehr fährt, interessiert mich nicht so sehr wie die Frage, was dann mit dem Auto ist. Fährt das noch?«, wollte Jon wissen.

Sten lachte. »Ja, ich habe mich eben selbst davon überzeugt.«

Jon atmete tief durch. »Aber die Sache hat einen Haken, oder?«

»Nein«, behauptete Sten.

Obwohl Jon ihm nicht glaubte, fragte er nicht weiter nach. »Wann holst du mich ab?«

»Wir bleiben bei der Uhrzeit«, schlug Sten vor. »Ich bin so gegen neun bei dir.«

Beim Anblick des Wagens ließ Jon beinahe die Reisetasche fallen. »Dass es so etwas noch gibt!«, rief er.

»Saab neunhundert, Baujahr vierundachtzig«, berichtete Sten stolz, als sei es sein eigenes Auto. Liebevoll strich er über den eierschalfarbenen Lack des Oldtimers.

Jon konnte seine Begeisterung nicht teilen. Er hatte selten ein hässlicheres Auto gesehen. Die nächste Überraschung erwartete ihn, als er die hintere Tür öffnete, um seine Reisetasche auf den Rücksitz zu stellen. Ein lautes Fauchen begrüßte ihn.

Jon sah seinen Freund über den Wagen hinweg entgeistert an. »Du nimmst den Kater mit?«

»Natürlich!« Sten schaute ihn an, als wäre er zutiefst verwundert über diese Frage. »Er ist nicht gut drauf, weil ich ihn in die Transportbox einsperren musste.«

»Er ist nie gut drauf«, erwiderte Jon missmutig. Er hatte schon den ganzen Morgen schlechte Laune, was ihn selbst überraschte. Unterwegs wurde es nicht besser, weil Curt während der Fahrt ein Konzert der übelsten Sorte anstimmte, um seine Unzufriedenheit laut in die Welt zu schreien.

»Es ist gut, Curt«, sagte Sten immer wieder. »Wir sind bald da!«

Jon warf ihm einen vernichtenden Blick zu. Die Fahrt würde, ohne Zwischenstopp, mindestens viereinhalb Stunden dauern, und so lange würde er Curts Geschrei auf keinen Fall aushalten. Zumal der Kater sich nun für eine extrem hohe Tonlage entschieden hatte.

»Es ist gut, Curt«, sagte Sten erneut. »Wir sind bald da.« Und fünf Minuten später: »Es ist gut, Curt!«

»Halt endlich die Klappe«, fuhr Jon ihn an. »Wir sind noch mindestens vier Stunden unterwegs. Wenn ich noch einmal höre, dass wir bald da sind, springe ich aus dem fahrenden Auto.«

Sten grinste. »Es ist gut, Curt. In vier Stunden sind wir da.«

Jon stöhnte auf. Er sagte nichts mehr und versuchte, sich auf die vorbeiziehende Landschaft zu konzentrieren.

Nach gut einer Stunde Fahrt, kurz vor Enköping, verstummte Curt plötzlich. Jon war erleichtert, Sten besorgt. »Schau mal bitte nach, ob er noch lebt.«

Jon wandte den Kopf. Durch das Kunststoffgitter des Vorderteils konnte er den Kater sehen. Curt wandte den Kopf, schaute ihm in die Augen und fauchte ihn giftig an.

»Er lebt«, sagte Jon.

»Ich habe es gehört.«

Mit zunehmender Dauer der Fahrt besserte sich Jons Laune von da an. Er hatte lange nicht mehr so bewusst erlebt, wie schön seine Heimat war. Sie passierten Städte und Dörfer, und dann schlängelte sich die Straße wieder kilometerweit durch die Landschaft, ohne dass eine Ansiedlung zu sehen war. Sie fuhren durch dichte Wälder. Kiefern und Fichten, soweit das Auge reichte. Hin und wieder waren rote Holzhäuser zwischen den Bäumen zu sehen.

Hinter Ludvika führte die Straße streckenweise am See

Väsman vorbei. Weiße Segelboote schienen über die blaue Oberfläche zu fliegen.

»Am liebsten würde ich überall Halt machen, ein bisschen bleiben und schauen«, fasste Sten das zusammen, was Jon gerade gedacht hatte.

»Mir geht es genauso.« Jon berührte lächelnd Stens Arm. »Danke, dass du das alles mitmachst.«

Sten grinste. »Danke, dass du mich mitnimmst.«

Es war fast so, als würde sich ihre gute Stimmung auf Curt übertragen, denn er begann plötzlich laut zu schnurren. Jon lachte laut auf, doch als er sich umdrehen wollte, hinderte Sten ihn daran.

»Lieber nicht«, bat er. »Curt hat gerade gute Laune. Das ändert sich womöglich, wenn er dein Gesicht sieht.«

Am frühen Nachmittag erreichten sie ihr Ziel. Sten parkte neben einem Volvo, der kaum jünger war als der Saab.

Zwei Männer spazierten langsam am Parkplatz vorbei, in eine Unterhaltung vertieft.

Plötzlich sah der größere und ältere zu ihnen hinüber. Er sagte etwas zu seinem Begleiter, und beide schritten lächelnd über den Parkplatz zu ihnen.

»Hej«, grüßte der Große. »Herzlich willkommen im Hotel Berglund.«

Jon starrte ihn misstrauisch an. War das Mikael Käkelä?

»Ich bin Ove«, stellte der Mann sich vor. Er zeigte auf seinen Begleiter. »Und das ist Benny. Wir sind auch Gäste hier im Hotel.«

Jon stellte zuerst Sten vor, dann präsentierte er seinen eigenen Gästenamen: »Mikael Käkelä.«

III

Ove schaute ihn fragend an. »Es gibt einen Schriftsteller, der Mikael Käkelä heißt.«

Jon grinste nur. Ove grinste zurück. »Du musst nicht sagen, dass du das bist. Denn wenn du es sagst, muss ich zugeben, dass ich noch nichts von dir gelesen habe.«

»Ich habe den Namen auch schon mal gehört«, sagte Benny. Er deutete auf das Gepäck. »Kommt, ich helfe euch.« Er wollte gerade eine der Reisetaschen hochheben, als ein Mann zu ihnen trat. »Das ist Svante«, stellte Ove ihn vor. »Die gute Seele des Hotels. Wenn etwas nicht funktioniert oder ihr etwas braucht, wendet euch vertrauensvoll an ihn.«

Jon spürte eine ungeheure Anspannung, als Svante ihn kurz musterte. War er der Mann, den er suchte? Das Gesicht des Mannes war kantig, seine Augen dunkel, fast schwarz. Sein Haar war ebenso grau wie sein Bart.

Er grüßte knapp und griff nach der Transportbox. Curt fauchte wütend.

Svante hob die Box hoch und schaute hinein. Sekundenlang fixierte er den Kater mit dem Blick. Curt verstummte.

Ove feixte. »Oh, das habe ich vergessen: Svante kommt auch gut mit Tieren zurecht.«

»Offensichtlich.« Jon war zutiefst beeindruckt.

»Lasst uns reingehen.« Benny setzte sich mit einer der Reisetaschen in der Hand in Bewegung.

Gemeinsam betraten sie das Hotel. Jon war angenehm überrascht von der freundlichen Atmosphäre im Eingangsbereich. Sonnenlicht fiel durch die hohen Fenster. Auf der gegenüberliegenden Seite waren die Türen geöffnet, die zur Terrasse führten. Eine Wiese schloss sich an, und gleich dahinter lag der See.

Jon ließ seinen Blick schweifen, dann trat Ove, der vor ihm ging, zur Seite und gab den Blick auf die Rezeption frei. Hinter dem Tresen standen zwei Frauen. Eine der beiden hatte lange blonde Haare und freundliche blaue Augen, doch Jon nahm sie kaum wahr. Er starrte wie gebannt auf die andere Frau. Sie war etwas kleiner, hatte rotblonde Locken und grüne Augen, die ihn intensiv musterten.

Jon konnte den Blick nicht von ihr wenden. Er hörte, dass Sten etwas zu ihm sagte, aber er verstand den Sinn seiner Worte nicht. Erst als Sten ihn anstieß, zuckte er zusammen.

»Willst du hier mitten in der Eingangshalle Wurzeln schlagen?«

Jon sagte nichts. Er schaute weiter die Frau mit den rotblonden Haaren an, während er langsam näher an den Tresen trat.

»Herzlich willkommen im Hotel Berglund«, sagte die blonde Frau freundlich. »Ich bin Astrid Berglund.« Sie wies auf die andere Frau. »Und das ist Eva Berglund, meine Schwägerin und die Chefin des Hauses.«

»Hej«, grüßte Eva.

»Hej«, gab Jon zurück und überließ Sten die Vorstellung.

»Sten Edlund und …« Sten zögerte kurz. »Mikael Käkelä.«

»Wie schön, euch in unserem Haus begrüßen zu dürfen.« Astrid reichte zunächst Sten und dann Jon über den Tresen hinweg die Hand. »Ich habe alle deine Bücher gelesen.«

Jons Augen blitzten auf. Sie ist es, dachte er. So gespielt arglos, so falsch. Sie muss es sein!

Eva hatte außer dem kurzen Gruß noch kein Wort gesagt. Doch jetzt lächelte sie. »Astrid wird die Anmeldeformali-

113

täten erledigen. Ich muss dringend etwas mit unserem Küchenchef besprechen. Ich wünsche einen angenehmen Aufenthalt.«

Jon schaute ihr nach. Selbst ihr Gang bezauberte ihn.

»Vergiss nicht, dass wir auf einer Mission sind«, zischte Sten. »Also zügle deine Hormone.«

Kapitel 9

»Hast du gesehen, wie der mich angestarrt hat? Der weiß, dass ich Mikael Käkelä bin.« Eva stand mit Astrid in der Wäschekammer, die ein wenig abseits der Gästezimmer lag, und überprüfte, welche Putzmittel neu eingekauft werden mussten. Sie schwankte zwischen Wut und Verzweiflung.

Astrid lachte amüsiert. »Der war einfach nur fasziniert von dir. Sein richtiger Name ist übrigens Jon Erlandsson.«

»Woher weißt du das?«, fragte Eva überrascht.

»Von seinem Personalausweis«, erwiderte Astrid und tippte leicht gegen Evas Stirn. »Hallo, ist da jemand zu Hause? Unsere Gäste müssen beim Check-in ihren Ausweis vorlegen.«

»Ach ja!« Eva war vollkommen durcheinander. »Dieser Typ macht mich völlig verrückt.«

»Ich finde ihn auch sehr ansehnlich!«, zog Astrid sie auf.

»Quatsch!«, erwiderte Eva grob. »Hast du ihn gefragt, wieso er sich unter einem anderen Namen angemeldet hat?«

»Klar, aber darauf war er vorbereitet.« Astrid schwieg einen Moment. »Reg dich jetzt bitte nicht auf, aber angeblich hat er sich so sehr an sein Pseudonym gewöhnt, dass er sich aus Versehen mit diesem Namen angemeldet hat.«

Eva spürte eine Wut in sich aufwallen. »Dieser Kerl ist widerlich! Der ist doch nur hier, um mich zu ärgern, weil Elin und Ann sein Foto für die Autorenseite benutzt haben.«

Astrid legte eine Hand auf Evas Schulter. »Bleib tapfer!«, rief sie pathetisch. »Die beiden Jungs haben nur für zwei Wochen gebucht.«

»Ach ja, stimmt ja, da war ja noch einer. Wer ist das? Ich habe ihn kaum registriert.«

»Weil du nur Augen für Jon Erlandsson hattest«, zog Astrid sie erneut auf.

»Astrid!«

»Schon gut.« Astrid winkte ab. »Also, der andere heißt immer noch Sten Edlund. Mehr kann ich über ihn nicht sagen. Er ist sehr zurückhaltend, wirkt ein bisschen schüchtern. Und er hat seinen Kater dabei. Ich habe ihm das Zimmer für Tierhalter gegeben.«

Eva und Astrid hatten ein spezielles Zimmer, in dem sie Urlauber unterbrachten, die ihre Tiere mitbrachten. Meistens waren es Hunde. Und wenn sie umgekehrt wussten, dass einer ihrer Gäste an einer Tierhaarallergie litt, vermieteten sie dieses Zimmer nicht an ihn.

Astrid wurde jetzt ernst. »Eva, du musst dich zusammenreißen. Ich glaube nicht, dass Jon Erlandsson weiß, wer du bist. Ich glaube, es ist einfach nur ein riesengroßer Zufall, dass er ausgerechnet hier Urlaub macht.«

»Solche Zufälle gibt es nicht«, erwiderte Eva erbittert. »Nein, der ist hier, um mich zu provozieren. Und ich fürchte, er wird damit auch Erfolg haben. Es ist mir eben schon schwergefallen, ihm nicht in sein dämliches Grinsen zu schreien, dass er sich gefälligst zum Teufel scheren soll.« Eva redete sich in Rage.

»Zwei Wochen!«, beschwor Astrid sie. »Nur zwei Wochen! Am besten setzt du dich in dieser Zeit an deinen PC und überlässt alles andere mir.«

Eva war damit nicht einverstanden. »Dafür gibt es zu viel zu tun. Ich lasse dich nicht mit der ganzen Arbeit allein. Es wird mir schon irgendwie gelingen, diesem Menschen aus dem Weg zu gehen.« Sie wandte sich zum Gehen, murmelte dabei wie ein Mantra vor sich hin: »Zwei Wochen! Es sind nur zwei Wochen!«

»Wenn er nicht verlängert«, rief Astrid ihr nach.

Entsetzt fuhr Eva herum und schaute in das lachende Gesicht ihrer Schwägerin. Astrid wollte sie nur aufziehen. Aufgewühlt verließ sie die Wäschekammer, um frische Handtücher in eines der freien Gästezimmer zu bringen. Als sie in den Gang einbog, prallte sie fast mit dem Mann zusammen, dem sie aus dem Weg gehen wollte.

»Hej!« Jon Erlandsson alias Mikael Käkelä lächelte sie an.

»Hej!«, grüßte sie knapp und ging weiter, obwohl Jon stehen geblieben war. Doch es war wie ein Zwang, dem sie sich nicht widersetzen konnte, der sie nach ein paar Metern dazu brachte, sich umzudrehen. Dieser Mann stand immer noch auf dem Gang und schaute ihr nach.

Reiß dich zusammen, vernahm sie Astrids Stimme in ihren Gedanken. Sie straffte die Schultern, setzte ein unverbindliches Lächeln auf und ging zurück. »Gibt es ein Problem?« *Am bestens eins, das dich sofort zurück nach Stockholm holt*, fügte sie in Gedanken hinzu. »Kann ich dir irgendwie helfen?«

»Es ist alles in Ordnung«, sagte er. Sein Blick war so intensiv, dass Eva ihm nicht standhalten konnte. Auch jetzt war sie wieder davon überzeugt, dass er längst wusste, wer sie war.

Freundlich bleiben!, ermahnte sie sich erneut. *Lass dir nichts anmerken!*

»Was führt dich an den Övre Brocken?«, fragte sie.

Sein Lächeln wurde breiter. »Ich will hier einfach nur Urlaub machen.«

»Und woher kennst du unser Hotel?«, bohrte sie weiter.

»Das hat mein Freund Sten im Internet entdeckt«, erwiderte er so spontan, dass Eva ihm glaubte. Sie geriet ins Zweifeln. Hatte er wirklich keine Ahnung, dass hier der Schriftsteller lebte, für den er sich ausgab?

Sie beschloss, weiterhin auf der Hut zu sein.

»Dann wünsche ich dir und deinem Freund einen schönen Aufenthalt«, sagte sie und ging.

Nach dem kurzen Gespräch mit Jon Erlandsson atmete Eva ein paarmal tief durch. Sie brachte die Handtücher weg und machte sich dann auf den Weg in die Küche, wo sie mit Hjalmar den Dienstplan für die nächste Woche besprechen wollte.

Der hagere Koch strich sich durch die schulterlangen, grau melierten Locken. »Du hilfst aber in der Küche mit aus, wenn die Saison jetzt beginnt?« Es glich eher einem Befehl als einer Frage.

Eva zögerte. Sie dachte an die Anfrage des Verlages und daran, wie gern sie diesen zweiten Krimi pro Jahr schreiben wollte.

»Wenn es eng wird, helfe ich natürlich aus«, erwiderte sie diplomatisch, aber Hjalmar reichte das nicht.

»Und dann stehe ich doch wieder alleine da, weil irgendwas anderes wichtiger ist.« Er zog ungehalten an seiner Zigarette.

»Ich möchte nicht, dass du in der Küche rauchst«, ermahnte Eva ihn zum wiederholten Male, aber er hielt sich einfach nicht daran.

Ärgerlich warf er die noch brennende Zigarette durch das offene Küchenfenster. »Ich weiß nicht, wie lange ich das noch aushalte!«

Eva hatte diese Drohung zu oft gehört, um sie ernst zu nehmen.

»Jakob!«, brüllte er so plötzlich, dass nicht nur der Lehrling, sondern auch Eva erschrocken zusammenzuckte.

»Was machst du da?«

»Klöße! So wie du es gesagt hast, Chef«, erwiderte Jakob. Er rührte grinsend in dem Topf, doch plötzlich zeichnete sich pures Entsetzen auf seiner Miene ab. »Chef, die Klöße sind weg.« Verzweifelt rührte er in der blubbernden, breiigen Masse.

»Wie oft soll ich dir noch sagen, dass Klöße nicht kochen, sondern einfach nur in heißem Wasser ziehen sollen.«

Jakob grinste wieder. »Einmal reicht, Chef. Jetzt weiß ich es ja.«

Zwischen den beiden entwickelte sich eine heftige Diskussion darüber, ob Hjalmar den Auszubildenden bereits in die Feinheiten der Kloßzubereitung eingeweiht hatte oder nicht. Eva nutzte die Gelegenheit, um unbemerkt die Küche zu verlassen.

Den Rest des Nachmittags verbrachte sie am Computer. Sie schaffte es, das begonnene Exposé zu beenden. Sie las es noch einmal durch und mailte es schließlich an Linn. Gleichzeitig teilte sie ihrer Lektorin mit, dass sie immer noch nicht wusste, ob sie zwei Krimis im Jahr schaffen würde.

Immerhin ein Exposé, schrieb Linn zurück. *Ich dachte eigentlich, dass du mal nachfragst, wie es am Samstag war.*

119

Wie war es am Samstag?, schrieb Eva prompt zurück.

Also … ehrlich gesagt: »Dein Double sieht in natura noch besser aus als auf den Fotos. Und gut vorlesen kann er auch«, bekam sie sofort zur Antwort. *Aber jetzt mal ehrlich: Weiß er wirklich nichts von dir? Ich habe gelesen, dass er ausgerechnet in deinem Hotel Urlaub macht. Ist das nicht seltsam? Ist er tatsächlich eingetroffen? Und wenn ja: Wie findest du ihn?*

Nein, er weiß nichts von mir!, schrieb Eva lediglich und verzichtete auf weitere Erklärungen. *Und ich hoffe, dass das so bleibt.*

Es gefiel ihr nicht, dass Linn Jon Erlandssons Aktionen offenbar gar nicht so sehr missbilligte, und deshalb schrieb sie nicht, dass sie längst wusste, was sie von Jon Erlandsson hielt: nämlich gar nichts. Weil sie selbst das Gefühl hatte, dass er ihr etwas wegnahm, was ausschließlich ihr gehörte.

»Ist er da?« Mit diesen Worten stürmte Ann in Evas Büro.

»Musst du mich so erschrecken?«, schimpfte Eva. »Wen meinst du überhaupt?«, stellte sie sich unwissend.

»Ach, Mama!« Ann lachte. »Das weißt du genau. Also, ist Mikael Käkelä angekommen?«

Die Frage versetzte Eva einen Stich. Für die Aufmerksamkeit, die dieser Mann jetzt erhielt, hatte sie hart gearbeitet. »Mikael Käkelä ist immer hier«, antwortete Eva scharf.

»Ich meine den richti…« Ann brach ab und grub ihre Zähne in die Unterlippe. »Ich meine den falschen Mikael Käkelä«, sagte sie schließlich. »Tut mir leid, Mama, ich weiß ja, dass du das eigentlich bist«, entschuldigte sie sich. »Aber ich finde es einfach spannend, dass so ein toller und berühmter …« Wieder brach sie ab, und Eva zog es vor zu schweigen. »Aber das hättest du auch alles haben können«, sagte Ann nach einer Weile trotzig. »Ich kann nichts dafür, dass du dich hinter einem Pseudonym versteckst.«

»Ja, das war vielleicht ein Fehler. Aber jetzt kann ich es nicht mehr ändern«, sagte Eva betont ruhig. »Und ja, der andere Mikael Käkelä ist da. Mitsamt Freund und dessen Katze.«

»Sieht er nicht toll aus!«, rief Ann begeistert. »Elin und ich mussten ihn einfach fotografieren, als wir ihn auf dem Monteliusvägen gesehen haben.« Sie grinste. »Jetzt kann ich ihn ja fragen, was er da so verzweifelt gesucht hat.«

»Bist du verrückt?«, fuhr Eva sie an. »Auf keinen Fall! Wenn du ihn das fragst, weiß er doch, woher die Fotos auf der Autorenseite kommen.«

»Ach ja, das stimmt«, murmelte Ann enttäuscht.

»Ann, er darf nicht herausfinden, wer diese Fotos veröffentlicht hat«, redete Eva eindringlich auf ihre Tochter ein. »Am besten geht ihr beide, du und Elin, diesem Mann und seinem Freund aus dem Weg.«

»Ja«, beschied Ann knapp.

»Ich verlasse mich darauf!«, verlangte Eva energisch. »Ich hoffe, dass er bald das Interesse daran verliert, Mikael Käkelä zu spielen, und dass wir zudem keine Probleme wegen der Veröffentlichung seiner Fotos bekommen.«

»Ja«, erwiderte Ann erneut, war aber sichtlich unzufrieden. Eva war sich nicht sicher, ob sie sich wirklich auf ihre Tochter verlassen konnte.

Während sie das Abendbrot vorbereitete, spielten Lotta und Pentii miteinander. Pentii musste eine Katze verkörpern, Lotta war sein Frauchen.

Pentii krabbelte durch die Wohnung, ließ sich aufs Sofa fallen und schnurrte laut, wenn Lotta das von ihm verlangte. Zumindest Lotta schien während des Spiels glücklich zu sein.

Auf Pentii traf das nicht unbedingt zu. Plötzlich stand er neben Eva in der Küche. Er zupfte an ihrem Shirt. »Mama, ich will auch, dass Lotta eine Katze kriegt.«

»Warum?«, fragte Lotta überrascht.

»Ich will nicht mehr die Katze sein«, klagte er.

»Wenn du das nicht willst, musst du das auch nicht.« Eva beugte sich zu ihm hinunter und nahm ihn in die Arme. »Lass dir nicht alles von deiner Schwester gefallen.«

»Mach ich nicht.« Pentii strahlte.

»Kasimir, wo bist du?«, rief Lotta.

»Miau!«, antwortete Pentii. »Ich komme.« Er ließ sich wieder auf alle viere hinunter und krabbelte eilig zu seiner Zwillingsschwester.

Das Thema Katze war damit noch nicht erledigt. »Ich finde es doof, dass ich keine Katze haben darf«, schmollte Lotta kurz darauf beim Abendessen. »Alle in meinem Kindergarten haben eine Katze.«

Eva schaute ihre Tochter prüfend an. »Wirklich alle?«

Lotta senkte den Blick und flüsterte leise: »Nein, ich glaube nicht.« Dann schaute sie auf. »Aber manche haben sogar einen Hund.«

»Der Freund von Mikael Käkelä hat seine Katze mitgebracht«, sagte Ann.

»Wer ist Mikal Käkeläk?«, wollte Pentii wissen.

Ann machte eine geheimnisvolles Gesicht und flüsterte:

»Das ist ein ganz berühmter Schriftsteller.« Sie legte den Zeigefinger über ihre Lippen. »Aber psst, niemand darf wissen, wer er ist.«

»Ann, es reicht«, mahnte Eva scharf, während Pentii wissen wollte: »Was ist ein Schriftsteller?«

»Du Dummie.« Lotta lachte ihren Bruder aus. »Das ist einer, der klaut die Schrift.«

»Selber Dummie«, kam Ann ihrem kleinen Bruder zu Hilfe. Sie grinste Lotta an. »Ich habe Schriftsteller gesagt, nicht Schriftstehler.«

Lotta zuckte mit den Schultern und zeigte damit deutlich, dass die Belehrung ihrer großen Schwester ihr gleichgültig war.

»Mama, darf ich mit der Katze von dem Käkeläk seinen Freund spielen?«

»Der Katze des Freundes von Mikael Käkelä«, stellte Eva richtig. »Und nein, das darfst du nicht. Ich möchte nicht, dass du unseren Gast belästigst.«

»Ich will ja nicht den Gast belästigen, sondern nur dem seine Katze«, maulte Lotta.

Diesmal verzichtete Eva darauf, ihre Tochter zu berichtigen. Sie wollte an diesem Abend nichts mehr von Mikael Käkelä, dessen Freunden oder Katzen hören und versuchte, ihre Tochter auf andere Gedanken zu bringen. »Wie war es heute im Kindergarten?«

»Schön.« So leicht ließ Lotta sich nicht ablenken. »Wie heißt denn die Katze von dem Käkeläk seinen Freund?«

»Das weiß ich nicht.« Eva hielt ihrer Tochter den Brotkorb hin. »Möchtest du noch ein Milchbrötchen?«

Lotta drückte ihre Hand mit dem Korb weg. »Darf ich den Käkeläk sein Freund fragen, wie seine Katze heißt?«

123

»Nein!«, sagte Eva streng.

»Darf ich dann den Käkeläk fragen, wie dem sein Freund seine Katze heißt?«

»Du darfst erst einmal richtig sprechen lernen«, sagte Ann frech.

»Ann! Du sollst Lotta nicht ärgern«, mahnte Eva.

»Sie geht mir mit dieser blöden Katze auf die Nerven.«

Mir auch, stimmte Eva ihr in Gedanken zu. *Mir geht alles auf die Nerven, was irgendwie mit diesem Mann zu tun hat.*

»Ich will doch nur wissen, wie die Katze heißt«, schrie Lotta ihre Schwester unbeherrscht an.

»Sie heißt Sammy«, behauptete Ann.

Lottas Augen leuchteten auf. »Echt? Jetzt bin ich aber froh, dass ich das weiß.«

»Aber ich weiß immer noch nicht, was ein Schriftsteller ist«, beschwerte sich Pentii.

»Das ist ein Mann, der Bücher schreibt«, erklärte Eva.

»Manchmal ist es auch eine Frau!« Ann schaute ihre Mutter provozierend an. »Aber dann heißt es Schriftstellerin.«

Eva hielt dem Blick ihrer Tochter stand, bis die zuerst wegschaute.

»Woher weißt du, wie die Katze heißt?«, wollte Eva wissen, als die Kleinen im Bett lagen.

»Von nirgendwoher. Ich habe einfach nur einen Namen genannt, damit Lotta aufhört zu quengeln.«

»Das habe ich mir fast gedacht«, sagte Eva liebevoll.

»Darf ich noch zu Elin?«, fragte Ann.

»Meinetwegen. Aber nicht mehr so lange.«

»Nur eine halbe Stunde. Vielleicht schreiben wir noch ein bisschen an deiner Autorenseite.«

Ann verabschiedete sich mit einem Kuss und lief hinaus. Durch das Fenster der Küche konnte Eva sehen, wie sie die Treppe hinuntereilte und nach nebenan lief. Während Astrid zusammen mit Elin in einem Anbau des Hotels wohnte, lebte Eva mit ihren Kindern in einem abgetrennten Privatbereich über der Küche. Die Wohnung war über eine Außentreppe erreichbar.

Eva mochte ihr kleines Reich, in dem jedes Kind ein eigenes Zimmer besaß. Sie selbst schlief immer noch in dem Raum und in dem Bett, das sie einst mit Sven geteilt hatte.

Außerdem gab es eine kleine Küche, ein Wohnzimmer und einen winzigen Abstellraum – Mikael Käkeläs Schreibstube, sobald Eva Zeit fand, in diese Rolle zu schlüpfen.

Eva beschloss, heute nichts mehr zu schreiben, sondern noch kurz nach draußen zu gehen, um nach diesem aufwühlenden Tag noch ein bisschen frische Luft zu schnappen. Nur ein paar Minuten, länger wollte sie die Kleinen nicht allein lassen.

Bevor sie die Wohnung verließ, vergewisserte sie sich, dass die Zwillinge schliefen.

Unwillkürlich schlug sie den Weg zum See ein. Sie dachte an Sven. Hier war er ihr besonders nah. Sie vermisste ihn immer noch, doch der Schmerz hatte sich verändert. Oder war sie es, die sich verändert hatte? Sie dachte nicht mehr jede Minute an ihn, mit dieser unerträglichen Sehnsucht im Herzen. Manchmal, wenn sie versuchte, sich sein Gesicht vorzustellen, das Leuchten in seinen Augen, sein zärtliches Lächeln, dann zerfaserte dieses Bild vor ihrem inneren Auge. Und dann hatte sie Angst, ihn und die Zeit mit ihm zu vergessen.

Eva verharrte reglos am Ufer und starrte über den dunklen See. »Niemals«, flüsterte sie schließlich. »Ich werde dich nie vergessen, Sven. Du wirst immer deinen Platz in meinem Herzen haben.«

Eine plötzliche Windbö fegte über den See, fuhr durch ihre rotblonden Locken. Dann war es wieder vollkommen windstill.

Eva lächelte. Es war nicht mehr als eine Laune der Natur gewesen, aber sie redete sich gerne ein, dass es ein Gruß von Sven aus einer anderen Welt war.

Langsam ging sie zurück zum Hotel. Alle Fenster waren hell erleuchtet. Hinter den Scheiben des Speisesaals sah sie Ove, Benny und Sten zusammen an einem Tisch sitzen und miteinander lachen.

Monica war nicht dabei, auch Jon Erlandsson fehlte in dieser Runde. Karolina servierte Rotwein, und die Männer prosteten sich zu.

»Skål«, flüsterte Eva und beschloss, sich in ihre Wohnung zurückzuziehen und dort ebenfalls ein Glas Wein zu trinken. Die Sorte, die Sven und sie so gerne zusammen getrunken hatten.

Mikael Käkelä

Curt aus Stockholm: Deine Lesung war klasse.
  An Na: Warst du da?
  Curt aus Stockholm: Ja!
  An Na: Mir war es zu weit bis Stockholm. Vielleicht beim nächsten Mal. Aber vielleicht liest Mikael ja auch mal in der Nähe von Malmö???
  Curt aus Stockholm: Mikael antwortet heute offenbar nicht.
  Curt aus Stockholm: Mikael?

»Deine Mutter hat dir echt verboten, mit dem falschen Mikael zu reden?« Elin schaute Ann entsetzt an.

»Na ja, eigentlich hat sie mir verboten, ihn zu fragen, wonach er auf dem Monteliusvägen gesucht hat. Weil ihm dann eventuell einfallen könnte, dass wir an dem Tag auch da waren, und er sich an uns erinnert.«

»Da hat Eva nicht so ganz unrecht«, musste Elin zugestehen. »Ich glaube nicht, dass er uns so erkennt, weil wir mit der ganzen Klasse da waren und er nicht auf uns geachtet hat. Aber wenn wir ihn fragen, wonach er gesucht hat, wird er bestimmt misstrauisch.«

Curt aus Stockholm: Haaaaaalloooo Mikael! Bist du irgendwo da draußen?
  Kristina B.: Er wollte doch in Urlaub fahren. Vielleicht hat er beschlossen, in der Zeit nicht mehr online zu gehen.

An Na: Verstehen könnte ich das, aber mir wäre es lieber, er würde ein paar hübsche Urlaubsbilder posten.

Elin klatschte in die Hände. »Ich freue mich so darauf, ihn aus der Nähe zu sehen.«

»Hoffentlich erkennt er uns wirklich nicht«, gab nun plötzlich Ann zu bedenken. »Ich glaube, wenn dadurch die ganze Geschichte auffliegt, wird Mama richtig sauer.«

Elin lachte. »Deine Mutter kann überhaupt nicht richtig sauer werden. Also so richtig, meine ich.«

»Ich will aber auch nicht, dass sie traurig ist«, sagte Ann leise. »Und die Mikael-Käkelä-Sache ist ihr ziemlich wichtig. Es wäre schlimm für sie, wenn der Verlag wegen des ganzen Ärgers nicht mehr mit ihr zusammenarbeiten will.«

Curt aus Stockholm: Mikael ist offensichtlich offline. Schade!

»Was ist eigentlich mit dieser Seite?«, fragte Elin. »Sollen wir die jetzt überhaupt noch weiterführen?«

Ann zuckte ahnungslos mit den Schultern. »Ich weiß es nicht. Ich frag sie morgen, wenn ich den richtigen Zeitpunkt erwische. Oder übermorgen. So lange schreiben wir besser nichts mehr.«

An Na: Ach, wie schade. Ich hätte ihn gerne einiges gefragt.

»Ehrlich gesagt, habe ich im Moment auch keine große Lust, noch etwas zu posten.« Elin zog eine Grimasse.

»Ich auch nicht«, stimmte Ann ihr zu. »Stell die Kiste einfach aus.«

Kapitel 10

Jon stand seit mehreren Minuten auf dem Balkon vor Stens Zimmer und versuchte, seine Gedanken zu ordnen. Er musste sich immer wieder in Erinnerung rufen, weshalb er hier war: Er wollte herausfinden, wer der richtige Mikael Käkelä war.

Aber ständig wanderten seine Gedanken in eine andere Richtung. Zu einer Frau, die zum Kreis der Verdächtigen gehörte. Seine Formulierung brachte ihn zum Grinsen. Vielleicht hatte er zu viel Zeit mit Kommissar Dahlström verbracht.

Jon hatte natürlich längst alle drei bisher erschienenen Bücher gelesen. Sie gefielen ihm, er mochte den klugen, humorvollen Stil und wusste bereits jetzt, dass er auch das nächste Buch lesen wollte. Mikael Käkelä würde es ihm mit einer Widmung schenken, darum wollte Jon ihn bitten, sobald er ihn enttarnt hatte. Und das war sicher nicht zu viel verlangt, nachdem dieser Mensch sein Foto verwendet hatte.

Wieder durchbrach Eva seine Gedanken, die in diesem Moment auf dem Weg vom See in seinem Blickfeld auftauchte. Sie ging langsam und schien in Gedanken versunken. Jon konnte den Blick nicht von ihr wenden und sah ihr nach, bis sie aus seinem Sichtfeld verschwunden war. Dann wandte er sich um, ging zurück in Stens Zimmer und schloss die Balkontür hinter sich. Er ignorierte Curt, der auf dem Bett lag, ihn misstrauisch anstarrte und leise vor sich hin grollte. Nachdenklich setzte er sich an den kleinen Tisch vor dem aufgeklappten Notebook. Sten hatte ihm erlaubt, das Gerät zu benutzen, während er selbst noch unten im Speisesaal war. Jon hegte den leisen Verdacht, dass Sten vor allem deshalb so eifrig zugestimmt hatte, damit Curt nicht allein war.

Er schaute noch einmal auf die Autorenseite. Mikael Käkelä antwortete nicht!

Jon beschloss, ihn heute Abend nicht weiter herauszufordern. Er wollte gerade das Notebook ausschalten und in sein eigenes Zimmer gehen, als es an der Tür klopfte. Er stand auf, öffnete und starrte verwundert auf ein barfüßiges, rotblond gelocktes Mädchen im Schlafanzug.

»Bist du der Käkeläk mit der Katze?« Während sie die Frage stellte, drehte sie ihren Oberkörper so, dass sie an ihm vorbei zum Bett schauen konnte.

»Äh … nein«, erwiderte Jon. Er hatte keinerlei Erfahrungen mit Kindern und die Kleine irritierte ihn.

»Aber du hast doch eine Katze.« Sie wies zum Bett.

»Das ist ein Kater und der gehört meinem Freund Sten.«

»Ich habe auch manchmal einen Kater. Der heißt dann Kasimir. Wenn er nicht mein Kater ist, heißt er Pentii.«

Jon starrte sie verständnislos an. Was für ein seltsames Kind. Oder waren alle Kinder in diesem Alter so?

»Darf ich mit deinem Freund sein Kater spielen?«, fragte das Mädchen.

»Ich weiß nicht«, erwiderte Jon unschlüssig und wandte sich zu Curt um. Als er ihn anblickte, begann der Kater sofort mit seinem drohenden Grollen.

»Er ist kein sehr freundlicher Kater«, erklärte Jon. »Ich möchte nicht, dass er dich kratzt oder beißt.«

»Der tut mir nix«, erwiderte das Mädchen im Brustton der Überzeugung. Bevor Jon sie daran hindern konnte, stampfte sie auf ihren kurzen Beinchen an ihm vorbei, warf sich neben Curt aufs Bett und begann ihn zu streicheln.

Curt streckte augenblicklich alle viere von sich und begann lauthals zu schnurren. Dann, und das war wirklich eine Sensation, drehte er sich auf den Rücken, damit das Mädchen seinen Bauch kraulen konnte. Niemand, nicht einmal Sten, durfte Curt am Bauch anfassen! Der Kater reagierte darauf mit cholerischen Anfällen.

Plötzlich stand Sten in der Tür. Sein Blick pendelte zwischen dem Duo auf seinem Bett und Jon hin und her. »Was ist denn hier los?«

»Keine Ahnung.« Hilflos zuckte Jon mit den Schultern. »Sie war plötzlich da.«

Das Mädchen schaute Sten an. »Bist du der Käkeläk?«

Sten grinste amüsiert und wies auf Jon. »Das ist der Käkeläk, ich bin nur der Sten.« Er wies auf Curt. »Du solltest vorsichtig sein. Der kann richtig schlimm kratzen und beißen.«

»Der tut mir nix«, behauptete das Mädchen noch einmal, bestätigt von Curts Verhalten. Die ewig schlecht gelaunte Bestie verwandelte sich bei diesem Mädchen in ein zahmes Kätzchen.

»Wie heißt du?«, fragte Sten. »Und wo kommst du her?«

Jon war erleichtert, dass Sten offensichtlich besser wusste, wie er mit ihr umgehen sollte.

»Ich bin Lotta, und ich komme von da.« Sie wies auf die Tür.

»Machst du hier Urlaub, Lotta?«

Das Mädchen verneinte. »Ich wohne immer hier. Meiner

Mama gehört das Hotel. Meinem Papa auch, aber der ist im Himmel.«

»Das tut mir leid, Lotta«, sagte Sten betroffen.

Jon empfand ebenfalls Mitleid mit dem Mädchen. Gleichzeitig fragte er sich, wieso ihm die Ähnlichkeit mit Eva nicht gleich aufgefallen war. Diese rotblonden Locken, die grünen Augen …

»Mir auch«, sagte Lotta. »Weil Mama sagt, dass der Himmel so weit weg ist, dass wir den Papa nicht besuchen können. Wir haben doch ein Auto, damit können wir ganz weit fahren.«

»Der Himmel ist ganz weit da oben«, versuchte Sten sich an einer Erklärung. »So hoch, da kann kein Auto hinauffahren. Das verstehst du doch, oder?«

Die Kleine neigte den Kopf ein wenig zur Seite. »Kann ich Papa denn mit dem Flugzeug besuchen?«

»So hoch kann auch kein Flugzeug fliegen«, sagte Sten.

»Schade«, murmelte das Kind und schwieg eine Weile. Die nächsten Worte verrieten, dass sich seine Gedanken bereits wieder in eine andere Richtung bewegten. »Darf ich morgen mit deinem Kater spielen?«

»Da du dich sehr gut mit ihm verstehst, habe ich nichts dagegen.« Sten lächelte. »Jetzt bringe ich dich erst einmal zu deiner Mutter. Sie macht sich bestimmt Sorgen, weil du weg bist.«

»Mama weiß nicht, dass ich nicht zu Hause bin«, berichtete Lotta treuherzig. »Sie glaubt, ich bin im Bett und schlafe.«

»Ich bringe Lotta nach Hause«, sagte Jon hastig. Es war die Gelegenheit, Eva an diesem Abend noch einmal zu sehen.

Sten bedachte ihn mit einem langen Blick, bevor er nickte.

Eva riss die Tür auf, bevor er anklopfen konnte. Ihr Blick fiel auf das Kind.

»Lotta! Ich wollte gerade nach dir suchen! Wieso liegst du nicht in deinem Bett? Ich habe mir Sorgen gemacht!«

»Sie tauchte plötzlich in Stens Zimmer auf«, berichtete Jon. »Sie wollte mit seinem Kater spielen.«

»Sten ist dem Käkeläk sein Freund«, erklärte Lotta. Sie gähnte herzhaft, bevor sie ihrer Mutter mitteilte: »Und morgen darf ich auch wieder mit dem sein Kater spielen.«

Jon fand, dass Eva müde aussah und auch ein wenig traurig. »Lotta kann richtig gut mit Katzen umgehen«, lobte er.

Eva ignorierte seine Worte und wandte sich an ihre Tochter. »Ich habe dir verboten, unsere Gäste zu belästigen«, sagte sie streng.

Lotta ließ den Kopf hängen. »Ich wollte dem seine Katze doch nur einmal sehen«, murmelte sie. »Und ein bisschen streicheln.«

»Es war wirklich nicht schlimm und sie hat uns überhaupt nicht gestört«, versicherte Jon. »Erstaunlicherweise hat Stens Kater sich bei ihr vorbildlich benommen, obwohl er sonst nicht besonders freundlich ist.«

Lotta schaute zu ihrer Mutter auf. »Darf ich da morgen wieder hin? Bitte, Mama? Bitte, bitte.« Ihre kleine Hand stahl sich ins Jons große, als suche sie seine Unterstützung. Er war überrascht, wie sehr ihn diese Geste rührte.

»Wir haben wirklich nichts dagegen«, versicherte er, was ihm ein dankbares Lächeln des Mädchens einbrachte. »Vor allem hat Sten nichts dagegen, und ihm gehört der Kater.«

Eva schien das alles nicht zu überzeugen. »Ich muss erst darüber nachdenken«, sagte sie überraschend kühl. »Lotta weiß, dass sie die Wohnung nicht ohne meine Erlaubnis verlassen darf, und ich finde nicht, dass ich sie für ihr Verhalten auch noch belohnen sollte.«

Jon hörte, wie das kleine Mädchen neben ihm heftig schluckte. In dem Bedürfnis, ihr zu helfen, rutschte ihm heraus: »Sie konnte dich doch nicht fragen. Du warst doch selbst nicht da.«

Das kleine Mädchen sah überrascht zu ihm auf, während Eva ihn mit ihrem wütenden Blick zu durchbohren schien.

Lotta reagierte schnell. »Genau«, rief sie triumphierend aus. »Du warst nicht da.«

»Aber das hast du nicht gewusst«, stellte Eva fest. »Oder hast du nach mir gesucht, um mich zu fragen?«

Das Mädchen ließ den Kopf hängen. »Nein«, sagte sie kleinlaut.

»Lotta, du gehst sofort ins Bett«, sagte Eva so bestimmt, dass das Mädchen sofort an ihr vorbei in die Wohnung lief.

Eva blickte ihr nach. Als ihre Tochter nicht mehr zu sehen war, wandte sie sich erzürnt an Jon. »Wag es nie mehr …« Sie schien den Faden zu verlieren und brach ab.

Jon verschränkte die Arme vor der Brust und grinste sie an. »Ja, was?«

Ihr Blick war vernichtend, als sie ihm die Tür vor der Nase zuschlug.

Als Jon am nächsten Morgen in den Speisesaal kam, bot sich ihm ein seltsamer Anblick. Am Frühstücksbüfett stand eine Frau, die einen Teller nach dem anderen kontrollierte. Kein einziger schien ihre Zustimmung zu finden.

Daneben standen ein lachender Benny sowie ein sehr langer und dünner Mann mit Kochmütze, dem offensichtlich überhaupt nicht zum Lachen zumute war. »Die Teller kommen alle frisch aus der Spülmaschine«, stieß er mit schmalen Lippen hervor.

»Trotzdem sind da überall Flecken.« Die Frau wies auf einen winzigen Fleck. Es war kein Schmutz, sondern sah aus wie ein eingetrockneter Wassertropfen.

Wütend riss der Koch ihr den Teller aus der Hand und rieb mit einer Serviette darüber. »Da, alles weg.«

»Warum machst du das nicht, bevor du die Teller rausstellst?«, fragte die Frau streng.

»Weil ich Koch bin und kein Tellerwäscher!«

Jon holte sich eine Tasse Kaffee und setzte sich zu Ove an den Tisch. »Das da ist ein ziemlich peinlicher Auftritt«, sagte er.

Ove schaute unbehaglich drein. »Es ist mir auch ziemlich unangenehm.«

»Wieso dir?«, fragte Jon überrascht.

»Das da ist Monica, meine Frau«, sagte Ove leise. »Sie ist ein bisschen penibel.«

»Ein bisschen ist gut«, meinte Benny, der sich jetzt zu ihnen setzte. »Sie hat Hjalmar angedroht, später seine Küche zu kontrollieren.«

»Sollen sich doch Eva und Astrid mit ihr auseinandersetzen«, murmelte Ove. »Gehen wir gleich wieder los?«, fragte er Benny.

»Klar!«

»Kommst du auch mit?«, wandte Ove sich an Jon.

»Wo wollt ihr denn hin?« Jon nippte an seinem Kaffee.

»Einfach ein bisschen spazieren gehen, so wie jeden Tag«, erwiderte Ove.

In diesem Moment betrat Eva den Speisesaal.

»Vielleicht ein anderes Mal«, sagte Jon, ohne den Blick von Eva zu wenden.

»Sie ist hübsch, nicht wahr?« Ove lächelte ihn an.

Jon nickte wie von selbst.

»Sie ist einer der liebsten Menschen, die ich kenne«, sagte Benny. »Ich vertraue ihr und sie hat mir …« Er brach ab.

Jon stand auf und ging zum Büfett. »Guten Morgen«, grüßte er in Evas Richtung und nahm einen der Teller, die Monica aussortiert hatte.

»Der ist nicht sauber«, warnte ihn Monica.

Jon drehte ihn hin und her und betrachtete ihn von allen Seiten. Auch auf diesem Teller waren lediglich ein paar eingetrocknete Wasserflecken zu sehen. In einem Sternerestaurant wäre so etwas undenkbar gewesen, aber nicht in einem Landhotel. Er selbst kannte das aus der Kantine in Stockholm, aber auch aus dem Hotel am Siljansee.

»Das ist nur Wasser«, erwiderte er. »Das passiert manchmal, wenn Geschirr aus der Maschine kommt.«

»Das darf es aber in einem Hotel nicht geben!«, widersprach Monica streng. »Übrigens ist da auf deinem T-Shirt auch ein Fleck.«

»Wo?« Jon schaute an sich herunter.

Monica wies auf eine Stelle. Ein winziger schwarzer Punkt, der sofort verschwand, als er darüberwischte. Monica verlor augenblicklich das Interesse an ihm und redete stattdessen auf Eva ein. »Schau dir einmal den Stapel an.« Sie wies auf die Teller, die sie aussortiert hatte. »Keiner davon ist wirklich sauber.«

»Das tut mir leid«, erwiderte Eva höflich, aber sichtlich genervt.

»So kann man kein Hotel führen«, belehrte Monica sie.

»Wenn du möchtest, kannst du gern vorzeitig abreisen«, bot Eva bemüht freundlich an. »Ich berechne dir auch keine Stornokosten.«

Jon konnte sich ein Schmunzeln nicht verkneifen.

Plötzlich stand Ove neben Monica. »Dann fährst du aber allein nach Hause«, sagte er aufgebracht. »Hör endlich auf, Monica! Ich brauche diesen Urlaub, aber du gehst uns allen mit deinem Verhalten auf die Nerven.«

Jon sah, wie Monicas Unterlippe zu zittern begann und sich ihre Augen mit Tränen füllten. Eilig machte er sich mit seinem inzwischen beladenen Teller auf den Weg zu seinem Tisch. »Oje«, sagte er leise. »Ärger im Paradies.«

»Sie wird von Jahr zu Jahr schlimmer«, sagte Benny leise. »Und ein Paradies war es für Ove noch nie.«

Monica lief aus dem Speisesaal, doch Ove folgte ihr nicht, sondern setzte sich zu Jon und Benny. Er wirkte so, als wäre nichts passiert, und besprach in aller Ruhe mit Benny, welche Route sie heute nehmen wollten.

Als Sten in den Speisesaal kam, waren Ove und Benny gerade zu ihrem Spaziergang aufgebrochen. Er wirkte ungewohnt frisch und ausgeruht, als er sich mit einem Kaffee zu Jon setzte.

»Ich habe lange nicht mehr so gut geschlafen«, sagte er. »Kein Straßenlärm, keine künstlichen Lichter, kein Stress.«

»Außerdem hast du nicht die halbe Nacht am Computer gesessen«, ergänzte Jon.

»Ich war gestern Abend so müde, dass ich dazu keine Lust mehr hatte«, gestand Sten. »Und heute morgen habe ich beschlossen, dass ich wirklich Urlaub machen werde. Keine Softwareentwicklung, keine Webentwicklung, nichts, was in irgendeiner Weise mit Informatik und überhaupt Computern zu tun hat.«

»Ein bisschen was musst du aber schon noch mit Computern machen«, wandte Jon leise ein. »Du musst mir helfen herauszufinden, welcher PC hier im Hotel Mikael Käkelä gehört.«

Sten nickte, doch bevor er antworten konnte, betraten zwei Mädchen den Speisesaal. Beide schauten sich verstohlen um, bevor sie zu ihnen an den Tisch kamen.

»Hej«, grüßten sie und stellten sich als Ann und Elin vor. Ann schaute sich dabei erneut nach allen Seiten um, bis Jon schließlich fragte: »Suchst du jemanden?«

Sie verneinte. »Wir müssen nur aufpassen, dass unsere Mütter uns nicht sehen. Eva und Astrid. Wir sollen dich nämlich nicht ansprechen«, sagte Ann zu Jon.

»Warum nicht?« Er bemerkte, dass die Mädchen sich einen schnellen Blick zuwarfen. Für einen kurzen Moment kam ihm der Gedanke, dass sie vielleicht die Person waren, die sie suchten, doch er verwarf ihn sofort. Sie waren zu jung. Sie hatten niemals die Bücher geschrieben, die er gelesen hatte.

»Wir sollen die Gäste nicht stören«, sagte Ann schließlich. »Außerdem schwänzen wir gerade die ersten beiden Schulstunden. Wir konnten es nicht erwarten, dass du unsere Bücher signierst. Würdest du das tun?«

Ann und Elin hatten jeweils alle Bücher dabei, die Mikael Käkelä bisher geschrieben hatte. Auch das erstaunte Jon. Sie waren nicht nur zu jung, um solche Bücher zu schreiben, es war auch kaum die Lektüre, die Mädchen in ihrem Alter bevorzugten. Gleichzeitig fühlte er sich geschmeichelt. Stellvertretend für den richtigen Mikael Käkelä sozusagen. »Ihr schwänzt extra meinetwegen die Schule?«

»Aber nicht verraten, bitte.« Elin legte den Zeigefinger über die Lippen.

»Ich weiß von nichts«, versprach er und machte sich daran, die Bücher zu signieren. Aber das Gefühl dabei war anders als vor zwei Tagen in der Buchhandlung. Hier geschah es praktisch unter den Augen von Mikael Käkelä, ohne dass er wusste, wem genau diese Augen gehörten …

Kapitel 11

»Aber Mama, er hat uns nicht erkannt«, sagte Ann stolz.

»Es war trotzdem ein Risiko!« Eva hatte Ann und Elin an der Rezeption abgefangen und war verärgert.

»Wir wären ihm sowieso hier im Hotel begegnet.« Elin lächelte. »Da haben wir uns gedacht, wir bringen das gleich hinter uns und schauen mal, ob er sich daran erinnert, dass wir ihm schon einmal auf dem Monteliusvägen über den Weg gelaufen sind.«

»Ihr seid ihm da nicht nur über den Weg gelaufen, ihr habt ihn aus allen möglichen Perspektiven fotografiert!«

»Das war doch ein Glück, so konnten wir seine Fotos für die Autorenseite …« Ann brach ab, als Eva sie streng anschaute.

»Ja, okay.« Sie hob beschwichtigend die Hände. »Es war vielleicht doch nicht so ein Glück.«

»Und er hat euch wirklich alle Bücher signiert?«, mischte sich Astrid ein.

Ann und Elin präsentierten die Unterschriften. »Er glaubt sogar, wir hätten extra wegen ihm die Schule geschwänzt, dabei haben wir nur die ersten beiden Stunden frei.« Ann kicherte.

»Das ist ja frech.« Astrid konnte sich dennoch ein Grinsen nicht verkneifen, als sie sich die signierten Bücher anschaute.

»Das ist geradezu unverschämt. Am liebsten würde ich sofort zu ihm gehen und ihn zur Rede stellen.« Eva ballte die Hände zu Fäusten. Sie war unglaublich wütend.

»Wenn es dir egal ist, dass dann alles auffliegt …« Astrid schaute sie beschwörend an.

»Ja … Nein … Ich weiß es einfach nicht. In letzter Zeit frage ich mich manchmal, ob es nicht besser gewesen wäre, die Krimis unter meinem Namen zu schreiben. Oder wenigstens unter einem weiblichen Pseudonym.«

»Nun, vor drei Jahren wolltest du deine wahre Identität unter keinen Umständen preisgeben«, erinnerte Astrid sie sanft. »Und damals war das auch richtig so.«

Eva musste an ihren abendlichen Spaziergang denken. Hatte sich tatsächlich in nur drei Jahren so viel verändert? Nach Svens Tod hatte sie geglaubt, sie könne es nicht aushalten. Es waren die Kinder gewesen, die sie funktionieren ließen. Und es war das Schreiben gewesen, dass sie von einem Tag in den nächsten trug.

Damals war es nur Mittel zum Zweck gewesen, jetzt war es Lebensinhalt geworden.

»Wir müssen zur Schule«, sagte Ann. »Außerdem müssen wir hier verschwinden, bevor Sten und der falsche Mikael aus dem Speisesaal kommen.« Die Mädchen verabschiedeten sich und eilten nach draußen.

Eine halbe Stunde später traten Jon und Sten aus dem Speisesaal. Eva spürte, wie sich erneut die Wut in ihr ballte.

»Freundlich bleiben«, raunte Astrid ihr zu.

Also zwang Eva sich zu einem Lächeln, das sich allerdings ziemlich maskenhaft anfühlte. Astrid fiel es leichter, freundlich zu sein. »Was habt ihr denn heute vor?«, fragte sie, als die beiden vor dem Rezeptionstresen stehen blieben.

Jon lächelte. »Ein bisschen Recherche für meinen nächsten Roman betreiben. Ich habe überlegt, dass ich diesmal Torsby als Schauplatz nehme.«

Es gelang Eva nur mit äußerster Mühe, ihr Lächeln beizubehalten.

»Wie … nett …«, brach es aus ihr heraus. *Meine Romane spielen ausnahmslos an der Ostküste*, wütete sie in Gedanken.

»Kennt ihr meine Krimis?«

»Leider nicht«, behauptete Astrid. Das war glatt gelogen, denn Astrid ließ sich Evas Krimis ausdrucken, sobald die Korrekturen abgeschlossen waren. Und darauf wartete sie auch nur extrem widerwillig, weil Eva darauf bestand.

»Ich lese keine Krimis, nur Liebesromane«, setzte sie hinzu. Das stimmte erst recht nicht. Eva wusste, dass ihre Schwägerin seit der Trennung von Dag keinen einzigen Liebesroman mehr gelesen hatte. »Das weckt nur Sehnsüchte, die sich nicht erfüllen lassen«, pflegte sie zu sagen, wenn Eva ihr ein besonders schönes Buch empfahl.

»Und was ist mit dir?« Jon schaute Eva direkt ins Gesicht. »Kennst du meine Krimis?«

Astrid trat sie hinter dem Tresen, ziemlich feste sogar.

»Ja«, erwiderte Eva. »Aber ich finde sie nicht besonders gut«, hörte sie sich sagen.

»Oh …«

Eva registrierte, dass ihn die Bemerkung offensichtlich verletzte. Identifizierte er sich schon so sehr mit der Rolle, die er spielte?

Er schwieg sekundenlang. »Das tut mir leid«, sagte er schließlich.

»Muss es nicht, du hast ja genug andere Fans«, erwiderte Eva betont beiläufig, während sie innerlich jubilierte.

»Ja, das stimmt.« Wieder schwieg er. »Wir sind dann mal weg«, verabschiedete er sich schließlich.

»Hej då«, murmelte Sten, und dann setzten sie sich in Bewegung.

Eva schaute ihnen mit einem breiten Grinsen nach, bis Astrid sich vor sie stellte und sie anschaute. »Du hast da etwas im Gesicht«, sagte sie.

»Wirklich?« Eva wischte sich mit der Hand über Stirn und Wangen, ohne das Grinsen zu unterbrechen. »Was denn?«

»Pure Boshaftigkeit«, erwiderte Astrid.

Nachmittags trafen die nächsten Gäste ein. Eva versah ausnahmsweise den Dienst an der Rezeption, weil Astrid einen Zahnarzttermin hatte.

Kristoffer und Hanna Pärson kamen mit ihrem sechsjährigen Sohn Lucas aus Umeå. Sie hatten Anfang des Jahres gebucht und waren zum ersten Mal im Hotel Berglund. Die beiden Erwachsenen wirkten gestresst. Ob von der langen Fahrt oder ihrem Leben, vermochte Eva noch nicht zu sagen.

Der kleine Junge schaute sich gelangweilt um. »Sind hier keine Kinder?«

»Meine Kinder sind etwa so alt wie du«, sagte Eva freundlich. »Du kannst mal mit ihnen spielen, sobald sie aus dem Kindergarten kommen.« *Aber nicht heute*, dachte Eva. Heute hatten ihre Kinder sicher keine Lust, mit Lucas zu spielen, weil sie morgens von nichts anderem gesprochen hatten als »dem Käkeläk sein Freund sein Kater«, und dass Lotta später mit ihm spielen wollte.

143

Vergeblich hatte Eva versucht, wenigstens die Formulierung ihrer Tochter zurechtzubiegen. Aber Lotta gefiel »dem Käkeläk sein Kater« und sie blieb hartnäckig dabei.

»Und was mache ich so lange?« Ungeduldig zerrte der Junge am Arm seiner Mutter. Sie schüttelte den Jungen ab. »Papa spielt mit dir.«

»Wieso ich?«, brauste Kristoffer Pärson auf.

»Weil ich noch arbeiten muss«, erwiderte sie unfreundlich. »Im Gegensatz zu dir bin ich kein Beamter mit einem geregelten Acht-Stunden-Tag, der sich mit Beginn seines Urlaubs von allen beruflichen Verpflichtungen befreien kann. Offenbar hast du vergessen, dass ich einen Prozess vorbereiten muss.«

Lucas trat einen Schritt zurück und ließ traurig den Kopf hängen. Eva tat der Kleine leid. Sie widerstand dem Impuls, den Eltern zu sagen, was sie von deren Verhalten hielt.

»Wir haben zwei Zimmer gebucht«, sagte Hanna Pärson von oben herab. »Ein Einzel- und ein Doppelzimmer.«

»Wir haben keine Einzelzimmer«, erwiderte Eva, »aber wir vermieten unsere Doppelzimmer als Einzelzimmer, wenn das gewünscht wird.«

Hanna Pärson zog eine Augenbraue in die Höhe. Sie wirkte unglaublich arrogant. »Ich habe ja gerade gesagt, dass es gewünscht wird.«

»Ja, natürlich.« Eva bemühte sich, sich ihre Gedanken nicht anmerken zu lassen. Und während Svante die Pärsons zu ihren Zimmern brachte, kümmerte Eva sich schon um die nächsten Gäste.

Gustav und Ulrika Strömberg wollten zwei Wochen bleiben.

»Wir haben lange auf diesen Urlaub gespart«, verriet Gustav lächelnd, während er seiner Frau liebevoll über die Hand strich.

Ulrika schaute ihn zärtlich an. »Wir haben uns diese Reise zur Goldhochzeit geschenkt«, sagte sie leise. »Wir freuen uns schon sehr lange darauf.«

Eva war gerührt und nahm sich vor, alles zu tun, um den beiden einen unvergesslichen Aufenthalt zu verschaffen.

Kurz darauf kam Astrid zurück. »Du wirkst gestresst«, sagte sie sofort. »Immer noch wegen Jon Erlandsson?«

»An den habe ich in den letzten Stunden gar nicht mehr gedacht«, behauptete Eva nicht ganz wahrheitsgemäß, aber die eingetroffenen Gäste hatten es ihr leicht gemacht, nicht ununterbrochen an diese unerfreuliche Sache zu denken.

Sie berichtete Astrid von der unangenehmen Hanna Pärson und dem netten Ehepaar Strömberg. »Wir sollten uns etwas Schönes für die beiden einfallen lassen«, schloss sie.

»Jetzt bist du wieder meine nette und freundliche Eva.« Astrid lachte. »Dieser diabolische Zug heute morgen in deinem Gesicht hat mir überhaupt nicht gefallen. Und uns fällt bestimmt etwas ein, womit wir den Strömbergs zur Goldhochzeit eine Freude bereiten können.«

»Sie sind so süß miteinander.« Eva geriet ins Träumen. »Und nach fünfzig Jahren immer noch sehr verliebt ineinander.« Sie zwinkerte Astrid zu. »Vielleicht gelingt es ihnen, sogar dir den Glauben an die Liebe zurückzugeben.«

»Wieso schreibt eine unheilbare Romantikerin wie du eigentlich Geschichten, in denen es vor allem um Mord und Totschlag geht?«, konterte Astrid ironisch. Sie wehrte ab, als Eva etwas entgegnen wollte. »Du wirst mich nicht davon

145

überzeugen, dass es so etwas wie die wahre und lebenslange Liebe gibt«, beteuerte sie. »Geh lieber an deinen PC und bring Leute um, ich übernehme jetzt wieder die Rezeption.«

Dieser Aufforderung kam Eva nur zu gern nach.

Sie verließ das Hotel und folgte dem kiesbelegten Weg bis zur Treppe zu ihrer Privatwohnung. Als sie hinaufsteigen wollte, vernahm sie plötzlich ein unterdrücktes Schluchzen. Suchend schaute sie sich um, konnte aber niemanden sehen.

Sie lauschte aufmerksam in dem Versuch herauszufinden, woher das Geräusch kam. Langsam folgte sie dessen Richtung, bis ihr aufging, dass unter der Trauerweide jemand saß und bitterlich weinte. Sie bog die Zweige auseinander.

Monica zuckte erschrocken zusammen. Hastig versuchte sie, die Tränen aus dem Gesicht zu wischen.

Eva ging zu ihr und setzte sich neben sie auf die Bank, die rund um den Baumstamm führte. »Was ist los, Monica? Kann ich dir irgendwie helfen?«

Alleine die Frage bewirkte, dass Monica erneut zu schluchzen begann. »Niemand kann mir helfen«, stieß sie hervor. »Und du musst auch nicht so freundlich tun. Ich weiß, dass ich auch dir auf die Nerven gehe und du mich auch nicht leiden kannst.«

»Aber das stimmt doch nicht«, widersprach Eva, während sie hilflos über Monicas bebende Schulter streichelte.

»Was stimmt nicht? Dass ich dich nerve? Oder dass du mich nicht magst?«, fragte Monica unter Tränen.

Nach kurzem Zögern entschloss Eva sich zur Wahrheit. »Ich mag dich sogar sehr gern, Monica, aber ich muss zugeben, dass du ziemlich anstrengend sein kannst.«

»Nur weil ich auf ein gewisses Maß an Sauberkeit achte?«

146

»Nein, weil du krampfhaft nach Schmutz suchst und erst zufrieden bist, wenn du etwas gefunden hast«, sagte Eva ruhig. »Und das wird ehrlich gesagt immer schlimmer. Ich frage mich, was dich dazu treibt«, fügte sie sanft hinzu.

Monica schluchzte erneut auf. »Was soll ich denn sonst machen?«, flüsterte sie verzweifelt. »Ich habe doch sonst nichts. Mich braucht sonst niemand. Fredrik ist bereits aus dem Haus, und Niklas folgt ihm bald.«

»Aber Ove ist doch noch da«, erwiderte Eva ruhig. »Er braucht dich. Besonders jetzt, nach seinem Herzinfarkt.«

»Er braucht mich erst recht nicht«, widersprach Monica heftig. »Schon lange nicht mehr.« Sie sackte in sich zusammen und starrte ins Leere. »Ove betrügt mich, er hat schon lange eine andere.«

Eva traute ihren Ohren nicht. Ove und eine Affäre? Das war für sie unvorstellbar und sprach gleichzeitig für Astrids Theorie, dass kein Mann treu war und eine dauerhaft glückliche Beziehung nur eine Illusion.

»Hat er es dir gesagt?«, wollte Eva wissen.

Monica zeigte ein sehr trauriges Lächeln. »Er weiß nicht, dass ich es weiß.«

Eva atmete tief durch. »Vielleicht irrst du dich und es ist alles nur ein Missverständnis.«

»Nein. Es ist der Klassiker. Angeblich macht Ove Überstunden, aber er ist in dieser Zeit nie in seiner Praxis anzutreffen.«

»Er ist doch Podologe. Kann es nicht sein, dass er Hausbesuche macht?«

»In einem Hotel, zu unterschiedlichen Zeiten?«, antwortete Monica mit einer Gegenfrage.

Eva musste zugeben, dass das seltsam klang. Trotzdem konnte sie sich überhaupt nicht vorstellen, dass Ove seine Frau wirklich betrog. »Es gibt nur einen Weg, die Wahrheit herauszufinden. Du musst mit ihm reden«, sagte sie.

»Ja.« Monica senkte den Kopf.

Eine Weile saßen sie schweigend da und hingen ihren Gedanken nach. Eva ging auf, dass Monica Angst davor hatte, dass ihre Befürchtungen bestätigt wurden, wenn sie Ove darauf ansprach, und damit das Ende von all dem besiegelt war, was ihr Leben bisher ausgemacht hatte. Sie selbst hatte diese Endgültigkeit kennengelernt, wenn auch unter ganz anderen Bedingungen. Aber egal wie, der Schmerz zerriss das Herz in Tausende von kleinen Splittern.

Schließlich suchte Monica Evas Blick. »Versprich mir, dass du niemandem sagst, was ich dir anvertraut habe. Nicht einmal Astrid«, bat sie.

Eva legte den Zeigefinger über ihre Lippen. »Ich werde mit keinem Menschen darüber reden.«

»Danke«, hauchte Monica. »Würde es dir etwas ausmachen, mich jetzt ein bisschen allein zu lassen?«

»Natürlich nicht.« Eva erhob sich. »Ich kenne diese Momente, in denen man keinen Menschen um sich haben will. Aber wenn du jemanden zum Reden brauchst, bin ich für dich da.«

Mikael Käkelä

Mikael Käkelä: Sorry, Leute, dass ich mich nicht gemeldet habe. Ich bin inzwischen wieder am Övre Brocken eingetroffen und fühle mich hier sehr wohl. Schaut mal.

»Hältst du das für eine gute Idee?«, fragte Elin unsicher.

Ann schaute sie empört an. »Der hat Mamas Bücher signiert! Der tut ja so, als hätte er die Bücher geschrieben, also mache ich auch weiter Werbung mit neuen Bildern von ihm.«

»Das wird deiner Mutter nicht gefallen«, prophezeite Elin.

Ann zuckte mit den Schultern. »Ich werde ihr nichts davon sagen. Und sie selbst guckt bestimmt nicht auf die Seite. Hat sie bisher jedenfalls auch nicht gemacht, nur als ihre Lektorin sie darauf angesprochen hatte.«

»Ich sage ihr natürlich auch nichts«, versicherte Elin, »aber sie wird es trotzdem erfahren.«

»Ja, dann ist das eben so.« Ann begann damit, die drei Fotos hochzuladen, die sie bisher aufgenommen hatte. Der falsche Mikael Käkelä im Speisesaal, an der Rezeption und kaffeetrinkend auf der Terrasse.

Mikael Käkelä: Auf all diesen Fotos könnt ihr sehen, wie gut es mir gerade geht.
An Na: Cool, da wäre ich jetzt auch gerne.

Barbro Kvist: *Da war ich ein paar Tage nicht auf dieser Seite und dann passiert so viel. Wo genau bist du gerade, Mikael?*
Kristina B.: *Wie ist das Essen in dem Hotel?*

»Schau mal«, rief Elin erschrocken. Sie wies auf die Anzeige unterhalb der Fotos, die gerade wieder rasend schnell gelikt wurden.

»Damit habe ich gerechnet«, erwiderte Ann. »Schade, dass wir keine Fotos von heute Morgen haben, als er die Bücher signiert hat.«

»Spinnst du?« Elin zeigte ihr einen Vogel. »Ich finde das echt gefährlich, was du da machst.«

Ann ignorierte den Einwand und beantwortete die beiden letzten Fragen.

Mikael Käkelä: *Wie ich schon einmal schrieb, bin ich im Hotel Berglund am Övre Brocken. Das ist in der Nähe von Torsby, und das Essen ist hervorragend.*

»Hör jetzt bitte auf damit«, bat Elin. »Ich möchte ohne die Zustimmung deiner Mutter auf der Seite nicht weiterschreiben.«

»Feigling!« Ann lachte, schrieb aber dann wirklich nur noch einen Satz.

Mikael Käkelä: *Bis bald, Leute. Ich mach dann erst mal weiter Urlaub!*

Kapitel 12

Am nächsten Vormittag hatten Jon und Sten es sich am Seeufer bequem gemacht. Jon lag ausgestreckt auf einer Liege, die Arme hinter dem Kopf verschränkt. Sten hatte das Rückenteil seiner Liege hochgeklappt, um aufrecht sitzen zu können. Er balancierte sein Notebook auf den Knien.

»Das ist ja frech«, hörte Jon ihn murmeln.

»Was ist denn?«, fragte Jon, ohne die Augen zu öffnen. Er genoss diesen Moment, die für Mitte Mai erstaunlich warmen Sonnenstrahlen, das leise Plätschern des Sees, das Spiel von Licht und Schatten.

»Guck mal.« Sten reichte ihm das Notebook.

Jon setzte sich auf und sah Mikael Käkeläs Autorenseite. Die Beiträge waren nicht so interessant wie die Fotos, die ihn und Sten im Hotel Berglund und der nahen Umgebung zeigten. Er traute seinen Augen nicht. »Das ist wirklich frech!« Suchend schaute er sich um. »Offensichtlich werden wir beobachtet und sogar heimlich fotografiert.«

»Ich habe nichts gemerkt«, sagte Sten. Auch er ließ den Blick schweifen.

»Weil wir nicht darauf geachtet haben.« Jon betrachtete wieder die Fotos. »Schau dir das an, der richtige Mikael Käkelä muss gestern ganz in unserer Nähe gewesen sein.«

Sten schüttelte sich. »Ich finde das ein bisschen gruselig.«

Jon nickte zustimmend. »Wir müssen unbedingt herausfinden, wer das ist.«

»Deshalb sind wir hier.« Sten grinste. »Ich habe allerdings nach wie vor keine Ahnung, wie.«

»Du hast gesagt, du kannst den richtigen Rechner identifizieren, wenn du nur herankommst«, vergewisserte Jon sich noch einmal, obwohl Sten ihm das bereits mehrfach zugesichert hatte.

»Ich habe die IP-Adresse des entsprechenden Computers«, bestätigte Sten auch jetzt wieder. »Trotzdem halte ich das für ein fast aussichtsloses Unterfangen. Der Computer könnte überall hier im Hotel stehen. In den Hotelräumen ebenso wie in den Privaträumen.«

»Wir drehen uns im Kreis«, sagte Jon. »Diese Unterredung hatten wir schon einige Male.«

Sten zuckte mit den Schultern. »Weil die Ausgangssituation immer dieselbe bleibt.« Plötzlich veränderte sich etwas in seiner Miene. Jon folgte seinem Blick Richtung Hotel.

Dort war Astrid gerade dabei, die Blumen in den Kästen zu gießen.

»Sie gefällt dir«, sagte Jon lächelnd.

»Sie ist ganz nett«, erwiderte Sten ausweichend.

»Du kannst mir nichts vormachen. Du findest sie richtig gut«, ließ Jon nicht locker.

Sten wich seinem Blick beharrlich aus. »Ja, ich finde sie toll«, quetschte er hervor.

Jon war begeistert. Sten war verliebt – wer hätte das gedacht? »Dann mach etwas«, schlug er vor. »Sprich sie an, trink einen Kaffee mit ihr. Mach irgendwas.«

»Oh nein, das kann ich nicht!«, widersprach Sten. »Sobald mir eine Frau gefällt, verursache ich in ihrer Gegenwart nur noch Chaos.«

Er hatte es kaum ausgesprochen, da brach die Liege unter ihm krachend zusammen und er hing zwischen den Bruchstücken. Wie ein Käfer, der auf dem Rücken lag, zappelte er hilflos mit Armen und Beinen.

»Oh, nein! Ist dir etwas passiert?« Natürlich hatte Astrid das Malheur mitbekommen und war sofort herbeigeeilt. Sie streckte Sten die Hand entgegen, um ihm aufzuhelfen. Jon stellte das Notebook beiseite und stand ebenfalls auf.

»Es tut mir leid«, stammelte Sten, als er wieder auf den Beinen stand. »Ich ersetze die Liege natürlich.«

»Nein, das musst du nicht«, widersprach Astrid energisch. »Die Liege war offenbar nicht in Ordnung. Es tut mir so leid.«

»Kein Problem«, winkte Sten ab. Er trat einen Schritt zurück, stolperte über die Bruchstücke und fiel erneut zu Boden.

Astrid schrie erschrocken auf.

Jon hingegen hatte zunächst Mühe, sich ein Lachen zu verkneifen, als sein Freund ein zweites Mal hilflos auf dem Rücken lag. Doch Stens Gesicht war vor Verlegenheit puterrot und Jon empfand Mitleid mit ihm. Er half ihm auf die Beine.

»Ist alles in Ordnung mit dir? Hast du dich verletzt?« Astrids Besorgnis war rührend.

»Es ist alles in Ordnung«, wehrte Sten ab.

»Trotzdem setzt du dich jetzt erst einmal hin.« Sie nötigte ihn dazu, auf Jons Liege Platz zu nehmen.

Jon griff reaktionsschnell nach dem Notebook, sonst hätte Sten sich prompt darauf gesetzt. Ihn schien Astrids Anwesenheit völlig aus der Fassung zu bringen.

»Svante bringt euch sofort eine neue Liege«, sagte Astrid. »Und ich bringe euch als kleine Entschädigung was zu trinken.« Sie hob abwehrend die Hand, als Sten etwas sagen wollte. »Das ist selbstverständlich.« Sie betrachtete ihn besorgt. »Hast du dich wirklich nicht verletzt?«

»Es ist alles in Ordnung«, versicherte Sten. Als Astrid sich entfernt hatte, sagte er leise: »Körperlich bin ich unversehrt, aber mein Ego ist ziemlich angeknackst. Musste das denn ausgerechnet passieren, als sie in der Nähe war?«

»Reg dich nicht auf.« Jon legte eine Hand auf seine Schulter und lächelte ihm aufmunternd zu. »Du wolltest doch, dass du ihr auffällst. Das ist dir jetzt gelungen.«

Lachend zog er seine Hand zurück, als ihn Stens vernichtender Blick traf.

»Ich bin mir nicht sicher, ob wir das machen sollen.« Sten war sichtlich unbehaglich zumute.

»Sten, das ist unsere Chance! Die Rezeption ist unbesetzt, Astrid und Eva sind mit den Nachbereitungen des Abendessens beschäftigt«, versuchte Jon seinen Freund zu überzeugen. »Du gehst nur ganz schnell hinter den Tresen, überprüfst die IP, und das war es dann auch schon. Ich passe auf und warne dich, wenn jemand kommt.«

»Klar!«, erwiderte Sten höhnisch. »Mikael Käkelä sitzt hier in der Eingangshalle am PC und schreibt seine Krimis.«

Jon zwinkerte ihm zu. »Vielleicht ist Astrid Mikael Käkelä!«

Sten schenkte ihm einen finsteren Blick, trat dann aber hastig hinter den Tresen. »Der PC ist eingeschaltet«, flüsterte er.

Das konnte Jon auch sehen. Bunte Schmetterlinge flatterten über den Bildschirm. Als Sten die Tastatur berührte, schaltete sich der Bildschirmschoner mit den Schmetterlingen aus, und die Startseite öffnete sich.

»Schnell!«, flüsterte Jon, während er seinen Blick zwischen Hoteleingang und der offenen Tür zum Restaurant hin und herwandern ließ, bis er sah, dass Sten etwas in die Tastatur eintippte, einen Zettel und Kugelschreiber aus seiner Jackentasche zog und etwas notierte.

»Hast du es?«, flüsterte er aufgeregt.

Sten öffnete den Mund und hob gleichzeitig den Blick. Seine Gesichtszüge entgleisten, dann ging er in die Hocke und zog den Kopf ein.

Erschrocken sah Jon, dass Astrid aus dem Restaurant kam. Er trat ihr in den Weg, lächelte sie an. »Hej«, grüßte er. »Kannst du mir sagen, wie spät es ist?«

Astrid wies mit dem Finger auf einen Punkt hinter ihm. Jon drehte sich um und sah die große Wanduhr direkt hinter dem Tresen der Rezeption.

Ohne ein Wort umrundete Astrid ihn und schaute hinter den Tresen. Offensichtlich hatte sie Sten bereits gesehen. »Was machst du da?« Ihr Blick war genauso erstaunt wie ihr Tonfall.

»Ich … ich …«, stammelte Sten, verzweifelt auf der Suche nach einer Antwort. »Mir ist der Kugelschreiber runtergefallen«, stieß er nach einer schier endlosen Weile hervor.

»Hinter den Tresen?«

»Ja … Nein …«, geriet Sten erneut ins Stammeln. »Also, das war so«, begann er umständlich. »Ich wollte etwas notieren, hatte keinen Stift dabei, und dann habe ich mir einfach hier einen geliehen.« Er steckte den Kugelschreiber, den er

155

selbst mitgebracht hatte, in den mit Stiften gefüllten Becher neben dem PC. Seine Hände zitterten vor Aufregung so sehr, dass er den Becher umstieß und alle Kugelschreiber über den Tisch rollten, bevor sie zu Boden fielen. Er und Astrid bückten sich gleichzeitig danach und stießen heftig mit den Köpfen zusammen.

Sie richteten sich auf, rieben sich die schmerzenden Köpfe. »Sorry«, sagte Sten, holte in einer entschuldigenden Geste mit seinem rechten Arm aus und fegte dabei das Bord mit den Hotelschlüsseln von der Wand, das gleich unter der Uhr hing.

Jon traute seinen Augen nicht. Es war wie in einer Slapstick-Komödie.

Als Sten sich nun nach den Schlüsseln bücken wollte, hielt Astrid ihn zurück. »Bitte nicht«, bat sie. »Ich mache das schon.«

»Aber …«

»Nein«, fiel sie ihm ins Wort. »Ich mache das lieber selbst, bevor du das ganze Hotel abreißt.«

»Es tut mir leid«, sagte Sten zerknirscht.

»Ich weiß.« Astrid war sichtlich genervt. »Ich wünsche euch noch einen schönen Abend.«

»Ich …«

»Wir wünschen dir auch einen schönen Abend«, sagte Jon zu Astrid und zog Sten mit sich ins Freie. Erst als sie draußen waren, ließ er Sten los. »Hast du die Nummer?«

Sten schaute ihn empört an. »Ist das dein einziges Problem?«, fuhr er Jon an. »Ich habe mich da drin gerade zum Affen gemacht.«

»Ja, das stimmt«, musste Jon zugeben. »Aber daran können wir jetzt auch nichts mehr ändern.« Sten stand mit hängendem Kopf und Schultern vor ihm, und Jon bereute seine harten Worte. »Ich wette, spätestens morgen kann Astrid über den Vorfall lachen«, sagte er in dem Versuch, ihn aufzumuntern. »Und Menschen, die einen zum Lachen bringen, verursachen doch immer ein positives Gefühl.«

Sten betrachtete ihn finster. »Du machst es mit keinem Wort besser.«

»Ja, dann …« Jon zuckte mit den Schultern. »Hast du die Nummer?«

»Ja, ich habe die Nummer«, sagte Sten und ging an Jon vorbei Richtung See.

Jon lief ihm nach. »Und?«

»Es ist nicht der Computer an der Rezeption, den wir suchen.«

»Schade«, sagte Jon. Eine Weile gingen sie schweigend nebeneinander her. Am Seeufer bog Sten nach links ab, Jon blieb an seiner Seite.

Der See glänzte in der beginnenden Sommerdämmerung. Auf der gegenüberliegenden Seeseite wurden Lichter angezündet, die sich im Wasser spiegelten. Von irgendwoher erklang leise Musik. Es duftete nach frischem Gras, nach Wasser. So wie früher am Siljansee hatte Jon auch jetzt wieder das Gefühl, richtig durchatmen zu können. Seine Sinne reagierten hier draußen anders als zwischen den Mauern einer Großstadt.

»Wo gehen wir eigentlich hin?«, fragte er schließlich.

Sten zuckte mit den Schultern. »Keine Ahnung. Nur weit weg von dem Ort, an dem ich mich inzwischen mehrfach lächerlich gemacht habe.«

Jon hatte Mitleid mit seinem Freund, und entgegen seinem eigenen Gefühl sagte er: »Wenn du willst, brechen wir das hier ab und fahren wieder nach …«

Nach Hause, hatte er sagen wollen, aber die Worte kamen nicht über seine Lippen.

»Nach Stockholm«, schloss er den Satz.

»Ja.« Mehr sagte Sten nicht. Er ging weiter, den Kopf gesenkt, die Hände tief in seinen Hosentaschen vergraben.

Jon fragte sich, ob er immer noch sauer auf ihn war. Vielleicht sogar so sauer, dass er jetzt nicht mehr mit ihm reden wollte.

»Das ist mein Ernst«, hub er nach einer Weile wieder an.

»Ich weiß!« Sten ging weiter, bis Jon ihn am Arm festhielt. »Rede mit mir«, bat er.

»Ich weiß nicht, was ich dazu sagen soll.« Sten schaute ihn hilflos an. »Ich glaube, ich will hier noch nicht weg. Aber ganz sicher bin ich mir da nicht.«

»Und wie würdest du entscheiden, wenn es nicht diese Vorfälle in Astrids Beisein gegeben hätte?«

»Ich würde bleiben wollen«, erwiderte Sten prompt.

Jon legte eine Hand auf seine Schulter. »Dann lass uns bleiben.«

»Ich habe keine Ahnung, wie ich Astrid je wieder unter die Augen treten soll«, entgegnete Sten niedergeschlagen.

»Indem du all deinen Mut zusammennimmst, dich noch einmal bei ihr entschuldigst und ihr dann zeigst, was dich wirklich ausmacht.«

»Und das wäre?« Sten war immer noch zutiefst deprimiert.

»Ein Mensch, auf den man sich in jeder Lage verlassen

kann. Der beste Freund, den es gibt«, erwiderte Jon herzlich. Er sah, dass seine Worte Sten berührten, und sagte deshalb etwas, was er schon lange sagen wollte: »Es tut mir leid, dass ich dich und unsere Freundschaft so viele Jahre vernachlässigt habe. Das wird nie wieder passieren. Selbst dann nicht, wenn wir zukünftig weit voneinander entfernt leben.«

Sten war sichtlich gerührt. »Danke, das bedeutet mir viel.« Langsam gingen sie zurück zum Hotel. Auf der Bank hinter dem Hotel saß das ältere Ehepaar, das gestern angekommen war. Der Mann hielt die Hand seiner Frau, streichelte sie immer wieder liebevoll. Sie grüßten freundlich, als Sten und Jon an ihnen vorbeigingen. Sie grüßten freundlich zurück.

Kapitel 13

»Und du bist sicher, dass er am Computer war?«, fragte Eva fassungslos, als Astrid geendet hatte.

Schwärme von Schmetterlingen flogen wieder über den PC. Astrid drückte eine Taste, und auf dem Monitor erschien eine Seite mit der IP-Adresse des Computers.

Eva begriff sofort. »Sie suchen Mikael Käkelä! Sie glauben, wenn sie den richtigen Computer finden, haben sie auch ihn.«

»Das heißt, sie kennen die IP des Rechners, an dem du schreibst?«

»Das glaube ich nicht«, sagte Eva. »Auf dem schreibe ich nur meine Krimis und meine Mails. Jon und Sten suchen den Rechner, auf dem Ann und Elin die Beiträge für die Autorenseite eingeben. Aber das ist ja nicht der Rechner des Autors Mikael Käkelä.«

»Das ist der Computer in Elins Zimmer.« Astrid lächelte erleichtert. »Zu unserem privaten Bereich haben die Hotelgäste keinen Zutritt.«

Astrid gab etwas in den Hotelcomputer ein und lachte plötzlich laut auf. »Offensichtlich waren unsere Töchter wieder aktiv.« Sie trat zur Seite, damit Eva auch einen Blick auf den Monitor werfen konnte.

Eva stockte beinahe der Atem, als sie die Fotos sah. »Alles Fotos, die hier im Hotel gemacht wurden. Dabei habe ich doch darauf bestanden, dass sie das Foto von Jon aus Stockholm herausnehmen!«

»Ja, das Foto aus Stockholm.« Astrid lachte. »Du hast ihnen aber nicht verboten, Fotos aus dem Hotel einzustellen, auf denen Jon zu sehen ist.«

Eva schnaubte verärgert.

»Ich sage dir nur, wie die Mädchen argumentieren werden.«

»Ich werde den beiden in aller Deutlichkeit sagen, dass es keine weiteren Beiträge auf der Seite geben wird.«

»Lass sie doch«, erwiderte Astrid zu Evas großem Erstaunen. »Solange die Mädchen den falschen Mikael Käkelä beschäftigen, können wir in aller Ruhe unserem Tagesgeschäft nachgehen, und du kannst schreiben. Außerdem scheint deinen Lesern die Seite zu gefallen.«

Plötzlich lachte Astrid leise auf. »Du hättest Sten sehen sollen, wie er sich hinter dem Tresen versteckt hat«, sagte sie. »Und wie er dann in seiner Verlegenheit immer chaotischer wurde.«

»Ob ihn das im Nachhinein auch so freut wie dich?«, fragte Eva, vollkommen überrascht über den Themenwechsel.

Astrids blickte sie mit ernster Miene an. »Ich glaube, es hat ihm sehr zugesetzt. Armer Sten.«

»Du magst ihn«, stellte Eva erfreut fest.

Astrid bekam rote Wangen und ließ sich Zeit mit der Antwort. »Er ist ein netter Kerl. Er hat etwas Verlässliches.«

»Und das glaubst ausgerechnet du, wo du doch eigentlich davon überzeugt bist, dass Männern diese Eigenschaft fehlt?« Eva schmunzelte.

»So gut kenne ich ihn nun auch wieder nicht«, wich Astrid aus. »Und ich werde mir auch nicht die Zeit nehmen, ihn näher kennenzulernen.«

In diesem Moment trat Monica aus dem Speisesaal. Sie wirkte bedrückt und grüßte Eva und Astrid nur knapp, bevor sie die Treppe neben dem Restauranteingang hinaufging.

»Was ist denn mit der los?«, flüsterte Astrid.

»Vielleicht ist sie einfach nur müde«, erwiderte Eva ebenso leise und bedauerte, dass sie Astrid nichts erzählen durfte. Aber sie hatte es Monica versprochen. »Lass uns noch einmal auf Sten zurückkommen.«

»Ich weiß genau, worauf du hinauswillst.« Astrids Lachen klang gewollt. »Vergiss es. Ich bin immun gegen alles, was irgendwie mit Liebe zu tun hat.«

Der folgende Donnerstag verlief ruhig und ereignislos. Eva hatte Zeit und Muße, an den Korrekturen ihres Krimis zu arbeiten. Es tat ihr gut, in die Geschichte einzutauchen. Die Kinder waren bis zum späten Nachmittag in der Schule und im Kindergarten.

Auch am Freitag saß sie morgens am Computer, bis Astrid sie aus dem Hotel anrief. »Wir haben hier ein Problem«, sagte sie. »Hjalmar dreht durch.«

»Ich komme sofort.« Eva warf mit Bedauern einen Blick auf ihren Monitor, bevor sie aufstand. Sie war gerade so schön im Flow gewesen.

Hjalmar stand am Hinterausgang der Küche und zog heftig an einer Zigarette. Auf dem Boden lagen bereits mehrere ausgetretene Kippen.

Eva hasste das, aber sie sagte nichts dazu. »Was ist los?«, wollte sie wissen.

»Ich kann das nicht mehr.« Er zeigte auf die Küchentür.

»Ich bin da ganz allein mit einem Lehrling, der weder Ahnung vom Kochen noch Lust dazu hat.«

»Na ja, ganz allein bist du ja nicht. Du hast auch noch Karolina zur Unterstützung«, sagte sie. »Und jedes zweite Wochenende löst Inger dich ab.« Inger lebte in Torsby und war ebenfalls Köchin. Sie kam jedes zweite Wochenende, damit Hjalmar dann freinehmen konnte, und stand auch zur Verfügung, wenn mehr Gäste kamen als erwartet. Sie war froh, dass sie stundenweise im Hotel arbeiten konnte und dadurch genug Zeit für ihre Kinder hatte.

»Karolina ist keine Köchin. Sie schält Kartoffeln, putzt Gemüse und hilft ein bisschen beim Servieren.«

Eva hasste diese Jammerei. »Hjalmar, was genau willst du eigentlich?«, fragte sie direkt.

»Ich will, dass du wieder in der Küche hilfst. So wie früher.«

»Das tue ich, sobald die anderen Gäste anreisen«, versprach Eva, obwohl sie keinerlei Lust dazu verspürte.

Hjalmar antwortete nicht. Er warf seine Zigarette auf den Boden und ging zurück in die Küche, als deutliches Zeichen dafür, dass er nach wie vor unzufrieden war.

»Er hat nicht ganz unrecht«, meinte Astrid, als Eva ihr von dem kurzen Gespräch erzählte. »Früher warst du wirklich viel in der Küche. Kann es sein, dass du dazu einfach keine Lust mehr hast?«

»Ja und nein. Es hat sich einfach so viel verändert«, sagte Eva vage.

Astrid lächelte. »Du hast dich verändert, Eva, und ich finde das auch gut. Nach Svens Tod hast du erster Linie funktioniert, aber jetzt fängst du wieder an zu leben.«

163

Eva nickte nachdenklich. »Aber das ist nicht der Grund, weshalb ich nicht mehr gerne in der Küche aushelfe«, gestand sie Astrid im Flüsterton. »Ich koche einfach nicht gern mit Hjalmar zusammen.«

Astrid blickte sie verblüfft an, dann begann sie zu lachen. »Das kann ich verstehen. Er wird wirklich von Tag zu Tag unausstehlicher.«

Auf dem Weg zurück zu ihrer Wohnung traf sie auf die Familie Pärson. Hanna Pärson telefonierte, während ihr Mann sie immer wieder wütend anschaute und Lucas lustlos hinter seinen Eltern hertrottete. Als der Junge Eva erblickte, begann er zu strahlen und rannte an seinen Eltern vorbei auf sie zu. »Kann ich mit deinen Kindern spielen?«, fragte er bittend.

»Aber Lucas«, schalt ihn Kristoffer Pärson. »Wir wollten doch alle zusammen einen Ausflug machen.« Mit einem scheelen Blick auf Hanna fügte er hinzu: »Wenn deine Mutter endlich das blöde Handy ausschaltet.«

»Pst!«, zischte Hanna mit einem bitterbösen Blick. »Nein, ich meine dich nicht«, sagte sie anschließend wieder in den Hörer. »Kannst du bitte die Unterlagen des Liljegren-Falls einscannen und mir zumailen? Ach ja, und du musst unbedingt mit Ragnar wegen des nächsten Meetings telefonieren.« Sie schwieg, während sie in den Hörer lauschte, und warf einen Blick auf ihren Mann, als sie vorsichtig sagte: »Mal sehen, vielleicht kann ich ja für ein oder zwei Tage hier weg.«

Lucas, der immer noch vor Eva stand, drehte sich langsam um. »Wenn du das machst, laufe ich weg«, verkündete er laut.

Hannas Miene spiegelte ihren Ärger, während sie ruhig in den Hörer sagte: »Nein, kein Problem«, und das Gespräch beendete.

»Wie oft soll ich euch noch sagen, dass ihr leise sein sollt, wenn ich telefoniere?«, wandte sie sich an ihren Mann und ihren Sohn.

»Komm, Lucas.« Kristoffer reichte seinem Sohn die Hand. »Wir beide machen unseren Ausflug allein, dann kann deine Mutter in Ruhe weiterarbeiten.«

Giftige Blicke flogen zwischen dem Ehepaar hin und her, dann ergriff Lucas mit trotziger Miene die Hand seines Vaters. »Papa und ich gehen allein«, verkündete nun auch er seiner Mutter. Besonders glücklich sah der Junge dabei allerdings nicht aus, und wahrscheinlich hoffte er, dass seine Mutter einlenkte. Doch Hanna zuckte nur mit den Schultern und ging zurück ins Hotel. Bereits auf dem Weg dorthin wählte sie erneut eine Nummer und sprach in ihr Handy: »Magnus, kannst du mir die Unterlagen bitte sofort mailen …«

»Meine Frau muss sich gerade um ein paar sehr wichtige Fälle kümmern«, sagte Kristoffer mit einem unglücklichen Lächeln zu Eva.

»Ja, das war nicht zu überhören«, erwiderte Eva.

»Meine Mama scheidet die Leute, die sich nicht mehr lieb haben«, fügte Lucas mit wichtiger Miene hinzu. »Und mein Papa verheiratet sie dann wieder.«

»Ich bin Standesbeamter, meine Frau ist Scheidungsanwältin«, erklärte Kristoffer und musste dann selbst schmunzeln, als Eva sich das Lachen nicht verkneifen konnte.

»Ich wünsche euch beiden einen schönen Ausflug«, sagte

Eva. »Und am späten Nachmittag, wenn Lotta und Pentii aus dem Kindergarten kommen, darfst du gerne mit ihnen spielen.«

Sie wies auf die Treppe zu ihrer Wohnung. »Wir wohnen da oben. Kommt einfach vorbei.«

»Danke!«, stieß Kristoffer hervor. »Ich bin so froh, wenn Lucas in seinen Ferien auch etwas Schönes …« Er brach ab, wirkte verlegen. »Ich meine …« Wieder wusste er nicht weiter.

Eva winkte ab. »Schon gut. Meine Kinder und ich freuen uns auf Lucas.«

Die beiden zogen ab. Bedrückt schaute Eva ihnen nach. Glücklich wirkten sie nicht.

Nachmittags brachte Kristoffer Lucas zu Eva, kaum dass die Zwillinge aus dem Kindergarten nach Hause gekommen waren. »Ich wollte dich und deine Familie eigentlich nicht stören, aber Lucas lässt mir keine Ruhe. Er möchte gerne mit deinen Kindern spielen.« Er atmete tief durch. »Außerdem will Hanna ihre Ruhe haben. Sie arbeitet schon wieder. Oder immer noch, wie ich vermute.«

»Kommt rein.« Eva gab die Tür frei. »Im Moment ist nur Pentii da«, sagte sie zu Lucas. »Aber der freut sich bestimmt über deinen Besuch.«

Lotta zog es jeden Nachmittag sofort zu Stens Kater. Da blieb sie dann bis zum Abendessen.

Eva hatte Sten mehrmals gesagt, er solle Lotta einfach nach Hause schicken, wenn es ihm zu viel wurde, doch Sten versicherte ihr jedes Mal, er sei sogar froh, dass Lotta ihm Gesellschaft leistete und mit dem Kater spielte.

Pentii wollte nicht mehr mit, aber es gefiel ihm auch nicht, dass seine Schwester ihn jeden Nachmittag allein ließ. Jetzt kam er angelaufen, blieb abrupt neben Eva stehen und schaute Lucas schüchtern an.

»Lucas möchte gerne mit dir spielen«, versuchte Eva das Eis zwischen den Jungen zu brechen.

»Ich kenn den aber nicht«, sagte Pentii, klang aber nicht wirklich abweisend.

»Ich kenn den auch nicht.« Lucas wies auf Pentii.

Kristoffers Blick pendelte unsicher zwischen den Jungen hin und her.

»Komm doch rein auf einen Kaffee«, bot Eva an. »Dann weiß Lucas dich in der Nähe, solange er unsicher ist. Ich wette, in zehn Minuten haben sie ihre Scheu voreinander verloren.«

Es dauerte nicht einmal fünf Minuten, da saßen die Jungen auf dem Küchenfußboden und spielten mit Pentiis Feuerwehr- und Polizeiautos.

»Wenn ich groß bin, dann werde ich Feuerwehrmann«, erklärte Pentii. »Oder Polizist. Und du?«

»Ich werde Zauberer«, sagte Lucas. »Dann zaubere ich, dass sich meine Mama und mein Papa nie mehr zanken.«

Eva war zutiefst betroffen. Sie schaute zu Kristoffer, der ihrem Blick verlegen auswich. Nach einer Weile sagte er jedoch leise, sodass ihn nur Eva hören konnte: »Ich wünschte, Hanna hätte das gehört.«

Als Kristoffer zwei Stunden später wiederkam, um Lucas abzuholen, bestand sein Sohn darauf, bei seinem neuen Freund zu übernachten. Darauf wollte Kristoffer sich allerdings nicht einlassen. »Das geht nicht«, sagte er sehr entschieden.

»Warum nicht?«, wollte Lucas wissen. Pentii stand mit enttäuschter Miene neben ihm, er hatte sich darauf gefreut, dass sein neuer Freund über Nacht blieb.

»Ja, warum nicht?«, fragte jetzt auch Eva. »Für mich ist das kein Problem.« Sie lachte. »Bei drei Kindern fällt ein weiteres kaum auf. Und Lucas ist ein sehr lieber Junge. Außerdem ist morgen Samstag. Kein Kindergarten, keine Schule.«

»Trotzdem will ich deine Gastfreundschaft nicht weiter ausnutzen.«

»Ich fühle mich überhaupt nicht ausgenutzt, ganz im Gegenteil: Pentii war wunderbar beschäftigt und ich konnte mich meiner eigenen Arbeit widmen.« Sie hatte tatsächlich die Korrekturen mehrerer Kapitel abgeschlossen. Das erwähnte sie natürlich nicht, aber sie hätte nichts dagegen, wenn Lucas auch in den nächsten Tagen mit ihrem Sohn spielte. Und jetzt auch über Nacht blieb.

»Er war noch nie über Nacht von uns getrennt«, wandte Kristoffer zögernd ein. »Was ist, wenn er in der Nacht Heimweh bekommt?«

Eva konnte sich ein Lachen nicht verkneifen. »Kristoffer, du bist nur ein paar Meter von ihm entfernt. Wenn ihm in der Nacht einfällt, dass er doch lieber bei euch schlafen möchte, rufe ich dich einfach an und du holst ihn ab.«

Kristoffer gab sich schließlich einen Ruck. »Also gut, ich bin einverstanden.«

Als die Jungen in ein Jubelgeschrei ausbrachen, flüsterte Kristoffer Eva zu: »Ich freue mich, wenn Lucas wenigstens ein paar schöne Erinnerungen aus dem ersten Urlaub seines Lebens mitnimmt.«

Eva wusste genau, worauf er anspielte. »Manchmal dauert es ein paar Tage, bis jemand von Arbeit auf Entspannung umschalten kann«, erwiderte sie diplomatisch. »Vielleicht ist das bei deiner Frau ja auch so und ihr könnt den Urlaub doch noch ein bisschen zu dritt genießen.«

Kristoffer schien nicht überzeugt, sagte aber nichts dazu, sondern schlug vor, Lucas ein paar Sachen für die Nacht zu bringen.

»Du kannst mir die Sachen auch mitgeben«, schlug Eva vor. »Ich wollte ohnehin ins Hotel, um meine Tochter abzuholen.«

Lotta müsste längst zu Hause sein, aber wie an den vorangegangenen Abenden kam sie auch heute nicht von selbst.

Gemeinsam machten sie sich auf den Weg zum Hotel. Während Kristoffer ein paar Sachen für Lucas zusammenpackte, klopfte Eva an Stens Zimmertür. Lottas Stimme forderte sie zum Eintreten auf.

»Mama!«, rief Lotta. Das Mädchen saß auf dem Boden und streichelte den riesigen Kater, der auf dem Rücken lag und die Zuwendung schnurrend genoss.

Sten war nicht im Zimmer, dafür aber Jon, der am Schreibtisch vor einem Notebook saß, es aber hastig zuklappte, als er Eva erblickte.

»Na«, fragte Eva sarkastisch. »Der große Schriftsteller bei der Arbeit? Schreibst du deinen neuen Krimi?«

Jon lächelte leicht. »Klug kombiniert, Kommissarin Berglund«, konterte er frech.

»Der Sten hat gesagt, der Käkeläk muss auf sein Kater und mich aufpassen, wenn er an dem sein Computer will«, informierte Lotta ihre Mutter.

»Könntest du deiner Tochter vielleicht ein bisschen Sprachunterricht erteilen und ihr bei der Gelegenheit auch gleich klarmachen, dass mein Name nicht Käkeläk ist?« Jon grinste sie an.

Eva spürte mit einem Mal unbändige Wut in sich aufsteigen. »Weil Käkeläk nach Kakerlake klingt?«, stieß sie hervor. »Nach kleinen, widerlichen Schmarotzern? Ja, ich kann mir gut vorstellen, dass dir das nicht gefällt. Lotta, wir gehen!«

Es war vermutlich der Klang ihrer Stimme, der Lotta an diesem Abend davon abhielt zu protestieren. Das Mädchen vergrub sein Gesicht in das Fell des Katers. »Gute Nacht«, sagte es zärtlich. »Morgen komme ich wieder.« Sie sprang auf und lief zur Tür. »Gute Nacht, Käkeläk.«

Eva freute sich über seinen Gesichtsausdruck, bis er sie breit angrinste. Verdammt, jetzt hatte er es geschafft, dass wieder sie es war, die sich ärgerte.

Mikael Käkelä

Mikael Käkelä-2: Ich plane eine Lesung in der Nähe von Torsby.

Kristina B.: Ich würde ernsthaft über eine Teilnahme nachdenken, wenn der Termin passt.

An Na: Ich würde auch gerne kommen. Muss mal sehen, wie lange ich da mit der Bahn unterwegs bin.

Elin und Ann starrten sich an. »Ist das unser Mikael Käkelä?«, fragte Elin schließlich.

»Meinst du den, der bei uns im Hotel wohnt? Bei den ganzen Mikaels muss man ja aufpassen, dass man nicht den Überblick verliert.«

»Ja, den meine ich«, sagte Elin.

»Vielleicht ist er es! Ich hab keine Ahnung.« Ann schnaubte vor Wut. »Was fällt dem ein, sich hier einfach mit Mikael Käkelä zwei anzumelden.« Sie dachte einen Moment nach, dann begann sie zu schreiben.

Mikael Käkelä: Achtung Leute, der Typ da oben ist ein Fake. Es gibt keine Lesung in der Nähe von Torsby.

Mikael Käkelä-2: Wer von uns ist hier das Fake? Ich melde mich, liebe Leser, und nenne euch Ort und Datum der Lesung.

»Schreib lieber nichts mehr«, bat Elin, als Anns Hände bereits über der Tastatur schwebten. »Lass uns erst mit deiner Mutter reden.«

Ann zögerte, zog dann aber ihre Hände zurück.

»Oder sollen wir ihn darauf ansprechen?«, fragte Elin nachdenklich. »Wir wissen ja, dass er nicht Mikael Käkelä ist, und genau das können wir ihm sagen.«

»Können wir nicht!«, rief Ann bestimmt. »Weil Mama ja so ein großes Geheimnis darum macht. Dabei wäre es so cool, wenn sie allen sagen würde, dass sie die Bücher geschrieben hat. Aber wenn wir unseren Mikael Käkelä jetzt darauf ansprechen, weiß er, dass wir den richtigen Mikael Käkelä kennen. Der macht das doch alles nur, um Mama zu provozieren.«

»Nicht deine Mutter, sondern den richtigen Mikael Käkelä«, widersprach Elin.

»Was auf das Gleiche hinauskommt.« Ann stieß einen tiefen Seufzer aus und schaltete den Computer aus.

Kapitel 14

»Was schreibst du da?«, fragte Sten, als er mit gerötetem Gesicht sein Zimmer betrat, nachdem er mit Ove und Benny im Speisesaal des Hotels Wein getrunken hatte.

Jon drehte sich schwungvoll auf seinem Stuhl um. »Was hältst du von einer Lesung mit anschließender Signierstunde im Hotel Berglund?«

»Nichts!«, erwiderte Sten prompt. »Außerdem sind wir nur noch eine Woche hier.«

Jon hatte den Einwand erwartet. »Die Lesung ist auch nicht mehr als eine vage Idee. Aber was hältst du grundsätzlich davon, unseren Aufenthalt zu verlängern?«

Sten zuckte die Schultern. »Ich weiß nicht. Es würde uns natürlich ein bisschen mehr Zeit für die Suche nach dem Rechner verschaffen, bisher sind wir da ja nicht wirklich weit gekommen.«

»Genau!«, sagte Jon hastig.

Sten musterte ihn prüfend. »Geht es wirklich nur darum, den richtigen Mikael zu finden? Oder willst du aus anderen Gründen bleiben?«

Jon wusste das selbst nicht so genau und hatte gleichzeitig keine Ahnung, wie er das seinem Freund erklären sollte. »Zieht es dich denn zurück nach Stockholm?«, antwortete er mit einer Gegenfrage.

»Nein.« Sten atmete tief durch. »Meinetwegen«, stimmte er schließlich zu. »Wenn das Hotel nicht komplett ausgebucht ist. Jemand müsste Astrid fragen.«

»Dann erledige das doch gleich morgen«, schlug Jon vor.

Sten schaute ihn unglücklich an. »Kannst du das nicht lieber machen? Oder ich frage Eva, da …«

»Auf keinen Fall«, unterbrach Jon ihn.

»Warum nicht? Eva ist nett.«

»Vielleicht. Aber ich glaube, sie kann mich nicht leiden.« *Was ihren Auftritt eben betrifft, ist das vermutlich noch untertrieben*, dachte Jon. »Vielleicht ist sie ja Mikael Käkelä«, sprach er den Gedanken laut aus, der ihn seitdem beschäftigte.

Sten lachte laut auf. »Wie soll sie das denn schaffen? Hotel, drei Kinder und schriftstellern? Das ist zu viel. Außerdem ist sie viel zu spontan, um schweigend zuzusehen, wie du dich als Mikael Käkelä aufspielst.«

»Vielleicht ist es Astrid«, überlegte Jon. »Und Eva weiß das. Auch dann würde es ihr nicht gefallen, dass ich den Käkelä spiele.«

»Und sie würde sich zurückhalten, um Astrid nicht zu verraten«, erwiderte er gedehnt.

»Der Gedanke, dass Astrid Mikael Käkelä ist, gefällt dir offenbar nicht«, sagte Jon amüsiert. »Warum?«

»Astrid ist eine tolle Frau. Wenn sie jetzt auch noch eine berühmte Schriftstellerin wäre, hätte ich überhaupt nicht mehr den Mut, sie anzusprechen«, sagte Sten unglücklich.

»Den Mut hast du auch so nicht«, wandte Jon ein. »Versuch du es doch einfach mal! Lad sie zum Essen ein, oder erst einmal zu einem Kaffee …«

»Lass uns lieber überlegen, wer sonst noch als Mikael Käkelä infrage kommt«, fiel Sten ihm ins Wort. »Was ist mit dem hageren Koch?«

Diesmal war es Jon, der sofort abwinkte. »Dieser Typ hat schon beim Kochen keine Fantasie. Niemals hat der die Krimis geschrieben.«

»Und dieser Junge, der da in der Küche arbeitet? Jakob?«

»Interessiert sich nur für seine Musik. Er träumt davon, ein berühmter DJ zu werden.«

Überrascht schaute Sten ihn an. »Woher weißt du das?«

»Ich habe ihm ein paar Kochtipps gegeben, und da hat er mir anvertraut, dass er sich hier in der Küche nicht richtig wohlfühlt. Außerdem ist er zu jung, ebenso wie Elin und Ann.«

»Wer bleibt dann noch? Karolina aus der Küche?«

Ein Blick zwischen ihnen genügte, um zu verdeutlichen, dass sie das beide für ausgeschlossen hielten.

»Und den beiden Zimmermädchen traue ich diese Krimis auch nicht zu«, fügte Jon hinzu.

»Die würden ihre Geschichten auch nicht auf einem Computer hier im Hotel schreiben«, stimmte Sten zu.

Das Argument leuchtete Jon ein. Eine Weile saßen sie grübelnd da, bis sie plötzlich gleichzeitig die Köpfe hoben, sich anschauten und unisono einen Namen hervorstießen: »Svante!«

»Es würde zu ihm passen wie zu sonst niemandem hier«, sagte Sten.

»Zurückhaltend, beobachtend und intelligent«, zählte Jon auf. »Er fällt kaum auf, obwohl er ständig präsent ist. Er könnte wirklich Mikael Käkelä sein.«

»Und er wirkt nicht wie ein Mann, der gerne in der Öffentlichkeit auftritt. Es würde zu ihm passen, dass er seine wahre Identität unter allen Umständen geheim halten will«, sagte Sten. »Außerdem wohnt er hier im Hotel.«

Jon war angespannt, spürte wieder eine Art Jagdfieber in sich. »Du siehst doch ein, dass wir noch länger bleiben müssen?«

»Ja. Aber alles hängt wie gesagt davon ab, ob es noch genug freie Zimmer gibt.«

»Womit wir wieder am Beginn unseres Gesprächs wären.« Jon grinste. »Du solltest dringend Astrid danach fragen.«

»Der Beginn unseres Gesprächs war deine Frage, was ich von einer Lesung mit anschließender Signierstunde im Hotel halte«, erwiderte Sten trocken. »Und diesbezüglich hat sich an meiner Meinung nichts geändert: Ich halte überhaupt nichts davon!«

»Kann ich dir helfen?« Jon wartete Svantes Antwort erst gar nicht ab, sondern hob sofort einen der Koffer hoch.

Svante nahm ihn ihm sofort aus der Hand. Seine dunklen Augen musterten Jon ungehalten. »Ich schaffe meine Arbeit ganz gut allein.«

»Ich wollte nur helfen.« Es war der unehrliche Versuch einer Rechtfertigung.

Svante ließ ihn nicht aus den Augen. »Und was willst du wirklich?«

Er ist es, triumphierte Jon innerlich. *Und er weiß, dass ich es weiß.* »Ich habe keine Ahnung, was du meinst«, stellte er sich ahnungslos.

Svante trat ganz dicht an ihn heran. »Weißt du, was mir an dir nicht gefällt, Käkelä?«

Jon wich Svantes Blick nicht aus. »Ich habe keine Ahnung.«

»Du bist nicht ehrlich!«

»Du kennst mich nicht, woher willst du das also wissen?«
Svantes Blick bohrte sich in seinen, doch keiner von ihnen wollte zuerst nachgeben.

»Was veranstaltet ihr denn hier?«
Beide bemerkten Eva erst, als sie die Frage stellte.

»Nichts!« Svante trat einen Schritt zurück, ohne Jon aus den Augen zu lassen.

Jon hielt seinem Blick weiterhin stand. »Ich wollte nur helfen.«

Eva stellte sich zwischen die Männer. »Wenn Svante Hilfe braucht, soll er sich an mich wenden«, stieß sie hörbar verärgert in Jons Richtung hervor. Dann wandte sie sich an Svante: »Ich schicke dir Jakob«, bot sie an.

»Ich brauche keine Hilfe!«, wiederholte Svante grollend. »Wie oft soll ich das noch sagen!«

Eva wandte sich wieder an Jon. »Und du musst hier überhaupt nichts machen, du bist Gast im Hotel.«

»Auch gut. Ich habe eigentlich auch keine Zeit, ich muss meine nächste Lesung vorbereiten«, sagte Jon provozierend.

Eine gefühlte Ewigkeit sagte niemand ein Wort. Jon wartete auf eine Reaktion von Svante, doch es war Eva, die das Schweigen brach.

»Ich schlage vor, dass wir dann alle an unsere Arbeit gehen«, sagte sie spröde. »Svante, unsere Gäste aus Nacka warten auf ihr Gepäck.« Damit ging sie, ohne Jon noch eines Blickes zu würdigen.

Svante schaute Jon finster an, dann stellte er die Koffer auf einen Gepäckwagen und schob ihn ins Haus.

Jon blieb alleine auf dem Parkplatz vor dem Hotel zurück, unzufrieden, weil er immer noch nichts herausgefunden hatte. Und er ärgerte sich, weil ausgerechnet Svante ihn für unehrlich hielt. Ob Eva von Svantes Doppelleben wusste? Ihr Verhalten ihm gegenüber ließ darauf schließen.

»Ich werde es herausfinden«, schwor er sich flüsternd.

»Käkeläk, kann ich mit dem Sammy spielen?«

Langsam wandte Jon sich um. »Ich heiße Mikael. M-I-K-A-E-L«, buchstabierte er. »Würdest du mich bitte auch so nennen?«

Lotta dachte eine Weile darüber nach, bevor sie den Kopf schüttelte. »Ich finde Käkeläk viel schöner. Du siehst ja auch aus wie ein Käkeläk.«

Dieses Kind gefiel Jon mehr und mehr. »Wie sieht ein Käkeläk denn aus?«, fragte er amüsiert.

Lotta stemmte die Hände fest in die Hüfte. »So wie du, das hab ich doch gerade gesagt.«

Jon machte es ihr nach und stemmte ebenfalls die Hände in die Hüfte. »Ich möchte aber nicht, dass du mich so nennst.«

Lotta sagte nichts mehr, aber ihr Lächeln verriet, dass sie nicht die Absicht hatte, sich seinen richtigen Namen zu merken.

»Und wer ist überhaupt Sammy?«, fragte er schließlich.

Lotta stöhnte auf und verdrehte die Augen. »Deinem Freund seine Katze, wer sonst!«

Jon hatte keine Ahnung, wie sie darauf kam. »Der Kater heißt nicht Sammy, sondern Curt«, stellte er richtig.

»Aber die Ann hat gesagt, dass er Sammy heißt«, beharrte Lotta.

»Nein, er heißt Curt«, versicherte Jon. »Du kannst ja Sten fragen, wenn du mir nicht glaubst.«

Lotta schwieg eine Weile, dann grinste sie plötzlich. »Jetzt weiß ich was, was die Ann nicht weiß.« Verschwörerisch flüsterte sie ihm zu. »Wir verraten ihr das aber nicht.«

Jon verstand die Logik hinter diesen Worten nicht, aber wenn es ihr gefiel, ließ er sich gerne darauf ein. Er legte einen Finger über seinen Mund. »Versprochen, ich werde kein Wort sagen.«

Lotta strahlte. »Ich auch nicht. Die Ann wird sich ärgern, dass sie das nicht weiß.«

Jon musste lachen, klärte sie aber nicht darüber auf, dass ihre Schwester sich nicht über etwas ärgern konnte, was sie nicht wusste. »Wir haben jetzt ein Geheimnis«, sagte er, und das schien Lotta besonders zu gefallen.

»Wieso bist du nicht im Kindergarten?«, wollte er wissen.

»Weil heute Samstag ist.« Lotta schaute ihn verständnislos an. »Du weiß aber gar nix.«

»Doch, ich weiß ganz viel. Aber nicht über Kinder. Ich habe keine.«

»Warum nicht?« Das Mädchen neigte den Kopf ein wenig zur Seite und schaute ihn fragend an. Sie sah so niedlich aus, dass Jon unwillkürlich lächelte.

»Ja, das frage ich mich gerade auch. Wenn ich einmal eine Tochter habe, ist sie hoffentlich genauso süß wie du.«

Es war Lotta anzusehen, dass ihr seine Antwort gefiel. Noch mehr aber bewiesen es ihre Worte. »Darf ich mit deinem Freund seine Katze spielen …« Sie machte eine kurze Pause. »… Mikael?« Verschmitzt lächelte sie zu ihm auf.

Er lächelte zurück, dann fiel ihm ein, dass er und Sten ihren Aufenthalt im Hotel verlängern mussten.

»Ich habe nichts dagegen«, stimmte er zu. »Und Sten auch

nicht. Aber wir müssen noch etwas erledigen, und du solltest erst deine Mutter fragen.«

»Das mach ich«, versprach Lotta und rannte los.

Sten wirkte müde, als Jon von ihm verlangte, ihn in die Hotelhalle zu begleiten, dabei war es erst kurz vor zehn an diesem Morgen.

»Astrid ist allein an der Rezeption. Du fragst sie jetzt!«, verlangte Jon.

»Warum ausgerechnet ich?«

»Weil sie dir gefällt.« Jon mühte sich, seinen Freund zu motivieren. »Zuerst verlängerst du unseren Aufenthalt, dann bittest du sie um ein Date.«

»Spinnst du!«, fuhr Sten auf. »Das kann ich nicht.«

»Natürlich kannst du das.« Jon legte eine Hand auf Stens Schulter. »Also los, lass uns zur Rezeption gehen, bevor Eva zurückkommt.«

»Was hast du gegen Eva?«, fragte Sten erstaunt.

»Falsche Frage«, konterte Jon. »Was hat Eva gegen mich? Ich fürchte, wenn wir sie um eine Verlängerung unseres Aufenthalts bitten, wird sie behaupten, das Hotel wäre ausgebucht.«

»Wir könnten auch online eine Buchungsanfrage schicken«, schlug Sten vor.

»Du willst dich nur davor drücken, mit Astrid zu reden.«

»Aus gutem Grund. Ich werde es nicht schaffen, mich in ihrer Gegenwart normal zu benehmen«, erwiderte Sten finster.

»Du musst ihr nur eine Frage stellen und sie hinterher zum Essen einladen. Da kann nicht viel passieren.«

Sten wirkte nicht überzeugt, doch Jon schob ihn entschlossen zur Tür.

Er begleitete ihn bis in die Eingangshalle, wo er selbst sich hinter einer der Säulen platzierte und Sten allein zur Rezeption gehen ließ.

Astrid stand hinter dem Tresen und notierte etwas. Sie sah lächelnd auf, als Sten näher kam.

»Hübsche Blumen.« Sten wies auf die bepflanzte Schale.

Selbst aus der Entfernung, und obwohl Sten ihm den Rücken zuwandte, konnte Jon erkennen, wie nervös sein Freund war.

»Ja«, erwiderte Astrid. »Die stehen immer da.«

»Das ist mir bisher nicht aufgefallen.« Sten schwieg. »Sehr hübsche Blumen«, wiederholte er.

»Das sagtest du bereits.« Astrids Lächeln wirkte ein wenig angestrengt. »Kann ich etwas für dich tun?«

»Ja!«, stieß Sten hervor. »Ja! Ja!« Dann schwieg er wieder.

Jon stöhnte innerlich auf.

Astrid schaute Sten an. »Verrätst du mir auch, wie ich dir helfen kann?«

»Ja! Ja, natürlich. Also, es ist so … Das Hotel, der See, das schöne Wetter. Uns gefällt es hier sehr gut«, begann er umständlich. Und verstummte.

»Das freut mich.«

»Und da haben wir uns überlegt … Eigentlich hat mein Freund sich das überlegt … Also, es ist nicht so, dass ich nicht damit einverstanden bin.«

Komm zum Punkt, flehte Jon ihn in Gedanken an.

»Wir würden gerne länger bleiben, wenn es geht«, sagte Sten.

Jon atmete erleichtert auf, während Astrid sich dem Computer auf dem Schreibtisch hinter dem Tresen zuwandte. »Wie lange wollt ihr bleiben?«

»Weitere vier Wochen«, erwiderte Sten, wie Jon und er es besprochen hatten.

Astrid sah überrascht auf, dann wandte sie sich wieder dem Monitor zu. »Ja, das geht«, sagte sie. »Das wäre dann bis zum 27. Juni. Willst du das erst noch mit deinem Freund besprechen oder soll ich die Buchung für eure Zimmer gleich verbindlich eingeben?«

»Du kannst das sofort festmachen«, erwiderte Sten.

Astrid tippte eine Weile auf der Tastatur herum. »So, das ist erledigt«, sagte sie schließlich. »Gibt es sonst noch etwas?«

Jon beobachtete, wie Sten den Ellbogen auf den Tresen stützte, offensichtlich in dem Versuch, etwas lässiger zu wirken. Dummerweise direkt auf die Klingel, die Gäste benutzen konnten, wenn sich niemand an der Rezeption befand. Ein schriller Ton erklang, der selbst Jon hinter der Säule zusammenzucken ließ.

Sten riss seinen Arm mit einem Ruck zur Seite und stieß dabei die Blumenschale vom Tresen. Sie fiel zu Boden und zerbrach mit einem lauten Scheppern. Scherben, Blumen und Erde verteilten sich auf dem Fußboden.

»Oh!« Erschrocken trat Sten einen Schritt zurück und stolperte vor Aufregung über seine eigenen Füße.

Jon schloss genervt die Augen und atmete tief durch. Als er sie wieder öffnete, war Astrid hinter dem Tresen hervorgekommen und Sten stand gerade auf.

»Es tut mir leid!« Sten setzte an, die Scherben aufzuheben, doch Astrid hielt ihn mit einer energischen Geste davon ab.

»Es tut mir leid«, wiederholte Sten. »Wenn du mir ein Kehrblech und einen Besen gibst ...«

»Ich erledige das«, erwiderte Astrid.

»Aber ich ...«, begann Sten.

»Lieber nicht«, fiel Astrid ihm ins Wort. Sie machte eine ausholende Handbewegung, um ihre Mundwinkel zuckte es. »Du verstehst sicher, dass ich Angst um unsere restliche Einrichtung habe.«

»Ja ... klar ... Ich bin nicht ... Also, sonst ...« Sten brach ab, und dann wiederholte er zum dritten Mal: »Es tut mir leid.« Damit drehte er sich um und rannte zur Treppe. Als er an Jon vorbeilief, warf er ihm einen wilden Blick zu, blieb aber nicht stehen.

Jon holte Sten an dessen Zimmertür ein.

»Ich will nicht darüber reden«, spie sein Freund giftig hervor. Er betrat sein Zimmer und schlug Jon die Tür vor der Nase zu.

Kapitel 15

Als Eva die Hotelhalle betrat, bot sich ihr ein seltsames Bild. Auf dem Boden lagen die Hotelklingel, die zerbrochene Blumenschale in ihren Einzelteilen, davor stand Astrid und wischte sich die Lachtränen aus den Augen.

»Was ist denn hier passiert?«, fragte sie.

»Sten ist passiert.« Astrid erzählte von den Geschehnissen.

Eva blickte sie fassungslos an. Mehr als Stens ungeheure Tollpatschigkeit beeindruckte sie jedoch etwas anderes: »Vier Wochen Verlängerung?« Warum hast du nicht behauptet, wir wären ausgebucht?

Astrid grinste. »Ja, das hätte ich machen können. Habe ich aber nicht.«

Eva musterte sie neugierig. »Du magst ihn«, stellte sie zum wiederholten Male fest.

»Ich finde Jon und Sten einfach sehr nett«, wich Astrid aus.

»Aber Sten magst du besonders.«

»Quatsch!«, erwiderte Astrid grob. »Er wäre mir gar nicht aufgefallen, wenn er bei unseren letzten beiden Begegnungen nicht so ein Durcheinander verursacht hätte.«

»Immerhin ist er dir aufgefallen«, sagte Eva. »Und so wie er dich immer ansieht, scheint er dich auch zu mögen.«

»Vielleicht.« Astrid schwieg einen Moment, dann atmete sie hörbar aus. »Aber du kennst meine Einstellung. Nach Dag kann ich keinem Mann mehr vertrauen.«

»Und du kennst meine Einstellung: *Das* ist wirklich

Quatsch. Warum gibst du Sten und dir nicht wenigstens eine Chance?«, fragte Eva energisch. Sie wünschte Astrid so sehr, glücklich zu werden. Und Sten war wirklich nett, auch wenn er sich die falschen Freunde aussuchte.

»Zum Glück muss ich mir darüber keine Gedanken machen. Er versucht nicht mal, mich besser kennenzulernen oder sich mit mir zu verabreden«, sagte Astrid.

»Er ist ja jetzt noch fünf Wochen da«, sagte Eva. »Warten wir ab, was passiert.«

»Es wird nichts passieren«, versicherte Astrid und wechselte das Thema, als Monica mit gesenktem Kopf am Fenster vorbeiging. »Weißt du, was mit ihr los ist? Sie schleicht nur noch schlecht gelaunt herum und hat die Suche nach Schmutz vollkommen aufgegeben.«

»Nein«, log Eva. »Ich habe keine Ahnung.«

In der Küche platzte sie kurz darauf mitten in einen Streit zwischen Hjalmar und Jakob.

»Eva, sag ihm, er soll diese verdammten Kopfhörer aus den Ohren nehmen!«, polterte Hjalmar.

»Eva, sag ihm, das mache ich erst, wenn er mich nicht mehr anbrüllt«, warf Jakob grinsend ein und brachte Hjalmar damit erst recht auf die Palme.

»Ich brülle nicht«, brüllte er.

Jakobs Grinsen wurde nur noch breiter.

Hjalmar hielt mitten in der Bewegung inne. Wider Erwarten entgegnete er nichts, im Gegenteil, er wirkte mit einem Mal ganz ruhig.

Allein das versetzte Eva in Alarmbereitschaft, doch als er dann auch noch verkündete: »Ich mache das nicht mehr mit!«, schrillten bei ihr alle Alarmglocken. Das hier war etwas anderes als die übliche Drohung, die sie nie ernst nahmen. Zum ersten Mal hatte er nicht »nicht mehr lange« gesagt, im Gegenteil, es klang vielmehr wie ein Entschluss.

In Evas Kopf schwirrten die Gedanken. Wenn Hjalmar ging, musste sie die Küche übernehmen. Allein. Dann konnte sie überhaupt nicht mehr schreiben! Nein, Hjalmar musste bleiben, und der Weg dazu führte nur über Jakob. Zumindest heute.

Als Hjalmar nach seiner Zigarettenschachtel griff und die Küche verließ, nahm sie Jakob beiseite und bat ihn, Hjalmar nicht mehr zu provozieren.

»Aber er provoziert mich und ich kann nichts von ihm lernen«, beschwerte sich Jakob. »Er ist ein ziemlich schlechter Koch.«

»Du bist respektlos«, rügte ihn Eva, obwohl sie wusste, dass Jakob mit seiner Behauptung nicht unrecht hatte.

»Mikael hat mir ein paar Tricks beigebracht«, verriet Jakob. »Bei einem Koch wie ihm würde mir die Ausbildung sogar Freude machen.«

Schon wieder dieser falsche Mikael! Reichte es nicht, dass er sich als Schriftsteller ausgab? Musste er jetzt auch noch Unruhe in ihre Küche bringen? Wie kam er überhaupt dazu?

»Es tut mir leid, dass dir das Kochen keine Freude bereitet. Aber du hast dich für diese Ausbildungsstelle entschieden. Ich möchte, dass du Hjalmar als deinen Vorgesetzten respektierst.«

Jakob zuckte gleichgültig mit den Schultern.

»Ich führe ein Hotel«, ermahnte Eva ihn eindringlich. »Ich brauche einen Koch. Wenn ich mich zwischen dir und

Hjalmar entscheiden muss, wird die Entscheidung nicht zu deinen Gunsten ausfallen.«

Jakob erschrak sichtlich. »Wenn ich hier fliege, kriege ich zu Hause Stress.«

»Dann sorg einfach dafür, dass du nicht fliegst«, erwiderte Eva ernst.

Anschließend ging sie hinaus zu Hjalmar und klärte ihn über ihr Gespräch mit Jakob auf. »Er ist noch sehr jung. Sei einfach ein bisschen geduldiger mit ihm«, bat sie zum Schluss um Verständnis.

Hjalmar sagte kein Wort und zog mehrmals heftig an seiner Zigarette. Dann warf er sie zu Boden, trat sie aus und ging zurück in die Küche.

Nachdenklich machte Eva sich auf den Weg in ihre Wohnung zu Lotta, um Ann und Elin abzulösen, die auf sie aufpassten, aber für den Nachmittag mit Freunden am See verabredet waren. Eva hatte Lotta trotz deren inständiger Bitte am Morgen verboten, den Samstag bei Sten oder vielmehr bei dessen Kater zu verbringen, und sich auch durch die tränenreiche Szene ihrer kleinen Dramaqueen nicht erweichen lassen.

Auf der Wiese hinter dem Hotel sah sie Pentii und Lucas unter den wachsamen Blicken von Kristoffer zusammen spielen. Eva winkte ihm zu. Hanna arbeitete vermutlich auch an diesem Samstag in ihrem Zimmer.

Dann fiel ihr Blick auf Ove, der allein auf der Terrasse hinter dem Hotel saß.

Eva entschied, dass Ann und Elin noch ein paar Minuten auf sie warten konnten, und trat kurzerhand zu ihm.

»Hej«, grüßte Ove lächelnd.

»Hej.« Eva wies auf einen der freien Stühle am Tisch. »Darf ich mich kurz zu dir setzen?«

»Natürlich.«

»Wartest du auf Monica?«

»Nein, auf Benny«, sagte Ove. »Wir sind heute ein bisschen später dran mit unserem Spaziergang.«

Eva zögerte. Es lag ihr fern, sich in fremde Angelegenheiten einzumischen, aber Monica tat ihr leid. »Darf ich dich etwas sehr Persönliches fragen?«, wagte sie sich schließlich vor.

Sofort trat ein wachsamer Ausdruck in sein Gesicht. »Ja«, erwiderte er zögernd.

»Ich habe den Eindruck, dass Monica nicht sehr glücklich ist. Warum unternimmst du nie etwas mit ihr?«

»Wahrscheinlich ist sie auch nicht glücklich«, murmelte Ove, mehr zu sich selbst. Dann schaute er Eva unvermittelt an. »Ich habe ihr angeboten, mit uns zu gehen. Mehrfach«, sagte er. »Aber Monica mag keine Spaziergänge.«

»Warum unternimmst du nichts anderes mit ihr? Es ist doch euer gemeinsamer Urlaub.«

Ove schwieg. »Ich weiß, du meinst es gut, Eva«, sagte er schließlich. »Aber …« Er verstummte.

»Aber ich mische mich in Dinge, die mich nichts angehen«, beendete sie seinen Satz. »Du darfst mir gerne sagen, dass ich mich um meine eigenen Angelegenheiten kümmern soll.«

»Nein, das wollte ich nicht sagen.« Ove lächelte. »Wir kennen uns doch schon so lange, dass ich dir deine Offenheit nicht übel nehme. Im Gegenteil, ich schätze sie sehr und will dir auch ehrlich darauf antworten: Seit die Jungen erwachsen sind, haben Monica und ich schon lange nichts mehr gemeinsam.«

Eva war zutiefst bestürzt. Plötzlich erschien es ihr doch nicht mehr so unwahrscheinlich, dass Monicas Vermutung stimmte. »Liebst du sie denn nicht mehr?«, wagte sie zu fragen. Und gleich darauf: »Liebst du eine andere Frau?«

Sie stieß einen Seufzer der Erleichterung aus, als er den Kopf schüttelte. »Nein, es gibt keine andere Frau in meinem Leben.« Er klang so aufrichtig, dass Eva ihm glaubte. »Und natürlich liebe ich Monica. Ich werde sie immer lieben, aber ich fürchte, ich kann sie trotzdem nicht glücklich machen. Es ist …«, er seufzte tief auf, »… sehr schwierig.«

Eva griff über den Tisch hinweg nach seiner Hand. »Danke für deinen Offenheit«, sagte sie sanft. »Ich mag euch beide sehr. Und zusammen mit Benny seid ihr meine Lieblingsgäste. Ich wünsche euch so sehr, dass ihr glücklich seid«, fügte sie herzlich hinzu.

Er drückte ihre Hand und lächelte. »Du willst immer alle glücklich sehen, Eva. Aber was ist eigentlich mit dir?«

Eva spürte in sich nach. »Ich bin glücklich«, antwortete sie dann leise. »Ich habe meine Kinder und die Erinnerung an Sven. Mehr brauche ich nicht.«

Das Gespräch mit Ove wirkte in Eva nach. Am frühen Abend schlenderte sie noch einmal zum See. Kristoffer war zusammen mit den Zwillingen und Lucas in ihrer Wohnung und schaute mit ihnen einen Zeichentrickfilm. Eva war ihm dankbar, weil er ihr damit ein bisschen Zeit für sich verschaffte.

Das Wasser schimmerte silbern, Vögel zwitscherten in den Bäumen.

Sie dachte an Sven, lauschte der stillen Wehmut nach, die den großen Schmerz ersetzte. Sven würde immer diesen Platz in ihrem Herzen haben, aber sie brach unter der Erkenntnis, dass er nie mehr zurückkommen würde, nicht mehr zusammen. Und empfand deswegen wie so häufig beinahe so etwas wie ein schlechtes Gewissen.

Jon tauchte so plötzlich neben ihr auf, dass sie erschrocken zusammenzuckte.

»Ich wollte dich nicht erschrecken«, sagte er hastig.

»Hast du aber«, erwiderte sie scharf.

»Das tut mir leid.« Er wandte sich zum Weitergehen, überlegte es sich aber anders. »Das ist ein herrlicher Ort, an dem du lebst«, sagte er leise.

»Ja«, gab Eva zurück, während sie sich gegen das positive Gefühl wehrte, dass seine Worte in ihr entfachten. Sie wollte ihn nicht nett oder sympathisch finden. Er war ein Schmarotzer, der ihren Erfolg für sich ausnutzte.

»So vieles hier erinnert mich an meine Heimat am Siljansee.« Er schwieg einen Moment und überraschte sie dann mit dem Geständnis: »Ich hätte niemals nach Stockholm ziehen dürfen.« Seine Worte, mehr aber noch der Klang seiner Stimme machten Eva neugierig.

»Warum bist du denn nach Stockholm gezogen?«, wollte sie wissen.

Er lächelte traurig. »Weil die Frau, die ich liebte, unbedingt dort leben wollte. Leider habe ich zu spät bemerkt, dass sie mich nicht so liebt wie ich sie.«

»Und warum bist du dann nicht an den Siljansee zurückgekehrt?«

Er lachte leise. »Weil ich ein Idiot war. Ich war verliebt,

ich wollte sie heiraten und habe ihr einen sündhaft teuren Verlobungsring geschenkt. Als sie meinen Antrag ablehnte, habe ich den Ring schwungvoll weggeworfen – und damit auch eine Menge Geld und die Möglichkeit, nach Hause zurückzukehren.«

Eva wehrte sich ebenso verzweifelt wie vergeblich gegen den Anflug von Mitleid für ihn. »Das ist ja ärgerlich! Wobei ... ich hätte den Ring vermutlich auch weggeworfen«, sagte sie lächelnd, »aber ich hätte auf jeden Fall danach gesucht.«

Wieder lachte er. »Das habe ich auch, zusammen mit Sten. Selbst Monate später sind wir deshalb immer wieder auf den Monteliusvägen gestiegen.«

Eva erinnerte sich an die Fotos auf Anns Facebookseite. Ihr war beim Betrachten der Bilder aufgefallen, dass es so aussah, als würde Jon etwas suchen. »Du hast ihn aber nicht gefunden.«

»Zumindest nicht im Gebüsch.« Jon grinste. »Das konnte ich auch nicht, weil Annika – so heißt die Frau – gesehen hat, wie ich den Ring weggeworfen habe.«

Eva stockte der Atem. »Sie hat ihn gefunden? Und behalten?«

Er nickte. »Letztendlich hat sie ihn mir aber zurückgegeben und ich konnte ihn verkaufen.«

»Also kannst du an den Siljansee zurück«, schloss Eva.

»Mal sehen«, erwiderte er ausweichend. »Im Moment habe ich so viele andere Dinge zu erledigen. Außerdem brauche ich erst eine neue Stelle in einem Restaurant oder Hotel, bevor ich entscheiden kann, an welchen Ort genau ich ziehe.«

»Ich dachte, du bist ein berühmter Schriftsteller!« Diesen Seitenhieb konnte Eva sich nicht verkneifen. »Ist es da nicht egal, wo du lebst?«

»Ich bin vor allem Koch«, erwiderte er ruhig. »Ich kann mir nicht vorstellen, diesen Beruf jemals aufzugeben.«

Eva war überrascht. Sie wusste ja, dass er kein Schriftsteller war, jedenfalls nicht Mikael Käkelä, aber bisher hatte sie keine Ahnung gehabt, was er im wahren Leben machte. »Ich bin auch Köchin«, entfuhr es ihr.

Auch in seinem Blick spiegelte sich nun Überraschung. »Wirklich?«

»Ja. So habe ich auch meinen Mann kennengelernt.« Während sie sprach, fragte sich Eva, wieso sie ausgerechnet ihm ihre Geschichte erzählte, und doch sprach sie weiter. »Damals wohnte ich noch in Stockholm, wo Sven sich mit einem Reiseveranstalter traf, der das Hotel Berglund in sein Programm aufnehmen wollte. Eigentlich hatte er die Reise absagen wollen, weil seine Köchin aus gesundheitlichen Gründen sehr plötzlich ausgefallen war. Ja, und dann hat er in dem Restaurant gegessen, in dem ich damals angestellt war. Von da an kam er jeden Tag. Später habe ich erfahren, dass er sogar länger in Stockholm blieb, als er geplant hatte.«

Jon schmunzelte.

»Es hat ihm also geschmeckt?«

»So gut, dass er mich abwerben wollte. Jede Nacht hat er vor dem Restaurant gewartet, bis ich Feierabend hatte. Immer wieder hat er mich regelrecht bekniet, im Hotel Berglund zu arbeiten. Selbst nachdem sein Kurztrip in Stockholm beendet war, kam er jedes Wochenende, um mich zu überreden.«

»Und irgendwann hast du eingewilligt«, stellte Jon fest, als sie geendet hatte.

»Weil ich mich in ihn verliebt hatte.« Eva lächelte bei der Erinnerung an diese glückliche Zeit. »Sonst wäre ich niemals hierher gezogen. Ich war ein Großstadtkind, mich hat nichts aufs Land gezogen. In den Ferien war das okay, aber leben wollte ich immer nur in der Großstadt.«

»Und jetzt?«, fragte er.

»Heute kann ich mir nicht mehr vorstellen, irgendwo anders zu leben. Das hier ist meine Heimat geworden. Viel mehr, als Stockholm es jemals war.«

»Das ist eine wunderschöne Geschichte.« Jons Stimme klang bewegt und zwischen ihnen war eine Nähe entstanden, die Eva überraschte.

Sie fand ihn zum ersten Mal sympathisch und konnte all das Unangenehme vergessen, das sie mit ihm verband. Bis er mit einem Satz alles zerstörte: »Was hältst du davon, wenn ich im Hotel Berglund eine Lesung halte?«

Sie spürte, wie alles in ihr zu Eis erstarrte. Es hatte sich nichts verändert. Sie war die Schriftstellerin, er nichts als ein Schmarotzer, der sich auf ihre Kosten profilierte.

»Nein, das will ich nicht«, erwiderte sie kühl. »Wir haben mit dem laufenden Hotelbetrieb genug zu tun. Gute Nacht!« Sie ging, ohne auf seine Reaktion zu warten. Auf dem Weg zum Hotel widerstand sie der Versuchung, sich noch einmal umzudrehen, obwohl seine Blicke in ihrem Rücken brannten.

Mikael Käkelä

An Na: Jetzt habe ich auch das letzte Buch von Mikael gelesen. Einfach klasse! Wann kommt Nachschub?

Curt aus Stockholm: Er müsste ein bisschen schneller schreiben ;-)

An Na: Unbedingt!

Kristina B.: Ich warte auch gespannt auf sein nächstes Buch. Und auf neue Fotos. Und Infos!

Curt aus Stockholm: Infos?

Kristina B.: Diese Seite ist doch ziemlich mager für einen echten Fan. Und auf der Website des Verlages findest du auch nichts über ihn. Ich finde das komisch.

Curt aus Stockholm: Inwiefern soll das komisch sein?

An Na: Das wüsste ich auch gern.

Kristina B.: Wer weiß, was dahintersteckt …

»Wir wissen es!« Ann grinste.

»Hast du deine Mutter gefragt, ob wir weiter posten sollen?«, fragte Elin.

»Solange ich sie nicht frage, kann sie es auch nicht verbieten. Und solange sie es nicht verbietet, bezahlt sie uns auch weiter für die Arbeit.«

»Dann verbietet sie es uns, sobald wir das Geld haben wollen.«

»Ja, aber bis dahin haben wir noch eine Menge verdient.«

Elin schien nicht überzeugt. »Hoffentlich gibt das keinen Ärger!«

»Lass uns einfach nur ganz allgemeine, unverfängliche Sachen posten. Ohne Fotos«, schlug Ann vor. »Das gibt dann bestimmt keinen Ärger.«

Elin wies auf die Beiträge der User. »Was willst du dazu denn schreiben?«

Mikael Käkelä: Ich sage euch Bescheid, wann mein Buch erscheint, sobald ich es weiß.

Curt aus Stockholm: Genauer geht es nicht?

»Dieser Curt aus Stockholm nervt«, zischte Ann.

»Kannst du den nicht einfach blockieren?«, fragte Elin.

Ann zuckte mit den Schultern. »Keine Ahnung! Außerdem ist das zu gefährlich. Wer weiß, was der dann woanders postet. Womöglich verpasst er Mamas Krimis ein paar negative Rezensionen.«

Sie schwiegen einen Moment, beide erschrocken über die Dimensionen ihres Tuns. »Das geht überhaupt nicht. Also, lass uns weiter nett zu dem Kerl sein.«

Mikael Käkelä: Mehr kann ich im Moment nicht dazu schreiben, sorry!

Curt aus Stockholm: Vielleicht kann uns Mikael Käkelä-2 diese Frage beantworten. Seit der sich gemeldet hat, frage ich mich nämlich, wer von euch beiden der gefakte Mikael ist.

»Blödmann«, zischte Ann.

Kristina B.: Sag ich doch! Da stimmt was nicht!

»Von wegen, wir posten nur noch allgemeine, unverfängliche Sachen.« Elin starrte finster auf den Monitor. »Was schreiben wir jetzt dazu?«

»Nichts mehr!«, beschloss Ann kurz und bündig. »Mikael Käkelä hat für heute Feierabend! Und ich geh jetzt nach Hause, ich bin müde nach dem Nachmittag am See.«

Elin lachte, und dann gähnte sie laut und ausgiebig.

Kapitel 16

Jon schaute Eva betroffen nach und wünschte sich, er hätte den Mund gehalten. Warum nur hatte er den schönen Moment zwischen ihr und sich zerstören müssen?

Weil ich gehofft habe, dass sie mir sagt, wer wirklich Mikael Käkelä ist, schoss es ihm durch den Kopf. Sie wusste es, da war er sich sicher. Noch fester glaubte er daran, dass es Svante war und dass Eva alles unternahm, um seine literarische Identität zu schützen.

Ich hätte es doch keinem Menschen gesagt, dachte er. *Nicht einmal Sten. Wir hätten zusammen darüber reden und auch ein bisschen lachen können.* Er hätte sogar freiwillig sein Foto zur Verfügung gestellt, damit Svante weiterhin in Ruhe gelassen wurde.

Ich wollte zu schnell und zu viel, erkannte er. *Vor allem wollte ich die Nähe festigen, die sich gerade zwischen mir und ihr entwickelt.*

Jon beschloss, das Thema Lesung insgesamt ruhen zu lassen und sich bei passender Gelegenheit noch einmal mit Eva auszutauschen. Langsam ging er zurück zum Hotel. Als er die Terrasse erreichte, flog plötzlich etwas Pelziges auf ihn zu – Curt sprang mit einem kläglichen Miauen geradewegs in seine Arme. Instinktiv umschlang Jon den Kater, während sich dessen Krallen schmerzhaft durch das T-Shirt in seine Brust bohrten.

Dann tauchte mit einigem Abstand eine alte Frau auf, humpelnd und eine Hand auf ihren Gehstock gestützt.

Letzteren erhob sie drohend, als sie mit etwa zwei Metern Abstand vor ihm stehen blieb. Curt, der sich auf Jons Armen offenbar sicher fühlte, knurrte laut.

»Bleib stehen!«, rief die alte Dame. »Und guck dir an, wie ich aussehe.« Sie wies auf ihr rot verquollenes Gesicht, in dem die Augen nur noch als schmale Schlitze zu erkennen waren.

»Nicht gut, um ehrlich zu sein«, sagte Jon.

Doch seine Zustimmung schien sie nicht zu besänftigen, im Gegenteil. »Jetzt werde nicht unverschämt! Ich könnte deine Mutter sein!«

Großmutter traf es eher, aber Jon wagte es nicht, das auszusprechen.

»Ich habe eine Katzenallergie, das ist ja wohl deutlich zu sehen. Was fällt dir ein, dieses Vieh mit ins Hotel zu bringen?«, keifte sie.

»Das ist nicht meine Katze!«, brachte Jon zu seiner Verteidigung hervor.

Die alte Dame glaubte ihm offenbar kein Wort. Sie begann wieder, wild mit dem Stock herumzufuchteln, was Curt dazu veranlasste, erneut seine Krallen auszufahren. Jon schrie vor Schmerz auf. »Lass das«, sagte er zu Curt, aber die Dame bezog es auf sich.

»Jetzt wirst du auch noch frech«, schimpfte sie. Ihre Augen waren wirklich weit zugeschwollen, ihr Gesicht eine unförmige Masse. Jon beobachtete fasziniert die Verwandlung und war zutiefst froh, dass Astrid plötzlich neben ihm stand.

»Oh, mein Gott, Camilla, was ist denn mit dir passiert?«, fragte sie sofort.

Camilla wies mit ihrem Stock auf Curt. »*Das* ist passiert!

Dieses Vieh lag auf meinem Bett, als ich ins Zimmer kam. Ich habe es nicht sofort bemerkt. Erst als die Allergie anfing, wusste ich, dass eine Katze in der Nähe ist.« Ihre ganze Wut entlud sich nun auf Astrid. »Ihr wisst, dass ich eine schwere Allergie habe. Wie könnt ihr zulassen, dass eine Katze zur gleichen Zeit wie ich im Hotel ist?«

»Wir haben dir ein Zimmer gegeben, in dem noch nie ein Gast mit einem Tier untergebracht war«, versicherte Astrid. »Ich habe keine Ahnung, wie die Katze in dein Zimmer gekommen ist.« Sie blickte Jon strafend an.

Der konnte sich nur mit Mühe beherrschen. »Das ist nicht meine Katze! Und du weißt das.«

»Sten hätte besser aufpassen müssen«, erwiderte sie verärgert.

Jon wandte sich an Camilla. »Stand bei dir die Balkontür offen?«

Sie nickte.

»Das erklärt, wie der Kater ins Zimmer gekommen ist«, sagte Jon. »Die Tür muss ab sofort geschlossen bleiben, damit sich das nicht wiederholt.«

Seine Forderung ließ Camillas Blutdruck sichtlich ansteigen. »Junger Mann! Ich habe das Recht auf frische Luft und eine katzenfreie Zone!« Wutentbrannt wandte sie sich Astrid zu. »Entweder verschwindet dieses Vieh unverzüglich, oder wir reisen alle ab. Und dann werde ich dafür sorgen, dass nie wieder einer der Bewohner aus unserem Altenheim bei euch Urlaub macht.«

»Ja«, war alles, was Astrid darauf erwiderte. Sie wirkte so hilflos, dass Jon Mitleid mit ihr hatte.

Nun rang Camilla auch noch hörbar nach Luft, sei es we-

199

gen der Allergie oder aus Aufregung. »Sie braucht einen Arzt«, sagte Jon zu Astrid.

»Ja, natürlich.« Astrid schien plötzlich ihre Souveränität wiedererlangt zu haben. Sie rief Eva an, die sofort kam, um Camilla ins Gesundheitszentrum nach Torsby zu fahren, das rund um die Uhr besetzt war.

»Was ist mit den Kindern?«, fragte Astrid.

»Ann ist vor ein paar Minuten nach Hause gekommen. Sie bringt die Kleinen gleich ins Bett.«

Eva würdigte Jon keines Blickes, als sie grußlos an ihm vorbeiging. Sie stützte Camilla am Arm, um sie zum Parkplatz zu führen.

»Wenn ich von der Vårdcentralen zurückkomme, ist der Kater verschwunden«, verlangte Camilla noch einmal, bevor sie ging.

Jon blickte ihnen fassungslos nach. »Was machen wir jetzt?«, wandte er sich an Astrid.

»Wir? Es ist euer Kater. Es tut mir leid, Jon, aber wir können es uns nicht leisten, die Gäste aus Nacka zu verlieren. Es sind Stammgäste, viele von ihnen kommen schon seit vielen Jahren.«

»Ich werde Sten sagen, dass er seinen Kater nicht mehr auf den Balkon lassen darf«, sagte Jon bedrückt.

Doch das reichte Astrid nicht. »Das ist mir zu unsicher. Wenn Curt noch einmal entwischt und Camilla dadurch erfährt, dass er noch immer im Hotel ist, haben wir ein großes Problem.«

»Ich verstehe«, sagte Jon. »Ich fürchte, dann gibt es nur eine Lösung: Da Sten sich niemals von seinem Kater trennt, müssen wir abreisen.«

Astrids Miene zeugte von Enttäuschung. Sie schwiegen eine Weile, bis Astrid plötzlich sagte: »Glaubst du, Sten hätte etwas dagegen, wenn sein Kater eine Weile bei mir und Elin lebt? Ich bin sicher, Eva würde ihn auch aufnehmen, aber ihr Balkon grenzt an den Balkon des Hotels. Da ist die Gefahr groß, dass der Kater erneut in Camillas Zimmer gelangt. Deshalb darf Lotta auch keine Katze haben.« Sie atmete tief durch. »Jedenfalls wäre damit der Kater aus dem Hotel. Und Sten könnte ihn natürlich jederzeit besuchen.«

Jon fand die Idee großartig, zumal Astrids Erklärung auch anders gedeutet werden konnte. Ging es wirklich nur um den Kater oder darum, Sten bei sich zu Hause zu treffen?

»Ich fände es schade, wenn ihr abreist«, fügte Astrid leise hinzu, bevor er seiner Begeisterung Ausdruck verleihen konnte. »Und Sten hat erst gestern gesagt, wie gut es ihm hier gefällt.«

»Ich finde deinen Vorschlag toll!«, sagte Jon dankbar. »Und ich bin sicher, dass Sten dein Angebot annehmen wird.« Er musterte sie aufmerksam. »Du machst das alles nur für Sten, stimmt's?«, fragte er direkt.

Astrid errötete, doch als sie zu einer Antwort ansetzte, tauchte Ann auf. Das Mädchen gähnte herzhaft. »Ich wollte mal nachhören, was passiert ist. Mama war so schnell und ohne große Erklärung weg.«

»Solltest du nicht bei den Kleinen sein?«, fragte Astrid.

Ann winkte ab. »Die schlafen tief und fest. Also: Was ist passiert?«

Astrid fasste die Geschehnisse in knappen Worten zusammen. »Der Kater zieht jetzt zu Elin und mir«, endete sie.

»Cool! Dann ist Lotta demnächst nur noch bei euch, Pentii spielt mit Lucas, und ich muss nicht mehr babysitten.« Ann grinste. »Ich gehe ins Bett. Gute Nacht.«

»Und ich bringe schnell Curt zu euch und informiere dann Sten«, sagte Jon. »Es ist sein Kater, also soll er sich jetzt um alles Weitere kümmern. Ich schicke ihn gleich zu dir.«

Astrid lachte. »Dann räume ich besser alles Zerbrechliche weg.«

»Curt soll zu Astrid ziehen?« Stens Mienenspiel wechselte zwischen Freude und blankem Entsetzen. »Und ich soll ihn da jeden Tag besuchen?«

»Du musst dir keine Sorgen machen«, erwiderte Jon trocken. »Sie will alles Zerbrechliche wegräumen.«

Sten lief puterrot an. »Hat sie das so gesagt?«

Jon nickte grinsend. »Ja. Aber es klang nicht so, als wenn ihr das unangenehm wäre.«

»Aber mir ist es unangenehm«, sagte er rau.

»Du kannst sie sehen«, versuchte Jon ihn aufzumuntern. »Jeden Tag. In ihren privaten Räumen. Und wenn sie dich ein bisschen besser kennt und wenn du etwas mehr Sicherheit gewonnen hast, kannst du sie fragen, ob sie mit dir ausgeht.«

»Ja, das könnte ich«, sagte Sten, »aber das traue ich mich nicht.«

»Wir können das heute Abend nicht ausdiskutieren«, drängte Jon. »Wenn Curt nicht aus dem Hotel verschwindet, wirft Astrid uns alle drei raus. Und ich will hier nicht weg«, sagte Jon. »Jedenfalls jetzt noch nicht.«

»Ich doch auch nicht! Wo ist Curt jetzt?«, fragte Sten.

»Bei Astrid. Und da bringen wir jetzt auch Curts Sachen hin. Ich trage das Katzenfutter und den Korb. Du nimmst das Katzenklo«, ordnete Jon an. Er packte den Katzenkorb, in dem die Futterdosen lagen. »Jetzt weiß ich wenigstens, wozu du ihm diesen Korb gekauft hast«, sagte er. »Jedenfalls nicht für Curt. Denn der liegt bei dir zu Hause nur auf dem Sofa und hier auf deinem Bett. Offensichtlich hast du versäumt, ihm zu sagen, wo sein Platz ist.«

»Curt kann selbst entscheiden, wo er liegen will.« Sten war sichtlich nervös. Er hob das Katzenklo hoch. »Zum Glück habe ich das eben erst sauber gemacht.«

Obwohl Jon vor Sten den Korridor entlangschritt, spürte er die Anspannung seines Freundes. Als sie die Treppe hinunter und durch die Hotelhalle zum Ausgang gingen, vernahmen sie lautes Lachen aus dem Speisesaal des Restaurants. Offenbar hatten die alten Leutchen aus Nacka auch ohne Camilla sehr viel Spaß.

Sie verließen das Hotel und bogen nach links ab, wo sich am Ende des Gebäudes ein Anbau in Form eines kleinen Häuschens anschloss. Ebenfalls aus rot gestrichenem Holz, mit weißen Fensterrahmen, passte es sich perfekt dem Stil des Hotels an.

Astrid öffnete sofort die Tür, als Jon klopfte. »Da seid ihr ja endlich«, sagte sie ungeduldig und trat einen Schritt zur Seite. »Ich muss zurück ins Hotel.«

»Es tut mir leid«, entschuldigte sich Sten auch diesmal wieder und trat ein paar Schritte vor ins Haus.

Als Curt die Stimme seines Herrchens vernahm, kam er angelaufen. Ganz sicher nicht aus Zuneigung, vermutete Jon, sondern aus purer Fresslust.

Der Kater knurrte Jon an, dann strich er um die Beine seines Herrchens, das sich aber noch in der Bewegung befand, die schwere, mit Katzenstreu gefüllte Kiste in den Händen.

»Vorsicht!«, rief Astrid.

Instinktiv trat Jon zur Seite, gerade noch rechtzeitig, denn Sten geriet ins Taumeln und verlor das Gleichgewicht, während er verzweifelt versuchte, das Katzenklo in seinen Händen auszubalancieren. Es sah aus, als würde er ein, zwei Schritte tänzeln, dann fiel er vornüber, die gefüllte Kiste entglitt seinen Händen und die weißen Kügelchen des Katzenstreu ergossen sich über den Boden bis vor Astrids Füße.

»Das glaube ich jetzt nicht«, stieß Astrid hervor, während Elin, angelockt durch den Lärm, aus einem der angrenzenden Zimmer kam. Sie brach in lautes Lachen aus.

Jon musste sich zusammenreißen, um nicht ebenfalls laut aufzulachen. Im Gegensatz zu Astrid und Sten, die die Situation offenbar überhaupt nicht komisch fanden. Sten war vor Entsetzen erstarrt. Er lag immer noch auf dem Bauch, den hochroten Kopf zu Astrid gewandt.

Astrid fing sich als Erste. »Macht das sauber«, beschied sie knapp, bevor sie Sten umrundete. »Elin, gib den beiden Schaufel und Besen, ich muss ins Hotel.« Sekunden später fiel die Tür hinter ihr ins Schloss.

Mit einem tiefen Seufzer stellte Jon den Korb mit dem Futter ab, während Elin neben Sten in die Hocke ging und sanft seinen Arm berührte. »Hast du dich verletzt?«, wollte sie wissen.

»Nein.« Mühsam rappelte Sten sich auf und setzte sich wie ein Häuflein Elend mit angezogenen Knien auf den Boden, den Kopf in die Hände gestützt. Elin setzte sich neben ihn und legte wieder eine Hand auf seinen Arm. »Das ist doch nicht so schlimm«, versuchte sie ihn zu trösten.

»Am besten reisen wir gleich ab«, brach es aus Sten heraus. »Ich kann deiner Mutter nie wieder unter die Augen treten.«

Elin streichelte tröstend über seinen Arm. »Mach dir nichts draus«, versuchte sie ihn zu beruhigen, »ich wette, morgen lacht sie darüber.«

Sten hob den Kopf aus den Händen und starrte sie an. »Glaubst du wirklich, dass ich mich jetzt besser fühle?«

Elin blickte hilfesuchend zu Jon.

Ohne dass Jon etwas dagegen tun konnte, spürte er, wie sich das Lachen über diese absurde Situation in seinem ganzen Körper ausbreitete, bis es die Mundwinkel erreichte, die zu zucken begannen. Was ganz offensichtlich auch Elin bemerkte. Sie brachen gleichzeitig in lautes Gelächter aus.

»Jetzt sei doch nicht gleich eingeschnappt.« Jon rannte hinter Sten her, der sich schweigend und mit großen Schritten entfernte. »Das sah wirklich lustig aus! Und du schaffst es bei jeder Begegnung ein bisschen mehr, einen nachhaltigen Eindruck bei Astrid zu hinterlassen.«

Sten drehte sich weder um, noch sagte er ein Wort. Er stürmte in die Hotelhalle – und blieb so abrupt stehen, dass Jon gegen ihn prallte.

Natürlich hätten sie damit rechnen müssen, dass Astrid an der Rezeption stand. Sten nickte ihr kurz zu und eilte weiter. Vor der Treppe geriet er vor Nervosität ins Stolpern und fiel nach vorn. Er konnte sich gerade noch mit den Händen abstützen, rappelte sich auf und lief mit hochrotem Kopf nach oben.

Jon und Astrid wechselten einen Blick. Jon registrierte, dass Astrid nicht verärgert wirkte, sie lächelte aber auch nicht. Er überlegte, ob er sie ansprechen sollte, doch ihre Miene war völlig ausdruckslos, und dann wandte sie den Blick wieder auf ihren Monitor, als deutliches Zeichen, dass sie kein Interesse daran hatte, über den Vorfall zu sprechen.

Jon beschloss, ihren Wunsch zu respektieren. Er holte Sten an dessen Zimmertür ein und legte ihm eine Hand auf die Schulter. »Komm schon, jetzt sei doch nicht beleidigt!«, sagte er noch einmal.

Sten hob ergeben die Hände und senkte sie wieder, bevor er endlich zu sprechen begann. »Bin ich nicht.« Er stieß einen Seufzer aus. »Aber ich würde am liebsten abreisen.«

Jon entging seine Verzweiflung nicht. »Sten, ich versteh das«, sagte er ruhig. »Aber das können wir nicht.« Er schwieg einen Moment. »Und abgesehen davon, dass wir unsere Mission noch nicht erfüllt haben, will ich hier auch nicht weg. Jedenfalls jetzt noch nicht.« Zurück nach Stockholm und das Gefühl der Heimatlosigkeit ertragen? Daran konnte und wollte er nicht denken. Er atmete tief durch. »Und du willst das doch auch nicht wirklich, oder?«

Sten schüttelte langsam den Kopf, sagte aber nichts. Er wirkte gedankenverloren, schaute Jon an und schien doch durch ihn hindurchzusehen. Jon ließ ihn gewähren.

»In Astrids Haus gibt es auch einen Computer«, sagte Sten schließlich langsam. »Ich habe ihn gesehen, als Elin aus dem Zimmer kam.«

In Jon erwachte sofort der Jagdtrieb. »Dann müssen wir

uns den auch ansehen. Dank Curt hast du jetzt ja sogar Zutritt zu Astrids Haus, du brauchst nicht mal eine Ausrede.«

Sten lachte ungläubig auf. »Das erwartest du doch jetzt nicht wirklich von mir, oder?«

Jon zog es vor, nicht darauf zu antworten. Er schaute ihn nur an. Mit einem Grinsen, das immer breiter wurde.

Kapitel 17

Auf der Fahrt zur Vårdcentralen, während der gesamten Wartezeit und auf der ganzen Rückfahrt beschwerte sich Camilla unablässig über die Rücksichtslosigkeit im Hotel Berglund, die schuld an ihren schweren Allergiesymptomen sei.

Schade, dass ihr Sprachzentrum davon so gar nicht betroffen ist, dachte Eva müde und völlig entnervt. Leider fiel ihr auch erst auf dem Rückweg ein, dass Jon und Sten mit dem Wagen angereist waren. Eigentlich hätte einer von ihnen Camilla ins Gesundheitszentrum bringen müssen, schließlich waren sie es, die ihre Standpauke verdient hätten.

Die alte Dame hatte eine Injektion erhalten, durch die ihre Schwellung sofort zurückging, was ihren Ärger aber kein bisschen milderte. Als sie endlich zum Hotel zurück- kehrten, stieg Eva aus dem Wagen, umrundete ihn und öff- nete Camilla die Tür. Camilla redete immer noch, und jeder ihrer Sätze begann mit den Worten *Weißt du eigentlich.*

»Weißt du eigentlich, wie viele unserer Bewohner im Altersheim unter einer Katzenhaarallergie leiden?«

»Ja«, behauptete Eva, obwohl sie das bisher nur von Camilla wusste.

»Weißt du eigentlich, dass es sogar Menschen gibt, die an den Symptomen einer Allergie gestorben sind?«

»Ich habe darüber gelesen.« Eva verlangsamte ihre Schritte, um auf dem Weg vom Parkplatz zum Hotel neben Camilla zu bleiben. Die alte Dame schien sich jetzt besonders schwer auf ihren Spazierstock zu stützen und stärker als sonst zu humpeln. Ansonsten war sie überraschend munter, obwohl es bereits sehr spät war.

»Weißt du eigentlich, wie viele Jahre ich jetzt schon in dein Hotel komme?«

»Natürlich weiß ich das«, versicherte Eva. »Seit siebzehn Jahren.« Sie atmete erleichtert auf, als sie Olof und Ludwig in der Nähe des Eingangs sah, die ebenfalls aus dem Altersheim in Nacka angereist waren. Zum Glück bemerkte Camilla sie ebenfalls und wurde dadurch abgelenkt.

»Wie nett, dass ihr hier zu so später Stunde auf mich wartet«, rief sie geschmeichelt.

Eva hingegen hegte den Verdacht, dass die beiden nicht wegen Camilla hier draußen standen, denn sie hatte im Licht der Außenlaterne gesehen, dass Olof schnell eine Zigarette ins Beet geworfen hatte.

Doch Camilla blieb zu Evas großer Erleichterung bei den Männern stehen. »Wisst ihr eigentlich, was ich durchgemacht habe?«

Eva wünschte allen eilig eine gute Nacht und ging schnell weiter. Astrid stand noch an der Rezeption, als sie eintrat.

»Weißt du eigentlich, was in der letzten Stunde hier los war?«, begrüßte sie sie.

Eva holte tief Luft. »Weißt du eigentlich, dass ich laut losbrülle, wenn ich noch einmal die Worte *Weißt du eigentlich* höre?«

Sonntag! Und der Wecker hatte noch nicht geklingelt.

Eva kuschelte sich ganz tief unter ihre Bettdecke und stand kurz davor, wieder einzuschlafen, als sie wispernde Stimmen neben ihrem Bett vernahm. Lotta und Pentii.

Innerlich stöhnte sie auf. Sie war erst nach Mitternacht ins Bett gekommen, nachdem sie nach ihrer Rückkehr noch im Speisesaal die Frühstückstische gedeckt hatte. Vorher hatte sie sich mit Astrid über deren Erlebnisse mit Sten und Jon und ihre eigene Fahrt nach Torsby ausgetauscht. Im Gegensatz zu Astrid hatte sie über Stens Auftritt herzhaft lachen können.

Dann hatte sie lange wach gelegen. Sie hatte sich im Bett hin und her gewälzt, während ihre Gedanken ausschließlich um das zufällige Treffen mit Jon am See gekreist waren. Es ärgerte sie, dass er sich so sehr in ihren Gedanken ausbreitete, aber sie schaffte es nicht, das abzuschalten.

Und jetzt – es kam ihr vor, als wäre sie eben erst eingeschlafen – standen die Zwillinge an ihrem Bett.

»Mama schläft noch«, flüsterte Pentii.

»Vielleicht tut sie nur so«, gab Lotta leise zurück.

Kluges Mädchen, dachte Eva, während sie sich weiterhin schlafend stellte.

»Frag sie mal, ob sie wach ist«, schlug Pentii vor.

»Frag sie doch selbst«, sagte Lotta in normaler Lautstärke, wiederholte die Worte gleich darauf aber noch einmal im Flüsterton: »Frag sie doch selbst.«

»Ich trau mich nicht«, gab Pentii mit kläglichem Stimmchen zurück. »Mama hat gesagt, wir dürfen sie nur dann wecken, wenn was ganz Schlimmes passiert ist.«

Eine Weile war es still, bis Pentii leise fragte: »Was ist denn was ganz Schlimmes?«

»Weiß ich nicht«, sagte Lotta. Und dann, nach einer weiteren Pause: »Es ist ganz schlimm, dass wir nicht wissen, was so schlimm ist, dass wir Mama wecken müssen.«

Lottalogik! Eva musste sich beherrschen, nicht laut loszulachen.

»Ist das so schlimm, dass wir sie wecken dürfen?«, wollte Pentii wissen.

»Bestimmt!« Lotta klang sehr sicher.

»Ich trau mich aber nicht. Mach du das«, verlangte Pentii.

»Damit ich die ganze Schimpfe kriege.« Lotta war hörbar verärgert. »Nee, das mach ich nicht.«

Schweigen. Gerade als Eva beschloss, die Zwillinge zu erlösen, kam Lotta mit einem neuen Vorschlag. »Guck doch mal, ob Mamas Augen schon wach sind. Wenn die wach sind, wecke ich Mama ganz.«

Eva konnte nicht umhin, die Raffinesse ihrer Tochter zu bewundern. Sie spürte kleine Finger an ihrem Gesicht, dann zog Pentii ihr rechtes Augenlid hoch. »Ich glaube, das Auge ist wach«, sagte er.

Eva gab sich geschlagen. »Lass mein Auge in Ruhe«, brummte sie.

»Mama ist wach«, jubelte Pentii, und sofort sprangen beide Kinder auf ihr Bett und kuschelten sich an sie.

»Und wir haben dich nicht geweckt!« Diese Feststellung war Lotta offenbar sehr wichtig.

»Nein, kein bisschen«, erwiderte Eva lachend.

»Mama, was ist das Schlimme, für das wir dich wecken dürfen?«, kam Pentii auf diese für ihn so wichtige Frage zurück.

»Wenn einer von euch blutet. Wenn einem was ganz doll wehtut«, begann Eva mit einer Aufzählung. »Oder wenn es brennt, egal ob hier oder im Hotel. Oder wenn ein Junge in Anns Zimmer übernachtet, ohne dass ich etwas davon weiß.«

»Camilla geht es wieder gut«, raunte Astrid Eva zu, als sie ins Hotel kam. »Trotzdem regt sie sich immer noch schrecklich darüber auf, dass wir sie durch unser unverantwortliches Handeln in Lebensgefahr gebracht hätten.«

»Schick sie mit dieser Beschwerde doch einfach zu Jon und Sten«, erwiderte Eva boshaft.

Astrid winkte ab. »Sie findet sicher bald etwas anderes, worüber sie sich aufregen kann.«

»Hoffentlich!«

Eva ging in den Speisesaal, wo sie heute morgen in der Küche aushelfen, das Büfett nach und nach neu bestücken sowie Kaffee an den Tischen servieren würde.

Auch Kristoffer und Hanna erschienen zusammen mit Lucas zum Frühstück. Hanna trank nur Kaffee und schaute dabei immer wieder auf ihr Handy. Kristoffer hatte für sich und seinen Sohn die Teller am Frühstücksbüfett beladen, auf dem Tisch stand eine Karaffe mit frischem Orangensaft.

Lucas war sehr aufgeregt, weil seine Eltern heute zusammen mit ihm ins Heimatmuseum nach Torsby fahren wollten.

»Mama kommt auch mit«, krähte er vergnügt, als Eva ihm einen Kakao brachte.

»Das freut mich für dich«, sagte Eva, obwohl sie es eher traurig fand, dass die Begleitung seiner Mutter für ihn etwas so Besonderes war. Liebevoll strich sie dem Jungen über die blonden Locken.

Kristoffer lächelte sie an, doch in seinem Blick sah sie vor allem die Anspannung. Fast so, als erwarte er etwas Unangenehmes – und dann passierte es auch schon. Hannas Handy klingelte.

»Kannst du das verdammte Ding nicht wenigstens während der Mahlzeiten auf dem Zimmer lassen«, knurrte Kristoffer.

Hanna ignorierte ihn und nahm das Gespräch an. »Ja«, sagte sie knapp. Dann lauschte sie. »Ich verstehe«, murmelte sie kurz darauf. »Natürlich, das hat Vorrang.«

Sie beendete das Gespräch und wandte sich, ohne Kristoffer auch nur eines Blickes zu würdigen, mit einem Lächeln an ihren Sohn. »Es tut mir sehr leid, mein Schatz, aber wir müssen unseren Ausflug verschieben.«

Die Miene des Jungen erstarrte, seine Augen füllten sich mit Tränen.

»Das ist nicht dein Ernst«, zischte Kristoffer.

»Ich kann es nicht ändern«, erwiderte Hanna ärgerlich. »Magnus hat morgen einen Gerichtstermin, den müssen wir gut vorbereiten.«

»Du hast Urlaub und solltest dir zumindest einmal einen Tag Zeit für unser Kind nehmen.« Kristoffer schlug mit der Hand so heftig auf den Tisch, dass die Gäste an den anderen Tischen aufmerksam wurden und zu ihnen hinüberschauten.

»Soll ich euch noch Kaffee bringen?«, fragte Eva mit einem besänftigenden Lächeln, in der Hoffnung, dass sich die Stimmung am Tisch etwas beruhigte. Doch weder Kristoffer noch Hanna nahmen sie wahr.

»Ich will aber, dass du mitkommst«, verlangte Lucas.

»Sieh mal, Lucas, es geht eben nicht immer alles so, wie man sich das wünscht«, versuchte Hanna sich an einer Erklärung. »Ich muss viel arbeiten, aber dafür kann ich dir doch auch schöne Sachen kaufen.«

213

»Oder einen Urlaub wie diesen bezahlen, von dem unser Sohn aber nichts hat, weil du dir nicht einmal eine Stunde Zeit für ihn nimmst«, fuhr Kristoffer sie sarkastisch an.

Hanna starrte ihn wütend an. »Halt doch endlich die Klappe!«, fauchte sie. »Es nervt mich, wie du ständig versuchst, mich auszubremsen!«

In diesem Moment klingelte erneut ihr Telefon. Doch bevor sie danach greifen konnte, packte Lucas das Handy und warf es in die Karaffe mit dem Orangensaft. Das Klingeln erstarb in einem gurgelnden Geräusch.

Atemlose Stille senkte sich über den Speisesaal. Dann holte Hanna aus und verpasste ihrem Sohn eine Ohrfeige.

Sie erschrak selbst mehr als alle anderen über ihr eigenes Handeln und presste die Hände vor den Mund. »Es tut mir leid, Lucas«, würgte sie hervor. »Wirklich, mein Schatz, es tut mir schrecklich leid.«

»Verschwinde!«, brüllte Kristoffer sie an. »Ich kann deinen Anblick nicht mehr ertragen! Du tust uns nicht gut!«

Es war aber nicht Hanna, die verschwand, sondern Lucas. Blitzschnell glitt er von seinem Stuhl und lief hinaus.

»Lucas!« Kristoffer sprang auf. »Am besten packst du deine Koffer und fährst noch heute zurück nach Umeå«, stieß er in Richtung seiner Frau hervor. »Dann kannst du direkt an Ort und Stelle alles für deinen Prozess vorbereiten, der dir offensichtlich wichtiger ist als unser Kind.« Damit verließ auch er den Speisesaal.

Wie erstarrt saß Hanna auf ihrem Stuhl. Erstaunlicherweise gab das Handy in der Karaffe immer noch Geräusche von sich, doch diesmal reagierte Hanna nicht.

Lucas war wie vom Erdboden verschluckt. Kristoffer lief vollkommen verzweifelt im Haus und auf dem Außengelände herum und rief immer wieder laut den Namen seines Sohnes.

Alle machten sich auf die Suche. Benny suchte den Bereich um den Parkplatz ab, wobei er seinen Radius ständig vergrößerte. Jon und Sten durchforsteten den linksseitigen Bereich des Seeufers, Monica und Ove die andere Seite.

Trotz der großen Sorge, die auch Eva sich um den Jungen machte, erfüllte es sie mit Freude, dass Ove und Monica Hand in Hand am Seeufer entlanggingen.

Ludvig und Olof suchten ebenfalls. Camilla hingegen blieb im Speisesaal und schwadronierte über die Eltern von heute und deren Erziehungsmethoden. Es störte sie nicht, dass ihr dabei niemand zuhörte.

Ulrika Strömberg saß jetzt neben Hanna, einen Arm um deren Schulter gelegt. Bei diesem Anblick empfand Eva Mitleid mit der verzweifelten Mutter, auch wenn sie die Ohrfeige nachdrücklich verurteilte. Aber dass Hanna sich in erster Linie auf ihre Arbeit konzentriert hatte, bedeutete nicht, dass sie ihr Kind nicht liebte.

Sofort meldete sich Evas schlechtes Gewissen. Auch sie hatte oft sehr wenig Zeit für ihre Kinder, weil sie sich mit dem Hotelbetrieb und der Schriftstellerei aufrieb.

Du bist kein bisschen besser als Hanna, raunte eine innere Stimme ihr zu.

Wenn es nötig ist, habe ich immer Zeit für meine Kinder, erwiderte sie dieser Stimme. *Die drei sind das Wichtigste in meinem Leben.*

Und wie in so vielen dieser schlimmen Stunden der Gewissensbisse nahm sie sich auch jetzt vor, etwas zu ändern, auch wenn sie gerade keine Ahnung hatte, wie diese Veränderung aussehen sollte. Darüber wollte sie sich Gedanken machen, sobald Lucas gefunden, die Korrekturen abgeschlossen, der neue Vertrag unterschrieben und die Saison vorbei war.

Astrid trat zu ihr und unterbrach ihre Gedanken. »Hanna tut mir sehr leid«, sagte sie.

»Mir auch.« Eva atmete tief durch. »Ich habe sie in den letzten Tagen insgeheim verurteilt, weil sie sich kaum um Lucas kümmert. Jetzt wird mir klar, dass ich nicht viel besser bin.«

Astrid stieß sie leicht an. »Denk doch so was nicht! Bei uns ist das eine völlig andere Situation. Wir sind für die Kinder jederzeit erreichbar, und unsere Kinder haben einander. Im Gegensatz zu Lucas, er ist ein Einzelkind. Pentii und Lotta, Elin und Ann – die vier sind nie ganz allein.«

»Ja, das stimmt«, sagte Eva erleichtert.

»Außerdem hast du deine Kinder noch nie geschlagen und auch nie so vernachlässigt. Denk mal an den Februar, als zuerst Pentii und anschließend Lotta eine fiebrige Erkältung bekamen. Du hast nicht eine Minute am PC gesessen und für die Kinder sogar den Abgabetermin deines Krimis hinausgeschoben.«

»Stimmt. Es war echt nicht leicht, Linn zu überzeugen. Sie war ziemlich sauer. Aber jetzt lass uns mal überlegen: Wo kann Lucas denn sein? So gut kennt er sich hier doch nicht aus. Hoffentlich ist er nicht zum See gelaufen.«

»Ich habe schon die Polizei benachrichtigt«, sagte Astrid.

»Das ist gut. Ich würde dann jetzt auch rausgehen und suchen.« Eva schaute Astrids fragend an. »Kann ich dich hier allein lassen?«

»Natürlich«, versicherte Astrid. »Im Moment sind ja sowieso alle mit der Suche beschäftigt.«

Eva ging zuerst in ihre Wohnung. Lotta und Pentii kamen sofort angelaufen, als sie die Tür öffnete.

»Wo ist Ann?«

Die Zwillinge wiesen gleichzeitig und wortlos auf Anns Zimmertür.

Misstrauisch beobachtete Eva die Kleinen. Lotta blickte ihr grinsend ins Gesicht, doch Pentii senkte den Blick.

»Habt ihr was ausgefressen?«, fragte Eva.

Lotta und Pentii schüttelten die Köpfe.

»Pentii, schau mich an«, befahl Eva.

Er schielte kurz zu ihr auf und starrte dann wieder auf seine Füße.

Plötzlich beschlich Eva eine Ahnung, ein ungeheuerlicher Verdacht. Und je länger sie ihre Kinder betrachtete – Pentiis gesenkten Kopf, vermutlich vor Schuldgefühlen, Lottas betont argloses Lächeln –, desto mehr verdichtete sich ihre Ahnung.

»Wo habt ihr Lucas versteckt?«, brachte sie ihre Vermutung schließlich unmissverständlich auf den Punkt. Die Zwillinge tauschten einen Blick, dann zuckte Lotta kurz mit den Schultern. Und Eva wusste, dass sie richtig lag. »Wo ist er?« wiederholte sie streng.

In diesem Moment trat Ann aus ihrem Zimmer in die Diele. Obwohl der Vormittag bereits weit fortgeschritten war, trug sie noch ihren Pyjama. Sie hatte einen kabellosen Kopfhörer über ihre Ohren gestülpt, den sie nun abnahm. Erstaunt sah sie in die Runde. »Was ist denn mit euch los?«

217

»Du solltest auf die Kleinen aufpassen, während ich im Hotel bin«, sagte Eva streng.

Ann schaute sie beleidigt an. »Hab ich doch. Ich war die ganze Zeit da!«

Eva wies auf die Kopfhörer. »Trotzdem bekommst du nicht mit, wer hier ein und aus geht.«

»Hier ist doch niemand außer uns«, rechtfertigte sich Ann.

»Lotta! Pentii!«, rief Eva energisch.

»Ich bin hier«, vernahm sie eine ängstliche Stimme hinter ihrem Rücken.

»Was macht der denn hier?«, rief Ann überrascht. »Ich schwöre, Mama, ich habe nicht gehört, dass er in die Wohnung gekommen ist.«

»Natürlich nicht.« Eva wies auf den Kopfhörer. Dann wandte sie sich Lucas zu und ging vor ihm in die Hocke. Ihr Herz quoll über vor Mitleid, als sie sah, wie blass er war.

»Ich geh nicht mehr nach Hause.« Trotzig verschränkte er die Arme vor dem Körper.

Eva legte eine Hand auf seinen Arm. »Deine Eltern machen sich große Sorgen um dich.«

Der Kleine schüttelte den Kopf. »Mama nicht! Mama macht sich nur Sorgen um ihre Arbeit.«

»Deine Mama hat dich sehr lieb, Lucas«, versicherte Eva sanft. »Ich glaube, sie vergisst vor lauter Arbeit nur, dir das ab und zu auch zu zeigen.«

Lucas schob ihre Hand weg und verschränkte sofort abwehrend die Arme. »Das glaube ich nicht. Ich will nicht mehr zurück.«

»Und was ist mit deinem Papa? Du weißt doch, dass er dich auch sehr lieb hat.«

Lucas nickte zögernd.

»Erlaubst du, dass ich ihn hole?«

Lucas dachte eine lange Weile darüber nach, nickte dann aber erneut.

»Kriegen wir jetzt Schimpfe?«, fragte Pentii ängstlich, als Eva sich erhob, um Astrid anzurufen, damit sie die Suche abbrach und Kristoffer zu ihr schickte.

»Niemand bekommt Ärger«, versprach Eva lächelnd. »Wir beide, Ann, reden allerdings noch einmal über das Thema ›Beaufsichtigung kleiner Kinder in Verbindung mit lauter Musik‹.«

Ann grinste nur und ging zurück in ihr Zimmer.

Nach dem dramatischen Vormittag senkte sich Ruhe über das Hotel. Kristoffer spielte mit Lucas und Pentii am Seeufer. Er fühlte sich heute nicht mehr in der Lage, den Ausflug mit seinem Sohn zu unternehmen. Lucas fragte auch nicht mehr danach.

Astrid erzählte Eva später, dass Kristoffer Hanna nachdrücklich untersagt hatte, sich Lucas an diesem Tag zu nähern. Er hatte sie in der Halle abgefangen, als sie zu ihrem Sohn wollte. Astrid hatte jedes Wort mitbekommen.

Hanna kam seiner Aufforderung nach. Sie zog sich auf ihr Zimmer zurück und kam selbst zu den Mahlzeiten nicht mehr nach unten.

»Vielleicht ist aus dieser unerfreulichen Situation ja doch etwas Gutes herausgekommen«, sagte Eva. »Hanna hat hoffentlich verstanden, dass sie mehr für Lucas da sein muss. Außerdem hat die Suche nach dem Jungen zu einer Annäherung zwischen Ove und Monica geführt. Ich habe die beiden heute Hand in Hand am See gesehen.«

»Ich hoffe es. Möglicherweise konzentriert Ove sich aber auch wieder mehr auf seine Frau, weil es zu einem Bruch der Freundschaft zwischen ihm und Benny gekommen ist.«

Eva traute ihren Ohren nicht. »Wie bitte? Das habe ich überhaupt nicht mitbekommen! Was ist passiert?«

»Genaues weiß ich auch nicht. Nur das, was Jakob mir erzählt hat. Er hat gestern vor dem Abendessen mitbekommen, dass die beiden sich heftig gestritten haben, konnte aber nicht hören, worum es ging. Seitdem gehen Benny und Ove sich aus dem Weg.«

Eva war entsetzt. »Ich hätte es nie für möglich gehalten, dass es ausgerechnet zwischen den beiden zum Zerwürfnis kommt! Hoffentlich vertragen sie sich wieder.«

»Hoffentlich. Monica hingegen wird über die Situation nicht sonderlich unglücklich sein.« Astrid lächelte. »Als ich sie eben sah, wirkte sie sehr gelöst.«

Eva war sich da nicht so sicher. Sie dachte an ihr Gespräch mit Ove. Er hatte gesagt, dass er Monica immer noch liebte, sie aber nicht wirklich glücklich machen konnte. Was auch immer er damit meinte – Eva konnte sich nicht vorstellen, dass sich daran innerhalb eines Tages etwas geändert hatte.

Auch an den nächsten beiden Tagen blieb es ruhig. Eva wusste nicht, was Hanna ihrem Sohn gesagt hatte, doch zwischen den beiden veränderte sich sichtlich etwas. Hanna zog sich nicht mehr zur Arbeit auf ihr Zimmer zurück, sondern war jetzt oft zusammen mit dem Jungen draußen.

Kristoffer war dann allerdings nicht dabei. Die Stimmung zwischen ihm und Hanna war so frostig, dass Eva kaum eine Zukunft für die Ehe der beiden sah.

Am Mittwochabend kam es erneut zum offenen Streit zwischen dem Ehepaar. Zum Glück war Lucas mit Pentii und Svante unterwegs.

Svante hatte am vergangenen Abend in der Nähe einen Elch gesehen und sich nach dem Abendessen mit den beiden Jungen auf den Weg gemacht, um das Tier zu beobachten.

Hanna und Kristoffer hatten seit Lucas' Verschwinden nicht mehr miteinander gesprochen, jetzt jedoch redete Hanna an ihrem Tisch im Speisesaal leise auf ihren Mann ein. Kristoffer antwortete ebenso leise, doch die Mienen der beiden wurden zunehmend wütender.

Eva befürchtete das Schlimmste.

»Von mir aus kannst du verschwinden«, brüllte Kristoffer seine Frau plötzlich an. »Ich habe sowieso die Nase voll von dir. Lucas und ich bleiben.«

»Verdammt, Kristoffer!« Obwohl sie gedämpfter sprach als ihr Mann, war ihre Stimme auch gut zu hören. »Wir können unsere Probleme hier nicht lösen. Lass uns nach Hause fahren.«

»Natürlich können wir unsere Probleme hier lösen«, erwiderte Kristoffer heftig. »Da du unser Problem bist, löst es sich ganz einfach, indem du verschwindest. Hau einfach ab!«

Hanna brach in Tränen aus. Sie sprang auf und lief hinaus.

Im gesamten Raum breitete sich betretenes Schweigen aus. Nur Camilla konnte wieder einmal nicht den Mund halten. »Es ist wirklich peinlich, wie sich manche Leute benehmen. Und das Hotel ist auch nicht mehr das, was es einmal war. Früher wurde sorgfältiger darauf geachtet, wer hier absteigen durfte.«

Eva spürte eine Welle der Wut in sich aufsteigen. Energisch setzte sie sich in Bewegung, doch plötzlich war Astrid an ihrer Seite und hielt sie am Arm zurück. »Sag nichts«, bat sie. »Niemand achtet auf sie, also sollten wir das auch ignorieren.«

Eva blieb stehen. »Du hast recht.« Sie atmete tief durch. »Außerdem reisen die Pärsons spätestens am kommenden Dienstag ab, wenn Hanna nicht schon vorher verschwindet. Dann kehrt hoffentlich Ruhe ein.«

»Darauf würde ich nicht wetten.« Astrid grinste. »Dann sind zwar die Pärsons weg, aber dafür kommen am gleichen Tag die Horror-Studenten aus Malmö.«

Mikael Käkelä

Kristina B.: *Nichts Neues auf dieser Seite. Mikael lässt nach.*

An Na: *Er ist doch noch in Urlaub. Und vielleicht schreibt er da ja auch an seinem neuen Buch.*

Curt aus Stockholm: *Ja, aber heute ist schon wieder Donnerstag und es sind auch noch eine Menge Fragen offen!*

Kristina B.: *Vor allem die wichtigste: Mikael, bist du Single?*

Mikael Käkelä: *Ja. Die Frage habe ich dir schon einmal beantwortet.*

Mikael Käkelä-2: *Nein!*

Kristina B.: *Was denn jetzt?*

Ann und Elin schauten sich geschockt an. »Da ist der Spinner wieder!«, regte Ann sich auf.

»Und jetzt?«, fragte Elin.

Beide Mädchen zuckten zusammen, als plötzlich Lotta in Elins Zimmer trat. »Ich hab Hunger.«

»Und wir haben jetzt keine Zeit«, sagte Ann streng. »Verzieh dich.«

Lotta verschränkte die Ärmchen vor der Brust. »Ich sag Mama, dass du mich verhungern lässt.«

Die Mädchen ignorierten ihren Einwand. Elin wies auf den Monitor: »Schau mal!«

Curt aus Stockholm: *Hahahaha, Mikael und seine multiplen Persönlichkeiten. Damit ist deine Frage beantwortet.*

Kristina B.: Er ist kein Single, er ist viele. Fragt sich nur, wie viele!

An Na: Lieber zwei Mikaels als keinen ;-)

Curt aus Stockholm: Mir drängt sich gerade die Frage auf, ob wir nicht alle durch Social Media verblöden. Allen voran Mikael. Oder die Mikaels. Oder wer oder was.

»ICH – HABE – HUNGER!« Lotta stampfte wütend mit dem Fuß auf.

»Halt die Klappe und verschwinde«, zischte Ann, ohne den Bildschirm aus den Augen zu lassen.

Curt aus Stockholm: Ich hab ja schon vor einiger Zeit mit dem Gedanken gespielt, nach Torsby zu fahren. Vielleicht mache ich das jetzt einfach mal. Sollte ich da zwei Mikaels finden, sage ich euch Bescheid.

»Dieser Curt aus Stockholm nervt«, sagte Elin.

»Warum? Der Curt macht doch gar nichts«, rief Lotta empört aus.

Elin und Ann fuhren herum. »Du kennst einen Curt?«, fragte Ann.

»Nein!« Lotta presste die Lippen fest aufeinander.

In diesem Augenblick schlenderte der Kater in den Raum und strich schnurrend um Lotta. Die Kleine beugte sich zu dem Tier hinunter und streichelte ihn.

»Lotta!« Anns Stimme klang so drohend, dass Lotta sich aufrichtete. Ihr Stimmchen zitterte, als sie sagte: »Der Curt heißt nicht Curt, der heißt Sammy. Das hast du selbst gesagt.«

Ann starrte sie an. »Ja, so hab ich ihn genannt«, sagte sie langsam. »Und in echt heißt der Kater Curt? Das wusste ich nicht!«

Elin fielen fast die Augen aus dem Kopf. »Ich auch nicht! Jetzt wohnt der schon seit fünf Tagen bei uns, und ich hab das nicht mitgekriegt! Bei uns heißt der immer nur dem Käkeläk seinem Freund sein Kater, so wie Lotta ihn nennt.«

»Und bei uns heißt der Sammy!«, merkte Ann an.

»Aber das bedeutet ja …« flüsterte Elin, »dass der Mikael Käkelä, der hier im Hotel wohnt, nicht nur der falsche Mikael Käkelä ist, sondern auch Curt aus Stockholm.«

»Oder das ist Sten«, ergänzte Ann aufgeregt. »Der macht da doch auch mit!«

»Das gibt's doch nicht«, flüsterte Elin.

»Sag die Wahrheit, Lotta«, fuhr Ann ihre Schwester an. »Heißt der Kater wirklich Curt?«

Lotta schwieg verstockt.

»Du kriegst auch etwas ganz Leckeres, wenn du uns die Wahrheit sagst«, lockte Elin mit sanfter Stimme.

Lotta dachte über das Angebot nach. »Was denn?«

»Ein leckeres Butterbrot«, bot Elin an.

Lotta schüttelte den Kopf. »Ich hab aber keinen Butterbrothunger.«

»Einen Apfel?«, schlug Ann vor.

»Ich hab auch keinen Apfelhunger.«

»Welchen Hunger hast du denn?«, versuchte Elin, das Ganze abzukürzen.

»Lussekatter«, forderte Lotta prompt.

»Lussekatter habe ich leider nicht. Die gibt es nur zu Lucia.« Elin lächelte. »Aber ich habe Kekse. Und Schokolade.«

225

Lotta nickte. »Das geht auch.«

»Zuerst musst du uns verraten, ob der Kater wirklich Curt heißt.«

»Ja, der Curt ist mit dem Käkeläk und dem sein Freund Sten aus Stockholm gekommen«, bestätigte Lotta. »Krieg ich jetzt Schokolade und Kekse?« Sie blickte die Mädchen flehend an.

»Klar«, rief Ann großmütig. »Wenn du uns hilfst, ein schönes Foto von Curt zu machen. Dann kriegst du sogar ganz viele Kekse.«

Lotta war einverstanden.

Der Kater hielt tatsächlich still, als Lotta ihn auf den Tisch stellte und leise mit ihm sprach. Ann zückte ihr Handy und machte ein Foto. Anschließend versorgte Elin das kleine Mädchen mit Keksen und Schokolade, bevor sie sich wieder der Autorenseite zuwandten. Dort gab es inzwischen einen weiteren Beitrag von Curt aus Stockholm.

Curt aus Stockholm: *Was hältst du davon, wenn ich dich besuche, Mikael?*

Mikael Käkelä: *Was soll die Frage,* **Curt aus Stockholm?** *Du bist doch längst da!*

»Los, poste Curts Foto«, drängte Elin.

»Mache ich doch.« Lachend drückte Ann die Eingabetaste, und sofort erschien Curts Foto unter dem Eintrag. Sie schaute sich um und vergewisserte sich, dass ihre Schwester außer Hörweite war, bevor sie Elin im Lottaton zuflüsterte: »Schade, dass wir dem Käkeläk sein Gesicht jetzt nicht sehen können!«

Kapitel 18

»Ups!«, stieß Jon überrascht hervor. Er wollte gerade etwas schreiben, als der letzte Eintrag zusammen mit Curts Foto auf der Autorenseite erschien.

»Was ist?« fragte Sten vom Bett aus, wo er in einer Illustrierten blätterte. Er klang missmutig.

»Zeig ich dir gleich. Schlechte Laune?«, fragte Jon.

Sten warf die Zeitung neben sich und setzte sich auf. »Ich komme seit Tagen nicht mehr aus dem Zimmer. Und ich vermisse Curt.«

»Du kannst beide Probleme auf einen Schlag lösen«, schlug Jon vor. »Indem du Curt in Astrids Haus besuchst.«

»Du weißt genau, dass ich das nicht kann«, stieß Sten finster hervor.

»Nein, das weiß ich nicht. Es ist eigentlich ganz einfach: Du stehst auf, verlässt das Zimmer, gehst die …«

»Jon!« Sten sprang auf. »Nach allem, was passiert ist, kann ich nicht zu Astrid nach Hause gehen. Es ist schon schlimm genug, wenn ich ihr auf dem Weg zum Speisesaal begegne. Jetzt kann ich Curt nicht mehr sehen, bis … dieses Altersheim abgereist ist.«

»Du kannst dir deinen Kater aber auch auf Mikael Käkeläs Autorenseite ansehen.« Jon wies auf Stens Notebook. »Komm mal her.«

Sten trat zu ihm und beugte sich über den Monitor. Während er den Text überflog, breitete sich ein Grinsen auf sei-

227

nem Gesicht aus. »Der richtige Mikael hat Humor, und er weiß jetzt, dass du *Curt aus Stockholm* bist. Hoffentlich behältst du den Überblick über deine multiplen Persönlichkeiten.«

»Ja, es scheint so.« Jon klopfte Sten freundschaftlich auf die Schulter. »Und Letzteres lass mal meine Sorge sein. Wenn wir wiederum den richtigen Mikael Käkelä enttarnt haben, kann ich alle Identitäten aufgeben.« Er blickte auf den Monitor. »Ich glaube, dass es Svante ist.«

»Ja, vielleicht«, erwiderte Sten. »Das kann ich dir sagen, sobald ich an seinem Computer war. Und jetzt lass uns runtergehen. Ich brauche einen Kaffee. Anschließend besuche ich meinen Kater, und du wirst mich begleiten.«

»Kaffee klingt schon mal gut«, sagte Jon und folgte seinem Freund aus dem Zimmer.

Am Fuß der Treppe begegnete ihnen Astrid.

»Hej«, grüßte sie. »Deinem Kater geht es gut. Er scheint sich bei uns sehr wohlzufühlen.«

Jon war erleichtert, dass Astrid sich Sten gegenüber vollkommen normal verhielt.

»Danke, dass er bei euch bleiben darf«, sagte Sten und fügte zu Jons Freude nach kurzem Zögern hinzu: »Ich würde ihn gerne besuchen.«

»Klar«, erwiderte Astrid sofort. »Komm einfach vorbei, wenn du Lust hast.« Sie verabschiedete sich und ging weiter in Richtung Waschküche.

»Das war doch ganz einfach«, sagte Jon, sobald sie außer Hörweite war. »Und du hast dich ganz normal und souverän verhalten.«

Sten grinste. »Nee, einfach war das nicht. Aber ich freue mich, dass sie endlich auch mal diese Seite von mir sehen konnte. Der Kaffee geht auf mich.«

Vor dem Schlafengehen beschloss Jon, noch einen Spaziergang zum See zu machen. Er war froh, dass Stens Laune sich gebessert hatte, er selbst hingegen spürte eine zunehmende innere Unzufriedenheit.

Langsam schlenderte er am Ufer entlang, die Hände in den Hosentaschen vergraben. Selbst jetzt wurde es nicht mehr richtig dunkel. Die Mitternachtssonne vereinte Wasser und Himmel in einem goldenen Licht.

Jon blieb am Ufer stehen und ließ diese Stimmung auf sich wirken. Seine Gedanken aber kamen nicht zur Ruhe.

»Was mache ich hier eigentlich?«, flüsterte er. Suchte er wirklich nur die Person, die sein Foto widerrechtlich benutzt hatte? Das hätte er auch ganz einfach über einen Anwalt regeln können. Wahrscheinlich hätte sogar ein Anruf bei Mikael Käkeläs Verlag gereicht. Danach hätte er an den Siljansee zurückkehren und sich dort in aller Ruhe nach einer Arbeitsstelle umsehen können, die ihm gefiel.

Während er langsam weiterging, versuchte er vergeblich, Ordnung in seine Gedanken zu bringen. Er kam lediglich zu dem Ergebnis, dass er ganz schnell eine Entscheidung treffen musste, wie und wo er demnächst leben und arbeiten wollte. Wie er weiter mit Mikael Käkelä verfahren wollte, wusste er nicht, zumal er jetzt auch noch in seiner Identität als *Curt aus Stockholm* enttarnt worden war.

Als er sich umdrehte, um zurück zum Hotel zu gehen,

stand plötzlich Eva vor ihm. Sie zuckte erschrocken zusammen, hatte ihn offensichtlich auch gerade erst bemerkt.

»Hej«, sagte er vorsichtig.

»Hej.« Ihre Stimme klang unsicher.

»Offensichtlich zieht es dich auch immer wieder hierher«, stellte er fest.

»Ja. Manchmal glaube ich, das hier ist ein magischer Ort.« Eva lachte leise. »Zumindest wirkt es in diesem Licht so.«

Sie setzte sich in Bewegung, und Jon folgte ihr. Schweigend gingen sie nebeneinander am Seeufer entlang. Doch es war keineswegs eines dieser unangenehmen Schweigen, bei denen Jon das Gefühl hatte, krampfhaft etwas sagen zu müssen, und er spürte, dass es ihr ebenso ging. Sie lächelte, als sich ihre Blicke begegneten, und zum ersten Mal an diesem Abend empfand Jon inneren Frieden.

Als sie schließlich zum Hotel zurückkehrten, saß Hanna Pärson auf der Terrasse. Sie stand auf und kam mit verweintem Gesicht auf sie zu.

»Ich möchte morgen auschecken«, sagte sie zu Eva.

»Das habe ich mir schon gedacht«, sagte Eva ruhig.

Jon beschloss, die beiden allein zu lassen. »Gute Nacht«, sagte er und ging weiter, obwohl er gerne noch Zeit in Evas Gesellschaft verbracht hätte.

Mitten in der Nacht wurde Jon wach, als er Stimmen unter seinem Fenster vernahm. Verschlafen richtete er sich auf. »Ich liebe dich«, hörte er Hanna Pärsons Stimme. »Und ich liebe Lucas. Warum gibst du uns keine Chance?«

»Weil du mir und vor allem auch Lucas zu oft versprochen hast, etwas zu ändern, ohne dass wirklich etwas passiert ist. Ich liebe dich auch, Hanna, aber ich kann nicht mehr mit dir leben.«

Jon hörte Hanna leise weinen, dann war es still. Trotzdem dauerte es lange, bis er wieder einschlief. Diese Umgebung, die Menschen, mit denen er hier zu tun hatte, bewegten etwas in ihm. Es war ihm unmöglich, das Gehörte einfach abzuschütteln, obwohl es ihn nicht betraf. Dieses bedächtige, stille Leben hier ließ ihn völlig anders empfinden, als er es lange Zeit gekannt hatte, und jetzt machte er sich Gedanken um Menschen, die ihm eigentlich vollkommen fremd waren.

Als Jon am nächsten Morgen hinunter in den Speisesaal ging, stand Hanna an der Rezeption. Sie sprach mit Astrid, neben ihr stand eine gepackte Reisetasche.

Er hatte das Bedürfnis, zu ihr zu gehen und etwas Tröstendes zu sagen, aber ihm fiel nichts Passendes ein. Er war einfach zu ungeübt in diesen Dingen, und vielleicht wollte sie das ja auch gar nicht.

Im Speisesaal saßen Kristoffer und Lucas beim Frühstück. Am Tisch daneben hatten die Strömbergs Platz genommen, und Jon beschloss, sich zu ihnen zu setzen. Er mochte die alten Leute, und die beiden freuten sich über seine Gesellschaft.

»Kennst du dich hier aus?«, fragte Gustav Strömberg. »Hast du vielleicht einen Tipp für ein schönes, romantisches Restaurant?«

»Leider nicht«, sagte Jon bedauernd. »Am besten fragt ihr Eva oder Astrid, die können euch da sicher weiterhelfen.«

Gustav Strömberg griff über den Tisch nach der Hand

231

seiner Frau. »Es soll etwas ganz Besonderes sein«, sagte er bewegt. »Irgendwo direkt am See.«

Jon fand es rührend, wie die beiden Alten miteinander umgingen. Jedes ihrer Worte, jeder Blick und jede Berührung ihrer Hände bewies die große Liebe, die sie füreinander empfanden. Genau so hatte Jon sich auch sein Leben mit Annika vorgestellt. Ein langes, gemeinsames Leben voller Liebe.

Annika! Er hörte in sich hinein. Gab es da ein Echo, das ihr Name in ihm hervorrief?

Doch da war nichts mehr in ihm, das seine Seele zum Klingen brachte oder ihn sonst auf irgendeine Weise berührte. Sie war die Frau, für die er alles in seinem Leben auf den Kopf gestellt, für die er sein ganzes Geld ausgegeben hatte. Und jetzt war da nicht einmal mehr der Hauch eines Gefühls. Nur absolute Gleichgültigkeit, verbunden mit einem Gefühl des Bedauerns, weil er alles, was ihm wichtig gewesen war, für sie aufgegeben hatte.

»Wir feiern am Sonntag nämlich unsere Goldhochzeit«, unterbrach Gustav Strömberg seine Erinnerungen.

Jon schob mit Leichtigkeit alle Gedanken an Annika beiseite. Er empfand tiefe Freude, als ihm aufging, was Gustavs Worte bedeuteten. »Fünfzig Jahre! Das ist großartig!«, rief er begeistert.

»Ja. Wir haben uns vor zweiundfünfzig Jahren hier am Övre Brocken kennengelernt«, erzählte Ulrika und wies durch das Fenster auf den See. »Genau da am Ufer. Damals gab es dieses Hotel schon und wir haben hier an unserem letzten Abend gegessen. Das billigste Gericht auf der Karte, weil wir uns nichts anderes leisten konnten.«

»War es Liebe auf den ersten Blick?«, fragte Jon gerührt.

Beide schüttelten lachend den Kopf. »Anfangs konnten wir uns nicht ausstehen«, erzählte Ulrika. »Wir waren mit einer Jugendgruppe hier zum Zelten. Aber als die Ferien vorbei waren und wir zurück nach Umeå fuhren, waren wir ein Paar.«

»Das ist ja lustig, wir kommen auch aus Umeå«, mischte Kristoffer sich vom Nebentisch aus ein. »Und ich muss sagen, dass ich eure Geschichte bemerkenswert finde. Am Anfang wünschen sich ja alle, dass es so lange anhält, und doch schaffen es nur wenige.« Sein Blick war jetzt traurig.

»Die jungen Leute geben heute viel zu schnell auf«, sagte Gustav. »Wir hatten auch unsere Schwierigkeiten. Probleme, die unlösbar schienen.«

»Und großen Kummer«, ergänzte Ulrika leise. »Als unser einziger Sohn vor ein paar Jahren tödlich verunglückte.«

Gustav nickte. Mit beiden Händen umfasste er die Hand seiner Frau. »Aber wir haben uns nie aufgegeben«, sagte er mit brüchiger Stimme. »Weil wir selbst in den schlimmsten Stunden immer wussten, dass wir uns lieben.«

Jon blickte zu Kristoffer. Er zögerte, weil er sich nicht einmischen wollte, aber gleichzeitig musste er an das denken, was er in der Nacht zuvor gehört hatte. Lohnte es sich nicht, um die Liebe zu kämpfen?

Hatte er selbst das in Bezug auf Annika getan? Hatte er zu schnell aufgegeben? Nein, entschied er. Mehr als seine Versuche hätten sich gar nicht gelohnt. Annika hatte ihn nie geliebt. Aber für Kristoffer lohnte es sich, schon um seiner Familie willen und weil er und Hanna sich liebten.

»Vielleicht ist es noch nicht zu spät«, sagte Jon leise zu

ihm. »Ich habe Hanna an der Rezeption gesehen, bevor ich eben in den Speisesaal kam.«

Kristoffer starrte ihn schweigend an, schien ihn aber nicht wirklich zu sehen. Er wirkte tief in Gedanken versunken. Plötzlich sprang er auf. »Du bleibst hier sitzen«, sagte er zu Lucas. »Ich bin gleich zurück.«

»Ich passe auf ihn auf«, versprach Jon lächelnd und bat Lucas, sich zu ihm und den Strömbergs an den Tisch zu setzen, bis sein Vater wieder da war.

Gustav und Ulrika verwickelten ihn sogleich in ein Gespräch. Lucas erzählte mit Feuereifer von seinem neuen Freund Pentii, und sie lauschten aufmerksam. Jon war ihnen dankbar, dass sie sich so liebevoll um den Jungen kümmerten. Er selbst schaute aus dem Fenster zum See. In seinem Kopf hatte sich eine Idee festgesetzt, die zunehmend Gestalt annahm, etwas ganz Großartiges. Das aber nur mit Eva gelingen würde. Hoffentlich gelang es ihm, sie dafür zu begeistern.

Kapitel 19

»Geh nicht«, bat Kristoffer.

Hanna schaute ihn mit großen Augen an. »Du hast doch gesagt, du kannst meine Anwesenheit nicht mehr ertragen.«

»Ich war einfach sauer. Ich hatte mich so sehr auf den Urlaub gefreut, genau wie Lucas. Du weißt, dass ich dich zu Hause soweit wie möglich unterstütze. Ich habe auch gar nichts dagegen, dass du dich beruflich so sehr engagierst. Ich weiß ja, wie sehr du deine Arbeit liebst. Aber im letzten Jahr gab es nur noch die Arbeit für dich. Ich dachte, wenigstens im Urlaub können wir wieder einfach nur eine Familie sein.«

Hanna schluckte. »Ich habe über meine Arbeit völlig vergessen, wie sehr ich Lucas und dich liebe«, gestand sie leise.

»Ja. Meinetwegen darfst du auch gerne viel arbeiten, wenn dir das so viel bedeutet«, sagte Kristoffer sanft. »Wenn du Lucas und mich dadurch nicht völlig aus deinem Leben verdrängst.«

Hanna schwieg einen Moment. »Das heißt, du gibst uns noch eine Chance?«, fragte sie fast ungläubig.

Statt einer Antwort zog Kristoffer sie in seine Arme und hielt sie fest. Sie schauten sich tief in die Augen und küssten sich. Sie bemerkten Eva nicht, die in die Hotelhalle gekommen war und, wie Astrid hinter der Rezeption, Zeugin der Versöhnung wurde.

Eva trat zu ihrer Freundin, die verträumt lächelte. »Ist das nicht schön?«, fragte sie leise.

Eva nickte. »Das freut mich vor allem für Lucas.«

»Vielleicht ist die Sache mit der Liebe manchmal doch ganz nett.« Astrid grinste.

»Die Sache mit der Liebe kann sogar richtig schön sein, wenn man ihr eine Chance gibt und den richtigen Partner hat«, bestätigte Eva lachend. Sie schauten zu, wie Kristoffer jetzt Hannas Hand nahm und mit ihr in den Speisesaal ging.

»Ja, genau«, erwiderte Astrid bitter. »Die Schwierigkeit besteht darin, den richtigen Partner zu finden.«

»Das stimmt wohl. Was ist eigentlich mit Dag? Hast du von ihm in letzter Zeit etwas gehört? Elin war schon länger nicht mehr bei ihm.«

»Wie du jetzt bei dem Gespräch über Liebe und den richtigen Partner ausgerechnet auf Dag kommst, ist mir schleierhaft.« Astrid blickte so missmutig drein, dass sie Eva damit zum Lachen brachte.

»Ich habe nicht die Absicht, in irgendeiner Weise zwischen dir und Dag zu vermitteln«, versicherte sie. »Du bist meine beste Freundin und es ist mir wichtig, dass du glücklich bist.«

»Vermittlungsversuche wären auch nicht von Erfolg gekrönt.« Jetzt lachte auch Astrid. »Ich weiß lediglich von Elin, dass Dag nicht mehr mit der Liebe seines Lebens zusammen ist, weil er die auch betrogen hat. Ich glaube, jetzt hat er eine neue Lebensliebe, aber genau weiß ich das nicht. Es ist mir auch ziemlich egal.«

In diesem Moment trat Jon aus dem Speisesaal und steuerte geradewegs auf sie zu. Eva versuchte zu ignorieren, dass sich ihr Herzschlag beschleunigte, als er sie anlächelte.

»Ich bin davon überzeugt, dass es Begegnungen gibt, die kein Zufall, sondern vom Schicksal bestimmt sind«, sagte er.

Eva schaute ihn überrascht an. Was genau wollte er ihr damit sagen?

»Ohne die Strömbergs wäre Hanna jetzt weg«, fuhr er fort. »Und ich fürchte, dass es kaum noch eine Chance für die Ehe der beiden gegeben hätte. Und dann kommt da ein Ehepaar, das kurz vor der Goldhochzeit steht, und macht ihnen klar, was wirklich wichtig im Leben ist.« Während seiner Worte schaute er Eva unverwandt an, und sie konnte sich nicht dagegen wehren, dass sie nicht nur seine Worte, sondern auch seine Blicke berührten.

»Habt ihr gewusst, dass die Strömbergs hier sind, um ihre goldene Hochzeit zu feiern?«, fragte er.

Eva nickte. »Ja. Meines Wissens ist das schon am Sonntag. Und wir würden dafür gerne etwas Besonderes vorbereiten, aber ich weiß immer noch nicht, wie wir ihnen eine Freude machen können.«

»Aber ich. Ich hätte da ein paar Vorschläge,« sagte Jon und erklärte ihnen ausführlich, wie er sich den Tag für die beiden vorstellte.

Astrid war begeistert und auch Eva fand die Idee ausgesprochen gut. Überhaupt nicht gut fand sie ihre eigenen Gefühle, mit denen sie plötzlich auf Jon reagierte.

»Dann besprecht ihr mal die Details«, sagte sie hastig und zog sich unter dem Vorwand, kurz nach Hause zu müssen, zurück.

Draußen sah sie Benny mit gesenktem Kopf Richtung See gehen.

»Hej, Benny!«, rief sie und winkte ihm zu.

Er blieb kurz stehen und winkte zurück, setzte sich aber so schnell wieder in Bewegung, dass kein Zweifel daran herrschte, dass er kein Interesse an einem Gespräch hatte.

»Was passiert da eigentlich gerade zwischen Jon und dir?«, fragte Astrid, als sie sich später auf der Hotelterrasse trafen.

Eva war sofort auf der Hut. »Ich weiß nicht, was du meinst«, sagte sie abweisend.

Astrid lachte. »Dein Mienenspiel verrät eine Menge. Und eben hast du dich ziemlich seltsam verhalten, als er zu uns an die Rezeption kam. Außerdem habe ich euch beide gestern Abend am See gesehen.«

»Viele Leute waren gestern am See«, erwiderte Eva ausweichend. Sie wollte nicht über etwas reden, über das sie nicht einmal nachdenken mochte.

»Ich habe nur dich und Jon gesehen.«

»Wenn ich ihn das nächste Mal dort treffe, springe ich ins Wasser, damit du nicht auf komische Ideen kommst.« Eva versuchte sich an einem Grinsen, doch es fühlte sich falsch an. »Sag mir lieber, was ihr euch wegen der Strömbergs überlegt habt«, wechselte sie das Thema.

Zum Glück ging Astrid darauf ein. »Wir starten damit, dass wir sie schon morgens beim Frühstück überraschen«, berichtete sie. »Elin und Ann üben etwas mit den Zwillingen und Lucas ein, und wir kommen alle zum Gratulieren. Später reichen wir dann ein leichtes Mittagessen und abends gibt es eine romantische Feier am See, mit Essen, Band, Tanz und Gesang.«

»Das klingt toll!« Eva war begeistert. »Aber auch nach ziemlich viel Arbeit, vor allem in so kurzer Zeit. Aber wenn alle mit anpacken, schaffen wir das schon.«

»Eva!«, ertönte in diesem Moment Jakobs Stimme, und dann stand er auch schon auf der Terrasse. »Ich weiß nicht, was ich zum Mittagessen kochen soll. Ehrlich gesagt, weiß ich überhaupt nicht, was ich machen soll«, stieß er hilflos hervor.

»Warum besprichst du das nicht mit Hjalmar?«, fragte Eva mit einem unguten Gefühl im Bauch.

Jakob zuckte mit den Schultern. »Hjalmar ist nicht da.«

Eva traute ihren Ohren nicht. Sie wandte sich an Astrid. »Hat er sich bei dir gemeldet?«

»Nein. Hoffentlich ist nichts passiert!«

Eilig zog Eva ihr Handy hervor und wählte Hjalmars Nummer, doch er ging nicht ran. Nach mehreren Klingeltönen, die ungehört verhallten, meldete sich die Mailbox.

»Hjalmar, wo bist du? Melde dich bitte«, sagte Eva eindringlich, dann beendete sie das Telefonat.

»Was machen wir, wenn er heute nicht kommt?« Jakobs Stimme klang fast ängstlich.

»Kannst du das Mittagessen allein kochen?«, fragte Astrid.

Jakob wich sofort einen Schritt zurück und hob abwehrend die Hände. »Auf keinen Fall!«, rief er. »Ich habe doch erst vor ein paar Monaten mit der Ausbildung angefangen.«

Eva hörte die Panik in seiner Stimme und wusste, dass es zwecklos war, ihn zu überreden. »Ich koche heute mit dir«, sagte sie beschwichtigend, obwohl sie im Moment nichts weniger wollte. Aber wenn Hjalmar nicht innerhalb der nächsten Minuten auftauchte, blieb ihr keine andere Wahl. Sie dachte an die Mail, die Linn ihr am Morgen geschickt hatte. Das neue Exposé gefiel ihr. Sie wollte so schnell wie möglich die Vertragsdetails ausarbeiten. Außerdem wollte sie wissen, wie weit Eva mit dem überarbeiteten Manuskript war.

Das alles konnte zwar einen Tag warten, aber Eva hatte

239

keine Ahnung, was sie machen sollte, wenn Hjalmar länger ausfiel.

Wenig später in der Küche wurde ihr schnell bewusst, wie sehr sie aus der Übung war. Sie hatte lange nicht mehr eigenverantwortlich für so viele Menschen gekocht. Jakob gab sich alle Mühe, aber sie würden vermutlich kein gutes Ergebnis zustande bringen. Außerdem, und das erschreckte Eva zusätzlich, gab es kaum noch Vorräte in der Kühlkammer. Es sah so aus, als hätte Hjalmar schon länger nichts mehr bestellt.

»Wann wurden das letzte Mal Lebensmittel geliefert?«, fragte sie Jakob, doch der zuckte lediglich mit den Schultern. »Keine Ahnung.«

»Was mache ich denn jetzt aus dem, was uns zur Verfügung steht?«, fragte Eva verzweifelt und mehr zu sich selbst als Jakob.

»Wir haben massenhaft Kartoffeln, Zwiebeln und Speck«, zählte Jakob auf. »Dazu Fleischwurst vom Frühstück und eingelegte rote Bete.« Er zeigte auf die Gläser in der Speisekammer. »Wir können Pyttipanna machen. Dieses Resteessen mögen alle und in der Pfanne ist es schnell zubereitet.«

Eva umfasste mit einer Hand den Hinterkopf des Jungen und drückte ihre Stirn an seine Stirn. »Ach, Jakob, du hast ja doch schon eine Menge gelernt.«

Jakob löste sich aus dem Griff und grinste verschmitzt. »Aber nicht von Hjalmar. Meine Mutter macht das oft und deshalb weiß ich, dass es großartig schmeckt. Den meisten zumindest. Und Äpfel haben wir auch noch genug für Äppeltoska mit Vanillesoße.«

»Das perfekte Dessert«, freute sich Eva. Aber noch waren

nicht alle Probleme gelöst. »Was machen wir mit Kuchen zum Kaffee heute Nachmittag auf der Terrasse? Hast du eine Idee?«

»Zimtschnecken kann ich backen.« Jakob war jetzt von Eifer erfüllt. »Nach einem Rezept von Marions Oma.« Er winkte ab, als Eva den Mund öffnete. »Frag nicht, wer Marion ist, aber ich schwöre, das sind die weltbesten Zimtschnecken. Dann ist es auch egal, wenn wir heute keine anderen Kuchen anbieten können.«

Der Junge beeindruckte sie, und er schien auch richtig Spaß an der Arbeit zu haben, so hatte Eva ihn noch nie gesehen. Hjalmar hatte sich immer nur über ihn beklagt, aber jetzt beschlich Eva der Gedanke, dass es vielleicht an ihrem Chefkoch gelegen hatte, dass Jakob sich bei der Arbeit gelangweilt und wenig motiviert gezeigt hatte.

»Okay, so machen wir es. An die Arbeit.« Sie klatschte in die Hände. »Wir haben auf jeden Fall eine Menge zu tun.« In knappen Zügen erzählte sie Jakob von dem Überraschungsfest, das sie am Sonntag für Gustav und Ulrika Strömberg planten. »Hoffentlich meldet Hjalmar sich bald«, sagte sie abschließend.

»Mir wäre es lieber, er käme nicht mehr zurück«, erwiderte Jakob treuherzig. »Mit dir macht das alles viel mehr Spaß.«

Niemand beschwerte sich über das einfache Mittagessen. Jakob hatte als Vorspeise sogar eine leckere Tomatensuppe gekocht und Eva damit bewiesen, dass er weitaus mehr konnte, als Hjalmar und vor allem er selbst sich das zugetraut hatten.

Jetzt war er in der Küche mit der Fertigstellung der Zimtschnecken beschäftigt, während Eva und Karolina die Tische im Speisesaal abräumten und das benutzte Geschirr in die Spülmaschine räumten.

Als sie anschließend nach draußen ging, sah sie Gustav und Ulrika auf der Terrasse sitzen. Die beiden bemerkten sie nicht, waren völlig auf sich konzentriert. Sie unterhielten sich mit Blicken, die alten, von blauen Adern überzogenen Hände ineinander verschränkt.

»So hätte ich mir das auch gewünscht«, sagte Astrid sehnsuchtsvoll, die neben Eva trat und sich bei ihr einhängte. Sie schauten versonnen zu dem Paar, das nach einer Weile spürte, dass es beobachtet wurde. Gustav und Ulrika sahen gleichzeitig zu ihnen und winkten ihnen lächelnd zu.

»Ich auch«, sagte Eva wehmütig. Und mit einem Mal spürte sie deutlich, dass ihrem Leben etwas fehlte. Eva ahnte, dass es Astrid ebenso empfand.

Ein köstlicher Duft verbreitete sich, als Jakob das erste Blech aus dem Ofen zog.

Dankend nahm Eva eine Schnecke entgegen, die er ihr anbot, und biss hinein. Das Gebäck war wunderbar weich und warm und hatte genau die richtige Süße. »Himmlisch«, seufzte sie. Auch Karolina griff zu und kaute genüsslich. Jakob strahlte vor Stolz, und Eva wollte gerade zu einem weiteren Lob ansetzen, als sich sein Gesichtsausdruck auf einen Schlag veränderte. Mit angespannten Zügen schaute er an Eva vorbei.

Eva wandte sich um und erblickte Hjalmar, der die Küche durch den Hintereingang betreten hatte und mit einem selbstgefälligen Lächeln auf sie zukam.

Eva spürte Wut in sich aufwallen. »Wie schön, dass der Herr es einrichten konnte«, sagte sie sarkastisch. »Es wäre nett gewesen, wenn du mir rechtzeitig mitgeteilt hättest, dass du heute nicht zur Arbeit erscheinst.«

Hjalmar zog ein Augenbraue hoch. Er sagte nichts, sondern hielt ihr einen Umschlag hin.

»Was ist das?«, fragte sie, von einer bösen Ahnung erfüllt.

»Meine Kündigung«, stieß Hjalmar knapp hervor.

Eva war entsetzt. Das war wirklich der Worst Case! Mitten in der Saison, mitten in ihrem Traum von der Schriftstellerei. Wie sollte es denn jetzt weitergehen? Doch bevor sie etwas antworten oder versuchen konnte, ihn umzustimmen, legte Hjalmar noch einen drauf. »Leider kann ich bis zum fristgerechten Termin nicht mehr kommen. Ich habe noch ziemlich viel Urlaub, außerdem hat mich mein Arzt krankgeschrieben. Die Krankmeldung befindet sich ebenfalls in dem Umschlag.«

Eva war wie geschockt, unfähig, etwas zu sagen. Hjalmar wedelte mit dem Umschlag und legte ihn, als sie nicht danach griff, einfach auf den Küchenschrank.

»An welcher Krankheit leidest du denn?«, brachte Eva hervor.

»Burnout«, sagte er. »Mein Arzt meint …« Er hielt inne, als Jakob dreckig zu lachen begann.

»Burnout? Woher hast du das denn?«, stieß Jakob hervor. »Das kriegen doch nur Leute, die viel arbeiten.«

Hjalmars Augen verengten sich zu Schlitzen. »Ich muss mich nicht auch noch von einem kleinen, unbegabten Kochlehrling beleidigen lassen«, schnaubte er.

Seine Bemerkung rüttelte Eva auf. Sollte Hjalmar doch

sagen, was er wollte – sie hatte heute nur zu deutlich gemerkt, wie viel Potenzial in Jakob steckte. Außerdem teilte sie dessen Skepsis bezüglich der Diagnose. Aber auch das war ihr jetzt egal. Wenn Hjalmar meinte, sie mitten in der Saison von einem Tag auf den anderen verlassen zu müssen, dann sollte er das tun.

»Jakob ist alles andere als unbegabt«, erwiderte sie scharf. »Ihm fehlte es nur an einem guten Ausbilder. Zum Glück ist das ein Fehler, der sich korrigieren lässt.«

Hjalmar öffnete den Mund, als wolle er etwas sagen, aber es kam nicht mehr als ein schnaubendes Geräusch heraus. Dann wandte er sich abrupt um und stakste aus dem Raum. Mit einem Knall fiel die Tür hinter ihm ins Schloss.

»Puh. Das war ja mal ein Auftritt.« Eva lehnte sich mit dem Rücken an die Wand und atmete tief durch. »Ich hab zuerst noch überlegt, ihn umzustimmen, zum Glück hab ich das nicht gemacht. Was für ein Scheißkerl!« Sie lehnte den Kopf an die Wand. »Aber jetzt stehen wir ohne Koch da. Und ich habe keine Ahnung, wo ich so schnell einen neuen herbekommen soll. Das ist eine mittlere Katastrophe.« Sie dachte an die Korrekturen, an ihren neuen Roman. »Nein«, verbesserte sie sich. »Das ist eine riesengroße Katastrophe.«

Überrascht beobachtete sie, dass sich auf Jakobs Gesicht ein Grinsen ausbreitete. »Ich hab da eine Idee«, sagte er geheimnisvoll. »Die verrate ich dir aber erst, wenn ich weiß, dass es klappt. Pass du auf die Zimtschnecken auf.« Er schob ein weiteres Blech in den Ofen und verließ ohne weitere Erklärung eilig die Küche.

Länger als eine halbe Stunde ließ Jakob sie und Karolina in der Küche warten.

Eva hatte die Zimtschnecken längst aus dem Backofen genommen. Sie waren bereits so weit abgekühlt, dass sie und Karolina sich erneut daran bedienen konnten.

Eva hatte gerade fertig gekaut, als ihr Lehrling endlich die Küche betrat. Mit einem strahlenden Lächeln – und mit Jon im Schlepptau.

Evas Herzschlag beschleunigte sich.

»Hallo. Jakob sagt, du brauchst einen Koch?«

Eva brachte nicht mehr als ein Nicken zustande.

»Ich bin Koch.« Mehr sagte er nicht. Er stand einfach nur da und blickte sie an, als warte er darauf, dass sie etwas sagte.

Eva räusperte sich. »Würdest du denn für uns kochen?«, fragte sie vorsichtig, dabei wusste sie nicht, ob sie mehr Angst vor einer Ab- oder eine Zusage hatte. Wenn er hier kochte, hatte sie weitaus mehr mit ihm zu tun, als ihr jetzt schon lieb war. Aber sie brauchten dringend einen Koch.

Er schwieg einen Moment, ohne den Blick von ihr zu nehmen. »Nur unter der Bedingung«, sagte er dann lächelnd, »dass wir zusammen kochen.«

Alles, nur das nicht! »Ich weiß nicht, ob du dir damit einen Gefallen tust«, erwiderte sie verstört. »Es ist lange her, seit ich als Köchin gearbeitet habe. Seit Hjalmar hier war, habe ich nur noch hin und wieder ausgeholfen. Mir fehlt die Übung.«

»Na, das passt ja«, sagte er lachend. »Denn du weißt ja, dass ich zuletzt in einer Kantinenküche gearbeitet und da lediglich Fertiggerichte aufgewärmt habe. Mir fehlt also auch die Übung, aber ich habe große Lust, wieder richtig zu ko-

245

chen. Zusammen gelingt es uns vielleicht, dieser Küche kulinarisches Leben einzuhauchen.« Er blickte zu Jakob. »Und der junge Mann hier ist ja auch noch da. Aus dem machen wir einen richtig guten Koch.«

Seine positive Haltung steckte Eva an. »Ja«, sagte sie schließlich. »Versuchen wir es.«

»Hurra!«, brüllte Jakob und wedelte begeistert sein Handtuch durch die Luft. Und auch Eva fühlte eine zaghafte Freude in sich aufsteigen.

Noch am selben Abend schrieb Eva eine Mail an Linn, deren Inhalt sie sich den ganzen restlichen Tag über reiflich überlegt hatte. *Es tut mir leid, aber ich kann vorerst kein zweites Buch im Jahr schreiben. Ich bin schon froh, wenn ich den Abgabetermin des nächsten Buches einhalten kann. Ich hoffe, du nimmst es mir nicht übel, aber es geht einfach nicht.*

Mist, schrieb Linn sofort zurück. *Vielleicht sollte ich einfach den anderen Mikael Käkelä fragen ;-)*

Mikael Käkelä

Curt aus Stockholm: Was hältst du davon, wenn ich dich besuche, Mikael?

*Mikael Käkelä: »Was soll die Frage, **Curt aus Stockholm**? Du bist doch längst da!«*, las Elin die beiden vorletzten Einträge vor, dann begann sie plötzlich laut zu lachen.

»Was ist?« Neugierig beugte Ann sich zum Bildschirm vor, wo Elin auf den letzten Beitrag unter Curts Foto wies.

Curt aus Stockholm: Miau!

Ann musste auch lachen. »Antworten wir darauf?«

Elin überlegte nur kurz. »Lieber nicht«, sagte sie. »Deine Mutter braucht den falschen Mikael in der Küche und ich würde im Moment lieber nichts schreiben, was ihn möglicherweise verärgert.«

Ann stimmte ihr sofort zu. »Im Moment haben wir sowieso keine Zeit, wir müssen noch mit den Kleinen für die Feier üben.«

»Das kriegen die nie hin«, stöhnte Elin.

Ann fuhr den Computer herunter. »Wir versuchen es trotzdem«, sagte sie entschlossen.

Kapitel 20

Vorgestern noch war da dieses Gefühl der Leere in ihm gewesen.

Die Frage, wie es für ihn eigentlich weitergehen sollte. Und jetzt, nur zwei Tage später, hatte Jon genau das gefunden, wonach er gesucht hatte: eine Küche, die ihn brauchte. In der er wieder kreativ sein konnte, in einer Umgebung, die ihm gefiel, zusammen mit Menschen, die er mochte.

Jon arbeitete noch keine vierundzwanzig Stunden in dieser Küche und hatte dennoch das Gefühl, bereits ewig hier zu sein. Seit dem Vormittag warfen er und Eva sich die kulinarischen Bälle zu. Er spürte, dass ihr die Arbeit ebenso viel Spaß bereitete wie ihm. Und Jakob sog alles Wissen förmlich auf. Außerdem überraschte er mit eigenen Ideen. Der Junge hatte ein unfehlbares Gespür für Geschmackskompositionen. Er wusste instinktiv, welche Gewürze zusammenpassten und ob bei einem Gericht eher eine fruchtige, eine süße oder eine saure Komponente fehlte.

Jon blickte zu Eva, die mit routinierten Bewegungen Möhren schnitt, und sofort breitete sich ein warmes Gefühl in ihm aus. Sie hatte ihre Haare hochgesteckt, doch eine der widerspenstigen Locken hatte sich gelöst und fiel ihr immer wieder ins Gesicht. Plötzlich hob sie den Blick, als spüre sie, dass er sie beobachtete. Ihre Blicke trafen sich, und für einen Moment war es, als stünde die Welt still. Jon konnte nicht aufhören, sie anzusehen, und auch sie wandte den Blick nicht ab. Ihre Lippen verzogen sich zu einem Lächeln, und

Jon verspürte das Bedürfnis, zu ihr zu gehen, sie in die Arme zu nehmen …

»Der Braten für morgen wurde geliefert.« Mit einem Knall ließ Jakob einen schweren Topf auf den metallenen Tisch fallen und zerstörte den magischen Moment.

In der Nacht regnete es, doch am frühen Morgen verzogen sich die Wolken. Eine Nebelschicht waberte noch auf dem See. Ein blutroter Streifen zeigte am Horizont die aufgehende Sonne an.

Jon stand am offenen Fenster und atmete tief die klare Luft ein. Es war schön, sich morgens beim Aufstehen wieder auf den Tag zu freuen. Selbst wenn es so früh war wie jetzt.

Als es klopfte, ging er zur Tür und öffnete. Sten schob sich an ihm vorbei ins Zimmer und setzte sich auf sein Bett. »Du bist ja auch schon wach. Ich habe vom Balkon aus Licht bei dir gesehen, da dachte ich, ich frage dich gleich selbst: Bist du hier jetzt Koch oder Schriftsteller? Nur damit ich weiß, worauf ich mich einstellen muss.«

Jon lachte und setzte sich neben ihn. »Als Schriftsteller Mikael Käkelä mache ich Urlaub. Im Moment bin ich der Koch Jon Erlandsson, und ich genieße es. Oder eigentlich der Koch Mikael Käkelä, weil hier kaum jemand meinen richtigen Namen kennt.«

»Und was ist mit der Suche nach dem richtigen Mikael Käkelä?«

Jon zuckte mit den Schultern. »An den verschwende ich zurzeit eher wenige Gedanken.«

Sten blickte ihn ernst an. »Das merke ich. Wir kommen mit der Suche nach dem Rechner überhaupt nicht voran.

Ich glaube immer noch, dass Svante da seine Finger im Spiel hat, habe aber keine Ahnung, wie ich an seinen Computer kommen soll. Da kann ich auch gleich zurückfahren.«

»Ach komm, das hatten wir doch schon. Du willst doch nicht wirklich zurück nach Stockholm, oder? Oder willst du einfach nur nicht hier sein? Was ist denn mit Astrid?«

Sten lachte bitter. »Wenn ich nichts zu Boden werfe, zerbreche oder selbst hinfalle, nimmt sie mich kaum wahr.«

»Oh, doch. Ich glaube sogar, dass sie dich mag.« Er schwieg einen Moment. »Und der richtige Mikael läuft uns nicht weg, wir müssen nur weiter versuchen, an die entsprechenden Rechner zu kommen, so viele Möglichkeiten gibt es ja nicht mehr. Und das kann man ja nicht übers Knie brechen. Ich würde mich jedenfalls freuen, wenn du bleibst.«

»Vermutlich hast du recht.« Sten sah Jon aufmerksam an. »Und du? Was ist mit dir? Jetzt, wo du hier Koch bist – hast du vor, noch länger zu bleiben? Vielleicht sogar für immer? Was ist mit deinem Plan vom Siljansee?«

Jon überlegte. Ja, was wollte er eigentlich? »Ich weiß es noch nicht genau«, sagte er ehrlich. »Ich weiß nur, dass ich lange nicht mehr so glücklich war. Ich kann endlich wieder so kochen, wie es Spaß macht. Und ich bin mit Menschen zusammen, die ich mag.« Er lächelte Sten zu. »Du bist einer davon.«

»Danke. Ich freue mich für dich.« Er hielt nachdenklich inne, dann sagte er: »Du hast recht, ich will nicht nach Stockholm. Aber hier halte ich es auch nur schwer aus. Immer wieder die Frau zu sehen, die mir gefällt, und gleichzeitig zu wissen, dass ich nie eine Chance habe, macht mich unglücklich.«

Jon war zutiefst beeindruckt. So offen hatte Sten noch nie über seine Gefühle gesprochen. Er sah die tiefe Verzweiflung in seinem Blick und beschloss, alles zu tun, um seinem Freund zu helfen. »Das weißt du doch gar nicht«, erwiderte er. »Du gehst Astrid aus dem Weg, anstatt sie anzusprechen. Und damit gibst du ihr auch keine Chance, dich wirklich kennenzulernen.«

Sten hob hilflos die Hände. »Ich kann das eben nicht.«

»Aber du hattest doch eine Freundin. Wie bist du denn mit ihr zusammengekommen?«, wagte Jon zu fragen.

»Da ging die Annäherung von ihr aus«, murmelte Sten. »Ich hätte mich nie getraut, sie anzusprechen. Und jetzt traue ich mich auch nicht.«

»Sten, wir feiern heute den ganzen Tag Goldhochzeit, mit einem romantischen Abend am See. Da ist es vollkommen normal, dass man miteinander spricht, und es ist für dich eine Gelegenheit, bei der dir das vielleicht leichter fällt.« Jon sah seinen Freund eindringlich an. »Du wirst deinen ganzen Mut zusammennehmen und Astrid zum Tanz auffordern.«

Sten stand deutlich ins Gesicht geschrieben, was er von der Idee seines Freundes hielt. Nämlich gar nichts.

Doch so leicht wollte Jon ihn nicht davonkommen lassen. »Verdammt, Sten«, sagt er energisch. »Was hast du denn zu verlieren? Versuch es doch wenigstens.«

Sten schwieg eine lange Weile. »Na gut. Du hast recht: Ich habe nichts zu verlieren. Aber wenn ich mich heute Abend wieder zum Narren mache, reise ich morgen sofort ab.«

Jon grinste erleichtert. »Darüber reden wir morgen.«

Alle waren aufgeregt, die Hotelgäste genauso wie das Personal. Und alle kamen sie schon früh in den mit Blumen geschmückten Speisesaal.

Der Duft frisch gebackener Milchbrötchen zog durch den Raum. Jon und Eva hatten ein festliches Frühstück zubereitet, doch noch bediente sich niemand am Büfett. Alle warteten auf Gustav und Ulrika.

Lotta trug ein weißes Kleidchen und, wie alle Frauen im Speisesaal, einen Blumenkranz im Haar. Pentii und Lucas sahen niedlich aus in ihren weißen Hosen und den gebügelten Hemden. Die Kinder waren sogar noch aufgeregter als die Erwachsenen, auch wenn sie noch mit der tieferen Bedeutung des Festes haderten.

»Was ist eine goldene Hochzeit?«, wollte Lucas wissen.

»Na, darüber haben wir doch schon gesprochen: Also, das ist, wenn zwei Leute fünfzig Jahre lang verheiratet sind. Das ist was ganz Besonderes. Und das feiert man dann. So wie wir heute«, erklärte Hanna.

Jon stand ein Stück entfernt neben Eva und war beeindruckt, wie geduldig Hanna war und wie gut sie mit ihrer Erklärung auf ihn einging. Sie hatte seit dem Betreten des Speisesaals nicht einmal auf ihr Handy geschaut, und sie und Kristoffer wirkten glücklich miteinander.

»Ist das lange?«, wollte Lucas wissen.

Kristoffer nickte. »Ziemlich lange.«

»Länger als von hier bis nach Weihnachten?«

»Sehr viel länger«, bestätigte Hanna lächelnd.

»Wenn du und Papa sooooooo lange verheiratet seid, feiern wir dann auch?« Lucas hüpfte aufgeregt von einem Bein auf das andere.

252

»Die können schon feiern, wenn sie nur das nächste Jahr schaffen«, ertönte Camillas Stimme gehässig.

Jon war erleichtert, dass Kristoffer und Hanna sich nicht daran störten. Im Gegenteil, Kristoffer nahm Hannas Hand und sie schauten einander zärtlich in die Augen.

»Ach, was sag ich«, meldete sich Camilla erneut zu Wort. »Die schaffen nicht mal das nächste halbe Jahr.«

Niemand kommentierte das, aber Jon spürte, wie sich die allgemeine Stimmung gegen Camilla richtete. »Das kann ja heiter werden«, flüsterte Eva neben ihm. Sie nestelte an ihrem Blumenkranz herum. Jon fand sie so zauberhaft, dass er sie immer wieder ansehen musste.

»Warum guckst du denn so?«, ertappte sie ihn jetzt. »Sitzt der Kranz immer noch nicht richtig? Oder habe ich etwas im Gesicht?« Sie nahm einen Löffel vom Büfett und versuchte, sich darin zu spiegeln.

Jon lachte. »Es ist alles perfekt«, versicherte er. *Du bist perfekt*, fügte er in Gedanken hinzu. Er spürte eine tiefe Zufriedenheit in sich, genau jetzt genau hier neben genau dieser Frau zu stehen. *Wer hätte gedacht, dass ich Annika mal dafür dankbar sein würde, dass sie meinen Heiratsantrag abgelehnt hat?*, dachte er lächelnd. Für den Bruchteil weniger Sekunden tauchte das Leben vor seinem inneren Auge auf, das ihn mit Annika erwartet hätte: sein Job in der Kantine, die Ehe mit einer Frau, die nur auf sich fokussiert war und einer zweifelhaften Karriere nachjagte. Eine kleine Wohnung in einer Großstadt …

»Sie kommen!«, rief Astrid halblaut. Sie hatte Wache gehalten und kam nun eilig in den Speisesaal. Alle, Gäste wie Personal, standen Spalier. Im gesamten Raum herrschte atemlose Stille, nur Lotta wisperte: »Ich hab vergessen, was ich sagen soll.«

»Pst«, zischte Ann.

Und dann war das Brautpaar da.

Ulrika und Gustav blieben in der Tür zum Speisesaal abrupt stehen und fassten sich sichtlich ergriffen an der Hand. Dann traten die drei Kinder aus der Riege und stellten sich vor das Brautpaar. Auch sie hielten sich bei den Händen.

»Liebe Ulrika, lieber Gustav«, sagten sie gleichzeitig, bevor jedes einzelne seinen Text aufsagte.

»Jetzt seid ihr schon seit fünfzig Jahren verheiratet«, begann Lotta.

»In guten und in schlechten Zeiten«, fuhr Lucas fort.

»Und deshalb wollen wir alle heute mit euch feiern«, schloss Pentii.

»Juchhu, sie haben es geschafft!«, rief Elin fröhlich und schlug sich gleich darauf erschrocken die Hand vor den Mund, als sich kurz alle Blicke auf sie richteten.

Die Kinder erledigten auch ihre letzte Aufgabe, indem sie Ulrika und Gustav unter dem Applaus aller Anwesenden feierlich zu ihrem Tisch führten und auf dem Weg dorthin Blütenblätter streuten.

Ulrika war so gerührt, dass sie weinte, und es war Gustav anzusehen, dass er die Tränen nur mit Mühe zurückhalten konnte.

Als die beiden saßen, nahmen auch die anderen Gäste Platz. Gustav und Ulrika wurden am Tisch bedient, alle anderen holten sich ihr Frühstück am Büfett. Karolina servierte Kaffee. Die Stimmung war fröhlich und entspannt, und nicht nur auf Ulrikas und Gustavs Gesichtern zeichnete sich ein Lächeln ab.

Als alle ihre Teller gefüllt und jeder ein Glas Sekt oder Orangensaft erhalten hatte, stand Eva auf und schlug mit einer Gabel leicht gegen ihre Kaffeetasse. Sofort war es ruhig, alle Augen richteten sich auf sie. Sie lächelte in die Runde. »Liebe Ulrika, lieber Gustav« begann sie. »Wir gratulieren euch herzlich und freuen uns alle, diesen ganz besonderen Tag mit euch zu feiern. Ich hoffe, ihr nehmt es mir nicht übel, dass die Restaurantreservierung, die ich euch versprochen hatte, überhaupt nicht erfolgt ist. Aber wir haben uns überlegt, dass ihr da feiern können sollt, wo ihr euch zum ersten Mal gesehen habt – deshalb haben wir alles für eine Feier hier am See vorbereitet.« Sie hob ihr Glas. »Mögen euch beiden noch viele glückliche, gemeinsame und gesunde Jahre beschieden sein. Darauf trinken wir.«

Alle prosteten dem Jubelpaar zu.

Danach erhob sich Kristoffer. »Liebe Ulrika, lieber Gustav!«, setzte auch er zu einer Rede an. »Ihr seid ein Vorbild für uns alle. Ich werde immer voller Dankbarkeit an euch denken, und wenn ihr jemals Hilfe braucht, sobald wir zu Hause sind …« Er sah Hanna an, die ihm lächelnd zunickte, »… dann sind wir immer für euch da. Darauf trinken wir.« Er hob das Glas.

Schließlich stand auch Gustav auf. »Ich werde keine lange Rede halten«, versprach er. »Alles, was Ulrika und ich sagen wollen, ist: Danke. Danke für diese wundervolle Überraschung. Danke, dass ihr das alles für uns macht.« Seine Stimme klang bewegt. »Ich kann euch nicht sagen, wie viel uns das bedeutet. Danke.«

Jon füllte gerade die Platten am Büfett auf, als er bemerkte, dass Sten nicht mehr unter den Gästen war. Er ging in die Küche, zog sein Handy aus der Tasche und schrieb eine SMS an seinen Freund.

Wage es nicht, diesen Moment auszunutzen, um heimlich nach Stockholm abzuhauen!

Fünf Minuten später tauchte Sten auf. Er schenkte Jon ein breites Grinsen und wandte sich dem Büfett zu.

Jon trat neben ihn. »Wo warst du?«, zischte er.

»Ich habe Svante geholfen, Tische und Stühle zum Ufer zu bringen.« Sten grinste. »Dabei hat er mir erzählt, dass er ein Problem mit seinem Computer hat.«

Jon wusste sofort, worauf er hinauswollte. »Und du hast ihm deine Hilfe angeboten?«

»Korrekt. Es ging nur um eine kleine Sache bei den Einstellungen.« Sten sah ihm direkt ins Gesicht. »Allerdings kann ich dir jetzt sagen, dass Svante auch nicht Mikael Käkelä ist«, ließ er die Bombe platzen.

Jon war vollkommen überrascht. Er war sicher gewesen, dass der Hausmeister ein Doppelleben als Autor führte. Er war sogar ein bisschen enttäuscht, dass er es nicht war, denn nun würden sie sich noch einmal ganz neu Gedanken machen müssen.

Jon ertappte sich bei dem Gedanken, die Sache einfach auf sich beruhen zu lassen. Er hatte nach dieser erneuten Niederlage, so fühlte es sich zumindest an, einfach keine Lust mehr. Und im Moment auch keine Zeit, heute standen andere Dinge im Vordergrund.

»Ich weiß, du hast inzwischen Wichtigeres zu tun«, unterbrach Sten seine Gedanken. »Aber ich habe gerade dadurch wieder Blut geleckt. Und außerdem habe ich nur diese eine Aufgabe hier, und die werde ich auch erfüllen.« Mit diesen Worten nahm er seinen Teller und ging zu seinem Tisch.

Jon blickte ihm nach, doch ihm blieb keine Zeit, über Stens Worte nachzudenken. Es gab so viel zu erledigen, darunter die Zubereitung eines kompletten Festmenüs für den Abend.

Jon und Eva kochten Hand in Hand. Alles fühlte sich so leicht an, so selbstverständlich, bis Eva ein Teller aus der Hand fiel und auf dem Boden klirrend in drei Stücke zerbrach. Sie bückten sich beide danach, ihre Hände berührten sich, als sie nach der gleichen Scherbe griffen.

Eva zog ihre Hand so schnell zurück, als hätte sie sich verbrannt. Jon registrierte es enttäuscht. Auch dass sie hastig aufstand und sich entfernte. Danach hatte er das Gefühl, dass sich zwischen ihnen zunehmend eine Spannung aufbaute. Zum Glück war Jakob da, mit seiner fröhlichen und unbeschwerten Art.

Mittags kredenzten sie nur eine Suppe, danach ruhte sich das Goldhochzeitspaar aus.

In der Zwischenzeit schmückten alle zusammen den Platz am See, auf dem bereits die Tische und Stühle für das Abendessen standen. Weiße Tischdecken bewegten sich sacht im Wind. Darauf standen bunte Blumen und Kerzen. In den Bäumen ringsum hingen Lampions.

Kurz nach fünf versammelten sich alle am See. Alle waren festlich gekleidet, die Luft war erfüllt von lautem Lachen und guter Laune.

Fröhlich genossen alle das umfangreiche Menü. Zur Vorspeise gab es Lachsröllchen mit Forellenkaviar, als Hauptgericht konnten die Gäste zwischen gebratenem Bauchspeck mit Zwiebelsoße, Kartoffelstampf, braunen Bohnen sowie Hackfleischbällchen mit brauner Soße, Preiselbeeren und

Kartoffeln wählen. Den Abschluss bildete ein Dessert aus Erdbeermousse mit Rhabarber und Vanilleeis.

»Das ist einer der schönste Tage in meinem Leben.« Ulrika griff nach der Hand ihres Mannes. »Fast noch schöner als unsere erste Hochzeit.«

»Du hast recht, Liebes.« Auch Gustav strahlte über das ganze Gesicht. »Das Essen war definitiv besser als bei der Feier vor fünfzig Jahren«, fügte er lachend hinzu.

Jon war glücklich. So wie heute hatte er schon lange nicht mehr gekocht, und er wusste, dass er darauf auch nie mehr verzichten wollte.

Er war müde und glücklich zugleich, als endlich alle Tische abgeräumt waren. Dann stimmte die Band Tanzmusik an, und alle schauten Gustav und Ulrika bei ihrem Brauttanz zu. Beim nächsten Tanz zog Kristoffer Hanna in seine Arme. Jakob tanzte abwechselnd mit Ann und Elin, zwischendurch wirbelten sie zu dritt über die Tanzfläche.

Ove führte seine Frau zur Tanzfläche. Benny saß neben Sten und Astrid. Jon war aufgefallen, dass das Verhältnis zwischen Benny und Ove merklich abgekühlt war, an diesem Abend hatte er sie noch gar nicht miteinander reden sehen. Umso mehr freute er sich, als er sah, dass Sten Astrid zur Tanzfläche führte. Er ahnte, wie viel Mut das seinen Freund kostete. Benny nutzte diesen Moment, um sich still und heimlich zurückzuziehen.

Jon ließ seinen Blick umherschweifen, ziellos, bis er Eva erblickte. Nach ihr hatte er sich gesehnt, ohne dass es ihm bewusst gewesen war. Jetzt spürte er es mit aller Macht.

Eva stand an den Stamm einer Birke gelehnt und betrachtete das Geschehen auf der Tanzfläche. Ihr helles Kleid, die rotblonden Locken, das sanfte Lächeln auf ihrem Gesicht … Sie besaß eine magische Anziehungskraft, der Jon sich nicht entziehen konnte. Wie von selbst setzte er sich in Bewegung, schritt langsam auf sie zu, bis er schließlich vor ihr stand. Sie schaute ihn an, ihre Blicke versanken ineinander.

»Tanzt du mit mir?«

»Ja.« Ihre Antwort war kaum mehr als ein Hauch.

Jon konnte den Blick nicht von ihr wenden, spürte ein unbändiges Verlangen, ihr nah zu sein, wie er es noch nie zuvor empfunden hatte. Langsam beugte er sich vor, spürte ihren Körper an seinem, ihren Herzschlag, ihre Wärme. Sie entzog sich ihm nicht, lehnte sich ihm entgegen. Und dann küsste er sie.

Kapitel 21

Eva schmiegte sich an ihn, spürte seine Lippen auf ihrem Mund. Ihre Hand umfasste seinen Nacken, und sie erwiderte seinen Kuss.

Lautes Lachen riss sie auseinander, und es war, als würde Eva aus einem Trancezustand erwachen. Sie schaute sich um, aber das Lachen hatte nicht ihnen gegolten. Die anderen redeten, lachten und tanzten, und als die Band eine Pause machte, stimmte Jakob ein Lied an, in das alle einfielen und mitsangen.

Eva wandte sich wieder Jon zu. Sie spürte, wie ihr Herzschlag sich beschleunigte, als ihr Blick in seinem versank. Nie hätte sie für möglich gehalten, dass ihr so etwas noch einmal passieren könnte. Dass es sie mit einer solchen Macht traf. So plötzlich …

Nein, so plötzlich war es nicht gekommen, musste sie sich eingestehen, es hatte sich vielmehr allmählich entwickelt. Und etwas in ihr hatte sich so sehr dagegen gewehrt, dass es ihr nicht bewusst geworden war. Aber ihr Herz ließ keinen Zweifel: Sie hatte sich verliebt. Ausgerechnet in Jon!

Sie war völlig überwältigt von der Erkenntnis ihrer eigenen Gefühle, konnte den Blick nicht von ihm wenden, wusste nicht, was sie sagen sollte. Auch Jon schwieg, tief versunken in ihrem Blick.

In diesem Moment begann die Band zu spielen. Eine Liebesballade, im Schein der goldenen Mitternachtssonne. Es roch nach Sommer und Glück.

Jon nahm Eva bei der Hand, und sie ließ sich von ihm zu der provisorisch aufgebauten Tanzfläche leiten. Sie dachte an nichts mehr, als Jon sie in seine Arme zog und zu den Klängen des Liebesliedes führte. Sie schloss die Augen und lehnte ihren Kopf an seine Schulter. Dieser Moment gehörte nur ihm und ihr.

Genau an diesen Moment dachte Eva, als sie am nächsten Morgen aufwachte. Alles, was danach passierte, war nur noch verschwommen in ihrem Gedächtnis. Sie erinnerte sich, wie Sten Astrid mit hochrotem Kopf noch einmal zum Tanzen aufgefordert hatte. Er war nur zweimal gestolpert, bis die beiden die Tanzfläche erreichten, und dann hatte er sie mit selbstvergessenem Blick in den Armen gehalten.

Stöhnend drehte Eva sich auf den Rücken. Ihr Kopf war schwer und ein seltsam schrilles Geräusch ließ sie nicht zur Ruhe kommen. Sie hatte gestern zu viel getrunken, viel gelacht und lange mit den anderen gesungen. Selbst dann noch, als das Brautpaar sich längst zurückgezogen hatte und auch die Kinder im Bett lagen.

»Was ist das?«, murmelte sie, als das Geräusch nicht verstummte, sondern die Lautstärke sich sogar noch steigerte. Es fiel ihr unendlich schwer, die Augen zu öffnen, um sich nach der Lärmquelle umzuschauen.

Ihr eigener Wecker! Es kostete sie einige Mühe, die Hand auszustrecken und ihn auszustellen, und es dauerte eine ganze Weile und fiel ihr erst recht schwer, sich zu erheben und die Beine über die Bettkante zu heben. Dann saß sie da und wäre im Sitzen fast wieder eingeschlafen, wenn nicht plötzlich die Zwillinge vor ihr gestanden hätten.

»Ann sagt, du hast dich mit dem Käkeläk geküsst!«, sagte Lotta. Sie hatte die Arme vor der Brust verschränkt und schaute Eva entrüstet an. Pentii wirkte eher interessiert.

Woher weiß sie das? Eva drückte ihre Hände gegen ihre Stirn. Dieser verdammte Brummschädel. Sie fühlte sich außerstande, ausgerechnet über dieses Thema mit ihren Kindern zu diskutieren.

»Ich finde Küssen eklig.« Pentii schüttelte sich.

Eva blickte von ihm zu Lotta, dann sagte sie: »Ann spinnt!« Etwas Besseres fiel ihr nicht ein.

Die Kleinen tauschten einen Blick, dann wandten sie sich abrupt um und stürmten aus dem Schlafzimmer, ohne die Tür zu schließen.

»Mama hat gesagt, du spinnst!«, hörte Eva Pentii rufen. Seine Stimme überschlug sich vor Begeisterung.

»Mama hat sich nämlich überhaupt nicht mit dem Käkeläk geküsst.« Das war Lotta. »Und wenn die Mama sich mit einem küsst, dann will ich, dass sie das mit Sten tut. Wenn, dann wird der vielleicht unser neuer Papa, und dann krieg ich den seinen Kater.«

Kleines, berechnendes Biest, schoss es Eva durch den Kopf.

Sie wappnete sich innerlich, und dann stand Ann auch schon vor ihr. »Ich habe euch gesehen«, verkündete sie. »Du brauchst also nichts abzustreiten.«

»Ich kann nichts abstreiten, weil ich mich an nichts erinnern kann«, rettete sich Eva in den einzigen Ausweg, der ihr einfiel. Dabei war es gerade der Kuss, der sie nachhaltig beschäftigte.

Ann verengte die Augen zu schmalen Schlitzen. »Ich glaube dir kein Wort.«

»Das ist mir egal.« Eva erhob sich und wartete einen Moment, bis der Schwindel sich legte. »Wenn ich den Käkeläk«, hörte sie sich sagen, verbesserte sich aber sofort, »ich meine, wenn ich ihn tatsächlich geküsst haben sollte, dann nur deshalb, weil ich da schon ziemlich betrunken war. Und wahrscheinlich auch nur aus Dankbarkeit, weil er uns nach Hjalmars unerwarteter Kündigung zur Hilfe gekommen ist.«

Ann blickte sie lange an. »Hoffentlich«, sagte sie schließlich. »Ich mag den falschen Mikael, aber ich will nicht, dass er unser neuer Papa wird. Ich hatte nämlich den besten Papa der Welt.« Ihre Augen füllten sich mit Tränen.

Als Eva sie in den Arm nehmen wollte, wehrte Ann sie mit zusammengepressten Lippen ab und rannte aus dem Zimmer.

Eva kam vor der Schule nicht dazu, noch einmal mit Ann zu reden. »Ich frühstücke bei Elin«, warf sie Eva zu, als die aus dem Bad in die Diele kam. Bevor Eva etwas sagen konnte, hatte sie die Wohnung bereits verlassen und die Tür hinter sich zugeworfen.

Lotta blickte Eva neugierig an. »Ist Ann sauer, weil du dich mit dem Käkeläk geküsst hast?«

»Ich habe ihn nicht geküsst«, log Eva. »Und Ann ist auch nicht sauer. Es ist gestern Abend für alle etwas spät geworden, auch für Ann. Sie ist einfach nur müde.« Eva wand sich. Sie fand es furchtbar, ihre Kinder anzulügen. Noch vor ein paar Stunden hatte dieser eine Kuss sie mit Glück erfüllt, ihr gezeigt, dass sie wieder bereit war, sich ihren Gefühlen zu stellen.

263

Jetzt erfüllte sie unendliche Scham. So als hätte sie etwas Verbotenes gemacht, was alles Schöne und Beglückende in den Schmutz zog. Sie spürte die Tränen in sich aufsteigen.

»Ich find Küssen eklig«, wiederholte Pentii. »Ann hat gesagt, dass man dann dem anderen die Zunge in den Mund steckt und darin rumrührt.« Er begann zu würgen, die Vorstellung schien ihm wirklich zuzusetzen.

»Ist mir egal«, sagte Lotta. »Ich will keinen Mann, wenn ich groß bin. Dann muss ich den auch nicht küssen. Ich will nur eine Katze. Und die heißt dann Mausi.«

»Eine Katze kann doch nicht Mausi heißen!« Pentii lachte, und in der folgenden Diskussion über einen passenden Katzennamen vergaßen sie zum Glück das Thema Kuss.

Eva hätte es auch gern vergessen, aber es holte sie wieder ein, als sie zum Hotel zurückkehrte, nachdem sie die Kinder in den Kindergarten gebracht hatte. Dort erwartete Astrid sie mit einem breiten Grinsen, und Eva war sofort klar, dass auch sie Bescheid wusste.

»Hast du den Kuss selbst gesehen, oder weißt du es von Ann?«, kam sie ihr zuvor.

»Ich habe es gesehen. Aber keine Sorge, außer mir hat es keiner mitbekommen.«

»Doch, Ann. Hat sie nichts gesagt?«

»Nicht zu mir. Aber wenn Ann es gesehen hat, weiß es jetzt auch Elin.«

»Ich war betrunken«, wagte Eva erneut den lahmen Versuch einer Rechtfertigung. Nicht einmal mit Astrid wollte sie darüber reden. Es machte ihr Angst, wie viel Bedeutung sie dem selbst beimaß.

»Höchstens betrunken vor Glück«, erwiderte Astrid

264

prompt. »Dem Alkohol hast du erst danach ziemlich reichlich zugesprochen.« Sie lächelte amüsiert. »War der Kuss so schlecht?«

»Nein!«, rief sie und hätte sich wegen dieser unbedachten Antwort am liebsten geohrfeigt.

»Jetzt machst du mich richtig neugierig«, sagte Astrid lachend. Dann schenkte sie Eva ein liebevolles Lächeln. »Mensch, Eva, ich freue mich doch für dich. Aber ein bisschen überrascht war ich schon. Ich hatte bisher nicht den Eindruck, dass du ihn gut leiden kannst.«

»Sei mir nicht böse, aber ich möchte wirklich nicht darüber reden«, sagte Eva.

»Schade … Eigentlich …«

Eva ging darauf nicht ein. Sie wollte diesen Kuss einfach aus ihrer Erinnerung streichen. Als könne sie sich damit vor ihren eigenen Gefühlen schützen. »Lass uns lieber über dich und Sten reden«, spielte sie den Ball zurück.

Astrid bedachte sie mit einem langen Blick. »Sten und ich haben uns nicht geküsst.«

»Du wirkst so, als würdest du das bedauern.«

Astrid lächelte versonnen. »Ich habe zweimal mit ihm getanzt und er ist mir überraschenderweise nur zweimal auf den Fuß getreten. Mehr war nicht. Da ist die Geschichte mit dir und Jon viel interessanter.« Sie musterte Eva neugierig. »Was ist denn jetzt mit euch beiden?«

Eva gelang es nicht, ihren Ärger zu verbergen. »Wieso interpretierst du so viel in einen einzigen Kuss! Es war halt ein ungewöhnlicher Tag gestern. Die Vorbereitungen, die ganz besondere Stimmung während der Feier.«

Astrid breitete die Arme aus. »Da lag so viel Romantik in

der Luft, da muss Frau einfach den erstbesten Mann küssen und dann den ganzen Abend mit ihm tanzen, trinken und reden. Das verstehe ich doch.«

Eva zog finster die Brauen zusammen. »Du bist doof!«

»Ach, Eva, ich würde mich so für dich freuen, wenn du dich endlich wieder verliebst! Und Jon ist wirklich nett. Wenn er nicht auf die blöde Idee gekommen wäre, den Mikael Käkelä zu spielen, hättest du das auch schon bemerkt.«

»Vielleicht. Aber es ärgert mich eben immer noch«, bekannte Eva.

»Aber es spricht doch eher für eine besondere Form des Humors, dass er sich zu diesem Schritt entschieden hat, anstatt dich wegen der widerrechtlichen Verwendung seines Fotos anzuzeigen«, gab Astrid zu bedenken.

Eva schnaubte ärgerlich. »Eine sehr besondere Form des Humors!«, bestätigte sie ironisch. »Leider kann ich nicht darüber lachen!«

Der Moment, vor dem sie sich an diesem Morgen am meisten fürchtete, war die erste Begegnung mit Jon. Sie war froh, dass neben ihm auch Jakob bereits in der Küche war, als sie eintrat. Ihr Herz schlug sofort schneller, als sie das strahlende Lächeln sah, mit dem Jon ihr zur Begrüßung entgegenschaute. Unsicher wich sie seinem Blick aus.

»Mann, war das ein Fest.« Jakob war nicht anzumerken, dass er bis in die frühen Morgenstunden gefeiert hatte. Selbst seine Frisur war wie immer perfekt gestylt.

»Ich muss ehrlich zugeben, dass ich mich an nichts erinnern kann«, hörte Eva sich sagen. Sofort blickte sie zu Jon, dessen Lächeln auf einen Schlag verschwand. Ihre Worten taten ihr selbst weh und ihr war klar, dass er nur zu gut verstand, was sie damit sagen wollte. Plötzlich hatte sie das Gefühl, gerade etwas Wertvolles zu zerstören.

Ich kann nicht anders, sagte sie sich selbst.

Eva Berglund, du bist ein Feigling!, hielt eine andere innere Stimme dagegen.

ICH KANN NICHT ANDERS! Genau das musste ihr Kopf ihrem verflixten Herzen klarmachen. Vielleicht gelang ihr das besser, wenn sie Jon eine Weile nicht sah und heute nicht mit ihm zusammenarbeitete.

»Kommt ihr heute allein zurecht?«, fragte sie. »Ich muss etwas Wichtiges erledigen.« Krimikorrektur, Vertragdetails durchlesen, Mail an Linn, ihr Herz in Sicherheit bringen.

Jon zuckte nur mit den Schultern und wandte sich ab.

»Klar«, sagte Jakob strahlend. »Ich darf heute kochen. Lachs mit Süßkartoffeln und Gemüse. Jon steht nur daneben und guckt zu, damit ich alles richtig mache.«

Jon stand mit dem Rücken zu ihr und sagte kein Wort.

»Ich bin mir ganz sicher, dass du das schaffst«, stieß Eva hervor, dann wandte sie sich ab und rannte regelrecht aus der Küche. Schon mit den ersten Schritten ging ihr auf, dass es unmöglich sein würde, vor ihren eigenen Gefühlen zu fliehen.

Am nächsten Tag reisten die Pärsons und die Strömbergs ab. Beim Auschecken bedankten sich alle für den wundervollen Urlaub.

»Ich glaube, es war Schicksal, dass wir ausgerechnet bei euch gelandet sind«, sagte Hanna glücklich. »Ich weiß nicht, was sonst aus uns geworden wäre.«

»Daran haben auch Ulrika und Gustav einen ganz besonderen Anteil.« Kristoffer legte einen Arm um Ulrikas Schulter. »Ich hoffe, dass wir uns ganz oft in Umeå sehen.«

»Und nächstes Jahr machen wir wieder zusammen Urlaub bei euch.« Gustav lachte, dann umarmte er Eva und Astrid und im Anschluss seine Frau.

»Vielen Dank für alles!« Auch Ulrika umarmte die beiden, während Tränen der Rührung über ihre Wangen liefen. »Vor allem für dieses zauberhafte Fest zu unserer Goldhochzeit. Wir werden das nie vergessen.«

Eva war zutiefst gerührt. »Ich werde euch alle vermissen«, sagte sie und umarmte auch die Pärsons zum Abschied. Ganz besonders Lucas drückte sie fest an sich.

Zusammen mit Astrid brachte sie ihre Gäste zum Parkplatz. Svante hatte bereits die Koffer hinausgetragen und half den Strömbergs, ihr Gepäck zu verstauen. Kristoffer Pärson räumte die Koffer und Taschen seiner Familie selbst in den Wagen, während Hanna ihren Sohn über den Parkplatz jagte, damit der Junge vor der langen Fahrt noch ein wenig Bewegung hatte. Eva hatte Hanna noch nie so ausgelassen gesehen.

Dann war endgültig die Zeit des Abschieds gekommen, und Eva und Astrid winkten den davonfahrenden Wagen nach.

»Schade, dass sie weg sind«, sagte Eva bedrückt.

»Ruhiger wird es deshalb aber nicht.« Astrid zeigte lachend auf den uralten Kleinwagen, der in diesem Moment auf den Parkplatz einbog. Das Klappern des Fahrzeugs übertönte sogar den Motor, der allerdings in Abständen von wenigen Sekunden schwarze Rauchwolken aus dem Auspuff schickte. Die Karosserie war beinahe vollständig mit Aufklebern bedeckt, die aus den Siebzigern stammten. Bunte Blüten umrahmten Sprüche wie *MAKE LOVE NOT WAR*. Die weiße Friedenstaube auf dem dunkelblauen Aufkleber konnte dem Grauen trotz ausgebreiteter Flügel nicht entkommen, während Che Guevara in Schwarz-Weiß kritisch die Umgebung betrachtete.

»Du lieber Himmel«, stieß Eva hervor. »Was ist das denn?«

Astrid stieß einen tiefen Seufzer aus. »Das sind zweifellos die Horror-Studenten aus Malmö. Ein Wunder, dass sie es mit der Kiste bis hierher geschafft haben.«

»Juchhu!«, brüllte Jimmy durch das offene Fenster, während sein Freund Mats schwungvoll den weißen Streifen befuhr, der zwei Parklücken voneinander trennte.

»Sie sind da«, bemerkte Eva lakonisch.

»Nicht zu übersehen und auch nicht zu überhören«, bestätigte Astrid.

»Riechen kann man sie auch«, stellte Eva fest. Die Abgase des Uraltwagens hingen immer noch in der Luft, obwohl Mats den Motor abgestellt hatte.

»Juchhu«, brüllte Jimmy noch einmal, sprang aus dem Wagen und eilte mit Riesenschritten auf Eva und Astrid zu. »Astrid!« Er hob Eva hoch und schwenkte sie durch die Luft. »Hej, Eva«, sagte er anschließend zu Astrid und umarmte sie.

Eva war jetzt schon genervt. »Das letzte Semester war offensichtlich anstrengend«, sagte sie mit einer Geste, als würde sie etwas trinken.

Jetzt trat auch Mats auf sie zu. »Du hast die beiden ver-

269

wechselt, Jimmy.« Er wies nacheinander auf Eva und Astrid
und nannte sie bei ihren richtigen Namen.

Jimmy starrte sie verblüfft an. »Ja, das Semester war ziemlich anstrengend«, bestätigte er grinsend.

»Ich sage Svante Bescheid, damit er euch mit den Koffern
hilft.« Astrid wandte sich zum Eingang, doch Mats hielt sie
zurück.

»Koffer?«, fragte er verblüfft. »Wir haben keine Koffer.«

Eva traute ihren Augen nicht, als sie nach und nach ihr
Gepäck aus dem Kofferraum und von der Rückbank des
Wagens nahmen. Sie hatten alles in schwarze Plastiksäcke
verpackt. Auch Astrid schaute sprachlos zu.

»Da passt viel mehr rein als in einen richtigen Koffer«,
sagte Mats.

Eva fiel auf, dass Jimmy zwei schwarze Plastiksäcke besonders vorsichtig behandelte. Einer der Säcke war leicht einge-
rissen und gab den Blick auf ein grünes Blatt frei. »Und was
ist das? Habt ihr eure Zimmerpflanzen mitgebracht?«

Hastig zog Jimmy den Sack an der Stelle zusammen. Mats
hingegen lächelte ungezwungen. »Das sind Ole und Leander,
unsere beiden Oleander. Wir haben niemanden, der sie auf
unserem Balkon versorgt, deshalb haben wir sie mitgebracht.«

Eva war überrascht. Nie wäre sie auf die Idee gekommen,
dass die Studenten fürsorgliche Blumenliebhaber waren.

»Ihr müsst euch keine Sorgen machen«, versicherte Mats
hastig, als auch Astrid weiter schwieg. »Wir versorgen die
Blumen selbst und machen auch keinen Dreck damit.«

»Die Blumen stören mich nicht«, sagte Eva bestimmt.
»Aber in diesem Jahr werden auf eurem Zimmer keine laut-
starken Partys gefeiert.«

»Kein Alkohol«, versicherte Mats treuherzig. Er sah richtiggehend harmlos aus mit seinen blauen Augen hinter den runden Brillengläsern, dem verschmitzten Lächeln und der schwarzen Baseballkappe auf seinen sehr kurz geschorenen Haaren. Dennoch wussten Eva und Astrid, dass er die Triebfeder aller wilden Aktivitäten und Feiern war. Er schleppte die Mädchen aus Torsby an, schmuggelte sie ins Hotel, und er besorgte auch den Alkohol und möglicherweise andere Sachen, die angeblich frei und fröhlich machten.

Eva hob mahnend den Finger. »Eine einzige Beschwerde von anderen Gästen, und ihr fliegt raus.«

Mats nahm Haltung an und salutierte. »Jawohl«, schnarrte er, dann begann er zu lachen. »Es ist so schön, endlich wieder bei euch zu sein.«

Am frühen Nachmittag trafen als Nachzügler zwei weitere Bewohner des Altersheims aus Nacka ein. Erik Stenhammar, ein netter, älterer Herr, der es kaum erwarten konnte, Camilla wiederzusehen, zusammen mit seiner Schwester Greta, die sich nur mithilfe ihres Rollators fortbewegen konnte und zum ersten Mal im Hotel Berglund zu Gast war.

»Wo ist Camilla?« Die Augen unter Eriks buschigen Brauen leuchteten voller Vorfreude.

»Du wirst dich nicht mit diesem Flittchen abgeben«, keifte Greta unbeherrscht.

Eva gelang es nur mit äußerster Mühe, nicht in Gelächter auszubrechen. Astrid neben ihr an der Rezeption stieß ein Prusten aus, dann ließ sie ihren Kugelschreiber fallen und bückte sich danach. Eva sah, dass ihre Schultern vor unterdrücktem Lachen bebten. Dass Greta die fast achtzigjährige, korpulente Camilla als Flittchen bezeichnete, war einfach zu viel.

»Ich weiß nicht, wo Camilla ist«, stieß Eva mühsam hervor und stupste Astrid mit dem Fuß an, weil die sich so gar nicht beruhigen konnte.

»Ich werde sie schon finden.« Erik ignorierte seine Schwester, die etwas Unverständliches vor sich hinbrummelte.

Astrid tauchte mit puterrotem Kopf hinter dem Tresen auf. »Camilla wollte heute mit Ludwig und Olof nach Torsby fahren. Die drei sind spätestens zum Abendessen wieder hier«, sagte sie.

»Sag ich doch, Flittchen«, regte sich Greta auf. »Sie treibt sich gleich mit zwei Männern herum. Und wer weiß, was sie sonst noch mit denen macht.«

Eva schaute Astrid nicht an, weil sie genau wusste, dass sie dann beide vor Lachen nicht mehr an sich halten konnten.

»Greta, ich will nicht, dass du so über Camilla redest!«, wies Erik sie zurecht. »Was sollen denn die netten Damen von uns denken?«

Astrid verlor erneut ihren Kugelschreiber und bückte sich danach, während Eva nach Svante rief, damit er Eriks und Gretas Gepäck aufs Zimmer brachte. Sie bat ihn, sich in den nächsten Tagen auch zur Verfügung zu halten, um den Rollator hinauf oder hinunter zu bringen. Svante nickte und machte sich an die Arbeit.

»Dabei steht auf unserer Website, dass unser Hotel nicht für gehbehinderte Menschen geeignet ist«, merkte Eva an, als die beiden Alten oben waren.

»Ich freue mich trotzdem über ihren Besuch und bin ziemlich gespannt auf das Zusammentreffen von Greta und Camilla.«

Astrid kicherte. »Die ganze Zeit habe ich das Bild der lasterhaften Camilla im Kopf, wie sie zusammen mit Ludvig und Olof im Altersheim Orgien feiert. Kannst du dir das vorstellen?«

»Ich finde das ebenso gruselig wie deine Fantasie«, sagte Eva.

Sie lachten, bis Eva Jon sah, der aus dem Speisesaal zum Ausgang ging. Er wirkte bedrückt und nickte nur knapp in ihre Richtung, ohne anzuhalten.

Eva erstarb das Lachen im Halse und machte einer Traurigkeit in ihrem Herzen Platz.

Die nächsten Stunden verwandelte Eva sich in Mikael Käkelä. Gemeinsam mit ihrem Kommissar Dahlström ging sie auf Verbrecherjagd. Danach fühlte sie sich besser.

Sie erhob sich erst von ihrem Computer, als sie die Zwillinge aus dem Kindergarten abholen musste. Auf dem Weg zum Parkplatz sah sie Ove und Benny. Sie stritten heftig miteinander und bemerkten Eva nicht.

»Du hast es mir versprochen«, beklagte sich Benny. »Verdammt, Ove, du hast es mir versprochen!«

Ove stieß einen Fluch aus. »Ich kann es aber nicht. Wie oft soll ich dir das noch sagen?«, rief er.

Benny atmete heftig. »Das verzeihe ich dir nie«, stieß er hervor.

Eva sah den Schmerz in seinem Gesicht und beschloss, sich einzumischen. »Hej, ihr zwei«, machte sie sich bemerkbar. »Gibt es ein Problem? Kann ich euch helfen?«

»Nein, da kann man nichts mehr machen«, behauptete Benny. »Ove und ich sind fertig. Wir haben uns nichts mehr zu sagen.« Damit wandte er sich um und rannte davon.

273

Einen Moment lang wirkte es so, als wolle Ove ihm folgen, doch er blieb stehen. Mit hängenden Schultern stand er vor Eva. »Ich wollte sowieso zu dir«, sagte er niedergeschlagen. »Monica und ich wollen jetzt doch vorzeitig abreisen. Natürlich bezahlen wir für den vollen, gebuchten Zeitraum.«

»Wie bitte?« Eva war erschüttert. »Aber warum denn? Was ist denn passiert?«

»Es war doch ein Fehler, für eine so lange Zeit zu buchen«, sagte er leise. »Ich dachte, es wäre eine gute Idee nach meinem Herzinfarkt.«

»Und jetzt glaubst du das nicht mehr?«, fragte Eva.

Ove wirkte unschlüssig. »Ich weiß es nicht. Ich habe das Gefühl, dass wir in unsere gewohnte Umgebung zurück müssen, damit ganz schnell alles so wie immer ist.«

»Wie du meinst«, sagte Eva, ohne zu verstehen, was dahintersteckte. Hatte es etwas mit seinem Streit mit Benny zu tun?

Sie machte sich Vorwürfe, weil sie sich in den letzten Tagen nicht um Benny gekümmert hatte. Dieser ganze Käkelä-Ärger, Hjalmars Kündigung, die Arbeiten für den Verlag und in der Küche hatten sie vollständig in Anspruch genommen.

Ich hätte es trotzdem versuchen müssen, warf sie sich selbst vor. Benny war ein guter Freund, sie hätte ihn wenigstens einmal fragen müssen, wie es ihm ging. Gleichzeitig fragte sie sich aber auch, weshalb Benny nicht von sich aus zu ihr gekommen und ihr einmal sogar aus dem Weg gegangen war.

Plötzlich wurde ihr bewusst, dass Ove noch vor ihr stand

und auf eine Antwort wartete. »Ich verstehe es zwar nicht, aber das muss ich ja auch nicht. Es ist ganz allein eure Angelegenheit. Natürlich könnt ihr vorzeitig abreisen. Sag Astrid oder mir einfach Bescheid, wann genau ihr fahren wollt.«

Ove bedankte sich und wandte sich zum Gehen.

»Ove?«

Er schaute sie an.

»Kann ich sonst etwas für dich tun?«

Er schüttelte traurig den Kopf und ging weiter.

Eva setzte sich in ihren Wagen. Ihr Gespräch mit Ove bedrückte sie. Nachdenklich schaute sie aus dem Fenster, dann fiel ihr Blick auf die Uhr. Erschrocken startete sie den Wagen. Jetzt musste sie sich beeilen, wenn sie die Zwillinge rechtzeitig abholen wollte.

Als sie mit dem Wagen vom Parkplatz fuhr, sah sie im Rückspiegel Jon an der Eingangstür stehen. Er schaute ihr nach, dann wandte er sich ab und ging in die andere Richtung davon.

Mikael Käkelä

»Ich habe keine Ahnung, was ich schreiben soll.« Ann starrte auf die Seite. »Ich bin so sauer auf den Typen.«

»Weil der deine Mutter geküsst hat?«, fragte Elin.

Ann nickte heftig und presste die Lippen zusammen. »Mann, hätten wir doch nie das Foto von dem eingestellt. Dann wäre der nicht gekommen und hätte Mama nie kennengelernt.«

Plötzlich beugte sie sich über die Tastatur und begann zu tippen.

Ann Berglund: *Lass die Finger von meiner Mutter, du dämlicher Käkelä-Fake.*

»Spinnst du?« Elin schlug ihre Hand weg, bevor Ann auf *Posten* drücken konnte. Dann löschte sie den Satz. »Wenn du das schreibst, weiß Jon, dass wir diese Seite hier betreuen. Und dann findet er auch ganz schnell heraus, wer Mikael Käkelä ist.«

»Ist mir doch egal«, behauptete Ann trotzig, schrieb aber nichts mehr.

»Vielleicht lassen wir das heute lieber und warten, bis du wieder besser drauf bist.«

»Du hast gut reden. Wie würdest du das denn finden, wenn der deine Mutter abknutschen würde?«, fragte Ann ironisch.

Elin schwieg eine ganze Weile. »Ich fände es okay, wenn

Mama sich neu verliebt«, sagte sie schließlich. »Natürlich nur, wenn der Typ nett ist und ich auch mit dem klarkomme. Zum Beispiel so einer wie Sten. Den finde ich sehr nett. Den falschen Mikael mag ich aber auch.«

»Ich finde den ja auch ganz nett«, sagte Ann leise. »Aber der kann nie meinen Papa ersetzen.«

»Soll er ja auch nicht.« Elin schloss ihre Freundin in die Arme. »Aber wenn es meine Mutter wäre, würde ich mich für sie freuen, wenn sie wieder glücklich ist.«

Ann atmete tief durch. Sie wirkte nicht überzeugt, war aber auch nicht mehr ganz so ablehnend.

Mikael Käkelä: *Leute, im Moment gibt es nichts Neues. Ich mache immer noch Urlaub. Ich melde mich bald wieder bei euch.*

Sie blickte Elin an. »Ist das okay so? Mehr will ich heute nicht schreiben.«

Elin lachte. »Mehr musst du auch nicht schreiben. Ich finde das absolut okay so.«

Kapitel 22

Es verletzte Jon, dass Eva sich an den vergangenen Abend nicht mehr erinnern wollte. Sie hatte das am Morgen mit zu viel Alkohol begründet, aber er wusste genau, dass sie vor ihrem Kuss noch nichts getrunken hatte.

»Ich dachte, ich mache noch schnell ein bisschen Rote-Bete-Salat als Beilage zum Abendessen. Wäre das o.k. für dich, Chef?« Jakob schaute ihn fragend an.

»Perfekt, du wirst einmal ein sehr guter Koch.« Jon lächelte ihm zu. »Aber ich bin nicht dein Chef.«

Jakob schaute ihn erschrocken an. »Bleibst du denn nicht hier?«

Jon atmete tief durch. Er mochte dem Jungen nicht sagen, dass er selbst keine Ahnung hatte. Dass er die Frage bis gestern Abend noch aus tiefstem Herzen mit einem eindeutigen Ja beantwortet hätte, jetzt aber alles anders war, obwohl er das nicht wollte. »Du weißt doch, dass ich eigentlich Hotelgast bin. Ich helfe nur aus, weil Hjalmar so plötzlich gekündigt hat«, sagte er so ruhig wie möglich.

»Aber ich dachte, dir gefällt es bei uns.« Es machte Jakob sichtlich zu schaffen, dass Jon möglicherweise nicht länger blieb. »Ich kann so viel von dir lernen. Und Eva war schon lange nicht mehr so viel in der Küche wie jetzt.« Jakob schwieg einen Moment. »Eigentlich noch nie«, stellte er dann fest. »Ich glaube, sie hat auch nicht gern zusammen mit Hjalmar gekocht.«

Jon spürte bei den Worten des Jungen Hoffnung aufkeimen. Ließ das nicht doch darauf schließen, dass Eva gerne mit ihm kochte?

Er verdrängte den Gedanken. Was zählte, war, dass Eva sich nicht an diesen einen Moment erinnerte, der ihm so viel bedeutete.

In Gedanken sah er sich auf dem Monteliusvägen stehen, mit einem Verlobungsring in der Hand, fassungslos und gefangen im Schmerz um seine verlorene Liebe. Und jetzt erlebte er genau das wieder, doch diesmal war es bedeutend schlimmer. Das, was er für Eva empfand, war nicht vergleichbar mit seinen Gefühlen für Annika.

Er musste hier raus, wenigstens für ein paar Minuten. Er brauchte frische Luft, vielleicht wurden dann auch seine Gedanken wieder klar.

»Kann ich dich für zehn Minuten allein lassen?«

Jakob schnippelte gerade das Gemüse für die Erbsensuppe mit Schweinefleisch für den morgigen Tag. »Klar«, sagte er gleichmütig. »Hjalmar ist zwischendurch auch immer verschwunden, um eine zu rauchen.«

Jon lächelte flüchtig und verzichtete auf die Erklärung, dass er Nichtraucher war. Er verließ die Küche und lief über die Terrasse Richtung See. Dabei kam er an dem Baum vorbei, unter dem er Eva geküsst hatte. Unwillkürlich verlangsamte er seinen Schritt. Er spürte die Sehnsucht tief in seinem Herzen, und dann sah er Sten …

Sten stand wie ein Häuflein Elend gegen den Stamm der Birke gelehnt.

Jon ging zu ihm. »Was ist passiert?«

»Ich wollte es versuchen«, erwiderte Sten tonlos, »ich

hatte mir fest vorgenommen, Astrid zum Essen einzuladen.«
Er starrte Jon mit leerem Blick an.

»Das ist doch prima!«

»Du warst nicht dabei«, sagte Sten deprimiert. »Ich stand
wie ein Idiot vor der Rezeption und brachte keinen Ton
heraus. Ich wette, jetzt hält sie mich endgültig für bescheu-
ert. Und ich werde mich nie wieder trauen, sie anzusprechen.«

»Ach Sten, mach dir nichts draus. Sie weiß doch mittlerweile, dass du manchmal ein bisschen aufgeregt bist. Und
ich bin ganz sicher, dass Astrid dich mag. Natürlich versuchst du es noch einmal. Vielleicht nicht heute, und auch
nicht morgen.«

Jon lachte. »Übermorgen reicht, wir sind ja noch ein paar
Tage da.«

Sten zuckte nur mit den Schultern, sagte aber nichts.

Auf seinem Weg zurück zum Hotel sah Jon Eva mit ihrem
Wagen vom Parkplatz fahren. Er schaute ihr nach, dann
drehte er sich abrupt um und ging zurück in die Küche.

Der Rest der Woche verlief ruhig. Am Samstag um acht Uhr
läuteten die Kirchenglocken den schwedischen Nationalfeiertag ein. Vor dem Frühstück versammelten sich alle Gäste
und das Personal vor dem Hotel, wo Svante feierlich die
schwedische Fahne hisste.

Jon blickte immer wieder zu Eva, die die Studenten zunehmend misstrauisch beobachtete. Die beiden schwankten
leicht und Jimmy stieß einen erschrockenen Schrei aus, als
die Flagge über ihren Köpfen flatterte.

»Ein Adler!« Er wies mit dem Finger nach oben.

Mats kicherte. »Es gibt keine blau-gelben Adler.« Er kniff die Augen zusammen. »Oder doch?«, wandte er sich fragend an Jon. Er schüttelte amüsiert den Kopf.

Eva trat näher. »Seid ihr betrunken?«

Jimmy schaute sie treuherzig an. »Nein!«, beteuerte er.

»Wir doch nicht«, ergänzte Mats.

»Wenn ich euch im Hotel mit Alkohol erwische, fliegt ihr«, drohte sie.

Jimmy hob zwei Finger zum Schwur. »Kein Alkohol.«

Mats wies nach oben. »Guck mal, der Adler fliegt immer noch.«

Im Anschluss ging Jon in die Küche, verärgert darüber, dass Sten nicht hinuntergekommen war. Im Moment fiel sein Freund vollkommen in sein altes Verhaltensmuster zurück. Er schwärmte für Astrid, unternahm aber nichts weiter. Stattdessen ging er seit ein paar Tagen stundenlang mit Benny spazieren.

Auch Ove und Monica waren noch da. Ove hatte ihm erzählt, dass er den Urlaub eigentlich vorzeitig hatte abbrechen wollen. Doch am selben Abend hatte er aufgrund von leichten Herzproblemen einen Arzt aufgesucht und auf dessen Rat hin beschlossen, die Rückfahrt zu verschieben. Mindestens eine Woche, besser noch ein paar Tage mehr.

In der Küche entwickelte sich so etwas wie ein routinierter Ablauf, aber die Spannung zwischen Jon und Eva war immer da. Wenn es ihnen beiden einmal gelang, diese Momente beiseitezudrängen, hatten sie auch viel Spaß miteinander.

An diesem Montag betrat Eva nachmittags zusammen mit Astrid die Küche. »Wir wollten mit dir über deine Arbeit hier reden«, begann Astrid, während Eva sichtlich nervös neben ihr stand. »Ich frag dich einfach mal direkt: Könntest du dir vorstellen, die Stelle als Koch anzunehmen und hierzubleiben?«

Jon erschrak. Das war genau die Frage, um die seine Gedanken in den letzten Tagen gekreist waren – ohne dass er eine Antwort darauf gefunden hatte. Spontan hätte er am liebsten sofort zugesagt. Er konnte sich kaum vorstellen, nicht mehr hier zu sein. Aber er wusste auch nicht, ob er es auf Dauer ertrug, Eva zu sehen und zu wissen, dass sie seine Gefühle nicht erwiderte. Oder auch nur einfach nicht dazu stehen wollte. Das war das Zünglein an der Waage. Dass er Lust hatte, hier zu kochen, stand außer Frage. Er warf Eva einen Blick zu, doch sie schaute angestrengt zu Boden.

»Ich weiß es noch nicht«, gab er ehrlich zu.

Astrid war sichtlich enttäuscht. »Du kannst gerne noch ein paarmal darüber schlafen. Ich hoffe doch, du bleibst zumindest noch ein bisschen?«

Jon nickte.

»Unser Angebot steht jedenfalls. Und wir bezahlen dich auch jetzt natürlich.« Sie nannte ihm ein Gehalt, das weit über dem lag, was er in der Kantine verdient hatte. Es lag sogar über dem am Siljansee.

Jon war sprachlos.

»Ist das zu wenig?«, fragte Astrid erschrocken, als er nichts sagte. »Hjalmar hat auch nicht mehr bekommen.«

»Hjalmar ist ein Idiot, wenn er bei so einem Gehalt seinen Job gekündigt hat, noch dazu in diesem Umfeld. Das ist eine sehr faire Bezahlung. Aber eigentlich müsst ihr mir überhaupt nichts bezahlen, ich mache das gerne!«

Astrid winkte entschieden ab. »Natürlich bezahlen wir

dich für deine Arbeit! Außerdem braucht ihr beide, du und Sten, nichts für eure Zimmer zu bezahlen.«

Davon wollte Jon nichts wissen, doch Astrid bestand darauf. Eva sagte während der ganzen Unterhaltung kein Wort, sie nickte nur hin und wieder zu Astrids Worten.

»Lass uns bitte bald wissen, ob du bleiben möchtest oder nicht«, bat Astrid zum Schluss. »Und wenn du dich dagegen entscheidest, wäre es schön, wenn du so lange bleibst, bis wir einen anderen Koch gefunden haben.«

»Ich denke darüber nach und teile euch meine Entscheidung zeitnah mit«, brachte Jon hervor. »Ich muss demnächst auch mal an meinem neuen Buch schreiben«, warf er den Hut in den Ring, ohne die Frauen aus dem Blick zu lassen.

Astrids Miene blieb völlig unbewegt. »Das verstehe ich natürlich«, sagte sie ruhig. »Lass uns mit deiner Antwort bitte nicht zu lange zappeln.« Mit diesen Worten verließ Astrid die Küche und er war mit Eva allein.

Er schaute sie unverwandt an, in der Hoffnung auf eine Regung. Doch als sie endlich den Kopf hob, wirkte auch sie völlig unbeteiligt. Selbst seine Bemerkung über das Buch zeigte keine Wirkung.

»Hej, Leute, da bin ich wieder.« Jakob stellte eine Papiertüte mit Einkäufen auf den Tisch. »Ich habe frischen Seefisch bekommen. Was machen wir damit?«

Eva ging sofort zu ihm und besprach mit ihm die mögliche Zubereitung. Die Worte rauschten an Jon vorbei. Dass er mit seiner Provokation keine Wirkung erzielt hatte, war eine Sache. Viel mehr beschäftigte ihn, dass Eva ihn so gleichgültig behandelte. Vielleicht war es doch keine kluge Entscheidung zu bleiben.

Am nächsten Morgen, Jon war gerade auf dem Weg in die Küche, bekam er eine SMS: *Ich versuche seit Tagen, dich zu erreichen. Wo bist du? Du schuldest mir noch etwas, Annika.*

Jon spürte Ärger in sich aufwallen. Er erinnerte sich an das Interview, das er ihr und Arvid versprochen hatte, aber dazu verspürte er nicht die geringste Lust. *Ich schulde dir überhaupt nichts*, schrieb er zurück.

Du hast es mir versprochen, las er Sekunden später.

Mist! Hätte sie sich darauf berufen, dass sie ihm den Ring zurückgegeben hatte, der ihm sowieso gehörte, wäre es Jon leichtgefallen, sie kühl abzufertigen. Dass sie ihn an sein Versprechen erinnerte, machte es ihm schwerer.

Natürlich hatte er es ihr nur versprochen, damit sie ihm den Ring gab, aber versprochen war versprochen.

Ich bin zurzeit nicht in Stockholm, schrieb er. *Ich melde mich, sobald ich zurück bin.*

Er rechnete mit einer ärgerlichen Antwort, mit einem Protest, doch Annika meldete sich nicht mehr. Kurz darauf hatte Jon sie bereits vergessen. Vielleicht wäre sie ihm wieder eingefallen, wenn sich die Ereignisse am Nachmittag nicht überschlagen hätten.

»Ann und Elin haben nächste Woche Geburtstag«, erzählte Eva Jon, als sie in der Küche das Abendessen zubereiteten. »Die beiden sind mit zwei Tagen Abstand geboren und feiern immer zusammen, am Samstag nach ihrem Geburtstag. Nachmittags gibt es Kaffee und Kuchen im Speisesaal, nicht zuletzt für die Familie, abends feiern die Mädchen mit ihren Freunden.«

»Ich bin auch eingeladen. Ich mach den DJ«, freute sich Jakob.

»Feiern die beiden wirklich hier im Hotel?«, fragte Jon.

»Im Speisesaal«, bestätigte Eva. »Allerdings mit der Auflage, dass der Raum am nächsten Morgen wieder tipptopp ist. Bisher hat das immer geklappt.«

Jon fand diese Lösung toll, so hätte er als Jugendlicher auch gerne gefeiert. »Ihr erlaubt das den Mädels doch nur, damit ihr sie im Auge behalten könnt«, sagte er später, als Jakob außer Hörweite war.

Eva legte einen Finger über die Lippen und nickte. Ihre Augen glänzten und Jon konnte den Blick nicht von ihr nehmen. Es war einer dieser seltenen Momente, in denen sich alle Spannungen zwischen ihnen auflösten. Ein Moment, in dem die Nähe zwischen ihnen zu spüren war, die Eva sonst ganz offensichtlich nicht zulassen wollte.

Später am Nachmittag backte Jakob seine mittlerweile berühmten Zimtschnecken und sie gönnten sich alle eine Pause auf der Terrasse. Astrid, die ohnehin noch etwas zu erledigen hatte, würde die Zwillinge aus dem Kindergarten mitbringen.

Wenige Minuten später trat Monica aus dem Hotel. Sie wirkte verloren und schien nicht so recht zu wissen, wohin sie gehen sollte.

Jon wusste von Eva, dass sie vorzeitig abreisen würden, und hatte dabei auch zum ersten Mal von dem Streit zwischen Ove und Benny gehört. Er fand es gut, dass Eva Monica jetzt dazu aufforderte, sich zu ihnen zu setzen. Sie rückte einen Stuhl zurecht und bot ihr ebenfalls Zimtschnecken und Kaffee an.

»Vielen Dank.« Monica lächelte erleichtert. Sie nahm

Platz und wischte aus alter Gewohnheit mit der Serviette über den Teller.

Jon grinste, und als Monica das bemerkte, lächelte auch sie.

»Ist alles in Ordnung mit Ove?«

»Wir haben gerade unsere Koffer gepackt, schließlich reisen wir morgen endgültig ab. Danach war Ove so matt, dass ich ihm ein wenig Ruhe gönnen wollte. Ich will nicht, dass er sich übernimmt und es ist gerade alles so schön …« Sie brach ab und lächelte versonnen. »Jedenfalls habe ich ihm gesagt, dass ich frühestens in zwei Stunden zurückkomme, damit er absolute Ruhe hat.« Sie biss herzhaft in ihre Zimtschnecke.

»Warum wollt ihr dann früher nach Hause fahren, wenn gerade alles so schön ist?«, fragte Eva. Genau die Frage hatte Jon sich gerade auch gestellt.

Monica schluckte den Bissen mit Kaffee hinunter, bevor sie antwortete. »Ich weiß es nicht, es war Oves Wunsch. Er sagt, dass ihm sechs Wochen zu viel sind. Von mir aus hätten wir gerne noch bleiben können. Gerade in den letzten Tagen haben wir viel Zeit miteinander verbracht, das war schön.«

Jon freute sich für sie, er hatte sie selten so entspannt gesehen wie in diesem Moment.

Kurz darauf kam Astrid mit den Kindern zurück. Pentii blieb bei den Erwachsenen, aber Lotta zog es sofort zu ihrem Lieblingskater. »Er hat mich den ganzen Tag noch nicht gesehen«, sagte sie.

»Das geht natürlich überhaupt nicht«, stimmte Eva ihrer Tochter ernsthaft zu.

Jon lehnte sich zurück, nippte an seinem Kaffee und beobachtete sie verstohlen. Es gefiel ihm, wie Eva mit den Kindern umging. Er mochte die Art, wie sie ihre Locken zurückstrich. Er liebte ihr Lächeln, das Funkeln ihrer grünen Augen. Er war vollkommen versunken in seine Gedanken und Gefühle für sie, bis Lotta plötzlich wieder da war, eine Dose Katzenfutter in der Hand. Das Kind war in heller Aufregung.

»Da ist was passiert«, rief sie mit angstvoller Stimme.

Eva sprang sofort auf. »Was ist passiert?«

Das Kind zuckte mit den Schultern. »Das weiß ich nicht. Dem Sten seine Katze hatte noch Hunger und da hat der Sten gesagt, er hat noch Katzenfutter in seinem Zimmer. Er hat mich gefragt, ob ich das hole …«

»Lotta, was ist passiert?«, unterbrach Eva ihre Tochter. »Ist etwas mit Ann oder Elin?«

»Nee«, sagte Lotta. »Ich weiß nicht, was passiert ist, aber als ich aus dem Sten seinen Zimmer rausgelaufen bin und über den Flur, da kamen aus einem Zimmer ganz komische Geräusche. Das hört sich so an, als wenn einem was ganz doll was wehtut. Und das ist doch das Schlimme, was passieren kann, hast du gesagt.«

»Aus welchem Zimmer?« Eva war die Anspannung deutlich anzusehen.

Auch Jon war alarmiert.

»Da, wo die wohnt.« Lotta zeugte auf Monica.

»Oh, mein Gott! Oh, mein Gott! Ove! Er hat bestimmt wieder einen Herzinfarkt.« Monica sprang auf und rannte ins Hotel, Eva, Jon, Jakob, Astrid und die Zwillinge auf den Fersen. Eilig hasteten sie ins Haus und die Treppe hinauf zu Monicas und Oves Zimmer.

Monica riss die Tür auf. Und erstarrte.

Jon, der direkt hinter ihr stand, traute seinen Augen nicht. Die beiden nackten Männer auf dem Bett fuhren auseinander. Ove sah nicht so aus, als hätte er in den letzten Minuten einen Herzinfarkt erlitten, und auch Benny schien sich bester Gesundheit zu erfreuen.

»Scheiße!«, sagte er. »Aber gut, jetzt ist es endlich raus.«

Jon konnte Monica gerade noch auffangen, als sie ohnmächtig zusammenfiel.

Kapitel 23

Ann ärgerte sich lauthals, dass sie dieses Schauspiel verpasst hatte, und wollte jedes Detail wissen. Eva konnte die Zwillinge nicht daran hindern, diesem Wunsch nachzukommen.

»Ove hatte einen Herzinfrakt«, berichtete Pentii aufgeregt.

»Herzinfarkt«, berichtigte Eva automatisch. »Aber Ove hatte keinen Herzinfarkt.«

»Egal, Mama«, winkte Ann ab. »Was ist dann passiert?«

Lotta übernahm den Gesprächsfaden. »Wir sind alle dahin gelaufen, und dann hat Monica die Tür aufgemacht.« Lotta hielt die Hände vor den Mund und begann zu kichern. Pentii nutzte die Gelegenheit, um den spannenden Teil der Geschichte zu erzählen.

»Der Ove hatte nämlich keinen Herzinfra … Herzin …« Ihm fiel das Wort nicht ein, also verzichtete er kurzerhand darauf. »Ove war nämlich ganz gesund. Und ganz nakisch. Und der Benny lag auch in dem Ove sein Bett, und der war auch ganz nakisch.« Pentii drehte sich zu Eva um und schaute zu ihr hoch. »Warum eigentlich, Mama?«

Eva wusste nicht, wie sie die Frage ihres Sohnes beantworten sollte. Zumal auch Lottas Blick neugierig an ihr klebte.

»Lass mich das erklären, Mama«, schlug Ann grinsend vor.

»Nein!«

Ann lachte. »Dann mach du. Ich will das auch hören.«

Eva warf ihrer Tochter einen ärgerlichen Blick zu, während sie fieberhaft nach den richtigen Worten suchte, mit denen sie den Kleinen die Situation erklären konnte. Verdammt, warum waren die Hotelzimmer nie abgeschlossen? Dann wäre das nicht passiert und sie hätte nicht das zu sehen bekommen, was sie nicht sehen wollte.

»Ove und Benny waren nackt, weil Monica gerade ihre Schlafanzüge in die Wäscherei gebracht hatte«, sagte Ann.

Eine Welle der Erleichterung durchströmte Eva und sie lächelte ihre große Tochter dankbar an.

Ann lächelte zurück und ließ Eva nicht aus den Augen, als sie hinzufügte: »Und weil sie schwul sind.«

Hausarrest, schoss es Eva durch den Kopf. *Mindestens ein halbes Jahr.*

»Ach so«, sagte Pentii zu Evas Überraschung nur und drehte sich gelangweilt um. Lotta zuckte mit den Schultern und folgte ihrem Bruder.

Eva zeigte mit dem Finger auf Ann. »Wir sprechen uns noch.« Dann folgte sie den beiden Kleinen. »Ihr wisst, was das Wort ›schwul‹ bedeutet?«

»Ja«, sagte Pentii, der offensichtlich jegliches Interesse an dem Thema verloren hatte.

»Lena hat uns das erklärt«, ergänzte Lotta. Lena war die Erzieherin im Kindergarten. »Weil dem Emil sein Vater auch schwul ist. Damit wir das alle wissen und den Emil nicht ärgern. Der Emil hat jetzt eine Mama und zwei Papas.«

Eva lächelte erfreut. So einfach war das also. Zumindest für ihre Kinder.

Für Monica hingegen war das alles überhaupt nicht einfach. Eva hatte den Notarzt gerufen, der Monica sofort mit

290

ins Krankenhaus nach Torsby genommen hatte. Vollgepumpt mit Beruhigungsmitteln, weil sie nach dem Erwachen aus der Ohnmacht beim Gedanken an den Anblick ihres Mannes mit einem anderen Mann vollkommen zusammengebrochen war.

Ein Klopfen an der Tür unterbrach ihre Gedanken. Eva öffnete und sah sich Benny gegenüber.

»Darf ich reinkommen?«, fragte er sichtlich verlegen.

Eva war nicht wirklich überrascht, ihn zu sehen, aber sie fühlte sich unsicher. Wortlos trat sie zur Seite und ließ ihn ein. Sie führte ihn in die Küche, wo sie hoffentlich ungestört sein würden. »Willst du einen Kaffee?«

Er lächelte. »Lieber etwas Stärkeres.«

»Ich glaube, das wäre mir jetzt auch lieber.« Eva holte die Wodkaflasche und zwei Gläser aus dem Schrank.

»Bist du sehr wütend auf mich?«, fragte er, während sie die Gläser füllte.

Eva horchte in sich hinein. War sie wütend auf Benny? Er hatte ihr vor Jahren anvertraut, dass er sich zu Männern hingezogen fühlte und das auch lebte. Sie hatte ihm geschworen, sein Geheimnis nicht zu verraten, und sich immer daran gehalten.

»Nein. Ich bin überhaupt nicht wütend auf dich.« Eva stellte die Flasche ab und schaute ihm direkt ins Gesicht. »Ich weiß nur gerade nicht, wie ich mit der Situation umgehen soll. Du und Ove ...«

»Und das schon seit Jahren«, setzte Benny noch einen drauf. »Wir lieben uns, aber Ove wollte Monica nicht verlassen, solange die Jungen noch zu Hause wohnen. Also konnten wir uns immer nur heimlich treffen.«

Eva atmete tief durch. »Monica hat vermutet, dass Ove sie betrügt. Aber sie dachte, dass es sich um eine Frau handelt.«

»Ist es nicht egal, ob es sich um eine Frau oder einen Mann handelt?«, fragte Benny ernst.

»Ich weiß es nicht«, gab Eva zu. »Für Monica ist es so oder so schlimm. Ich weiß, dass sie Ove liebt.«

»Ove weiß das auch«, sagte Benny leise. »Und auf seine Art liebt er Monica auch. Aber eben anders.«

Ich kann sie nicht so glücklich machen, wie sie sich das wünscht!

Jetzt verstand Eva, wie Ove diese Worte gemeint hatte.

»Die Ironie des Schicksals«, murmelte Benny vor sich hin.

»Was meinst du?«

»Na ja … Ove hatte sich eigentlich für Monica entschieden. In diesem Urlaub hat er mir erklärt, dass er sich von mir trennen und bei ihr bleiben will.«

Eva ging auf, worauf er hinauswollte. »Deshalb habt ihr nicht mehr miteinander gesprochen! Und euch am Ende sogar angeschrien.«

»Ich war so verletzt und enttäuscht! Ich fühlte mich von ihm getäuscht, weil er immer von unserem gemeinsamen Leben gesprochen hatte. Und jetzt wollte er sich nicht mehr von Monica trennen, aus Dankbarkeit. Sie war nach seinem Herzinfarkt so besorgt um ihn …« Benny brach ab und starrte auf die Tischplatte vor sich. »Ich hätte mich auch gerne um ihn gekümmert«, sagte er bitter. »Aber ich konnte es ja nicht!«

»Und wie geht es jetzt weiter?«, fragte Eva.

Benny stieß einen tiefen Seufzer aus. »Ich habe keine Ahnung. Die Entscheidung liegt ausschließlich bei Ove.«

Monica blieb zwei Tage im Krankenhaus. Dann kam sie zurück, blieb noch einen Tag im Hotel und fuhr am nächsten Tag allein nach Hause.

»Ich bleibe nun doch für den Rest der ursprünglich gebuchten Zeit«, sagte Ove. Er wirkte traurig, aber gleichzeitig auch wie von einer Last befreit. »Ich habe mich mit Monica ausgesprochen«, sagte er leise zu Eva. »Sie wird eine Weile brauchen, um sich damit abzufinden, aber dann wird sie verstehen, dass sie mit mir nie richtig glücklich werden kann. Dieser Ordnungswahn, diese Putzsucht, das war doch nur ein Ausdruck ihrer Unzufriedenheit. Weil ich ihr nie das geben konnte, was sie wirklich brauchte.«

»Ich weiß nicht, ob da ein Zusammenhang besteht«, sagte Eva. »Ich bin keine Psychologin. Aber ich finde es gut, dass du ihr endlich die Wahrheit gesagt hast und zu dir und deinen Gefühlen stehst.«

»Ich kann immer noch nicht so richtig fassen, was passiert ist.« Ove atmete tief auf. »Eigentlich hatte ich mich ja für Monica entschieden. Das am Dienstagnachmittag war so etwas wie ein Abschied von Benny. Wir wollten uns danach nie mehr sehen. Und dann kam alles anders. Es war der Beginn unseres neuen Lebens.«

Er atmete tief durch und verabschiedete sich von Eva. Kurz darauf sah Eva ihn zusammen mit Benny in Richtung See gehen.

»Könnt ihr diese Studenten bitte zur Ordnung rufen?«, beschwerte sich Camilla nachmittags bei Eva und Astrid. »Den ganzen Tag laufen die mit ihren Pflanzen über den Balkon. Immer an der offenen Balkontür meines Fensters vorbei.«

»Ja, das habe ich auch schon gesehen«, sagte Jon. »Mich stört das allerdings nicht.«

Camilla warf ihm einen strafenden Blick zu. »Aber mich!«, stieß sie wütend hervor und rauschte davon.

»Warum machen die das?«, wunderte sich Eva.

Jon grinste. »Die beiden achten darauf, dass die Pflanzen immer in der prallen Sonne stehen. Das fördert die Blütenbildung.«

»Ich finde es rührend, wie sie sich um ihre Pflanzen kümmern.« Astrid lächelte erfreut. »Sie haben sich offensichtlich sehr verändert. Keine Partys, keine Alkoholexzesse, von dem Rausch am Nationalfeiertag mal abgesehen. Sie haben ihren Oleanderpflanzen sogar Namen gegeben«, sagte sie zu Jon. »*Ole* und *Leander*.«

»*Canna* und *Bis* wären da wohl passender«, erwiderte Jon trocken.

Eva wusste sofort, was er meinte, war aber zu geschockt, um es zu kommentieren. Astrid brauchte ein bisschen länger.

»Du glaubst, das sind Haschischpflanzen?«, flüsterte sie schließlich.

»Ich glaube es nicht nur, ich weiß es«, flüsterte Jon zurück. »Und ich weiß auch, dass die Kekse, die sie ständig futtern, nicht nur süße Knabbereien sind. Wahrscheinlich gab es die am Nationalfeiertag zur Feier des Tages schon vor dem Frühstück.« Er lachte amüsiert, während Eva vor Wut kochte.

»Das darf doch nicht wahr sein! Am liebsten würde ich die beiden sofort rauswerfen.«

»Sie sind vorhin nach Torsby gefahren«, sagte Astrid. »Dünger für Ole und Leander kaufen.«

»Den werden Ole und Leander nicht mehr brauchen«, sagte Eva entschlossen. »Ich dulde in meinem Hotel keine Drogen.« Sofort lief sie die Treppe hinauf in das Zimmer der Studenten, wo sie zwei Tüten voller Haschkekse in einem der Plastiksäcke fand. Anschließend holte sie Ole und Leander vom Balkon und transportierte alles nach unten. Die Cannabispflanzen flogen auf Svantes Komposthaufen, die Haschkekse versteckte sie in der Kühlkammer, um sie erst unmittelbar vor der nächsten Müllabfuhr in die Abfalltonne zu werfen. Nicht auszudenken, wenn sie die wegwarf und eines der Kinder fand das Gebäck.

»Keine Drogen in meinem Hotel«, sagte sie entschieden, als Astrid leise Zweifel an ihrem Handeln verlauten ließ. Sie wies Svante an, die Cannabispflanzen auf dem Komposthaufen zu zerstören.

»Betrachte das als erledigt«, sagte er und ging nach draußen.

Eva schloss einen Moment die Augen und holte tief Luft.

»Geht es dir jetzt besser?«, fragte Astrid. Eva konnte ihrer Stimme anhören, dass sie grinste.

»Noch nicht«, sagte sie grimmig. »Erst wenn ich mir die Studenten vorgeknöpft habe.«

Mats heulte laut auf, als er von Oles und Leanders Schicksal erfuhr. »Wie kannst du nur? Das ist unser Eigentum!«

Eva war so wütend, dass sie meinte, platzen zu müssen. Sie reichte ihm ihr Handy. »Du kannst mich gerne anzeigen«, sagte sie sarkastisch. »Bitte, ruf bei der Polizei an. Oder soll ich das machen?«

Mats hob abwehrend die Hände. »Schon gut, ich sag ja schon nichts mehr.«

»Und ihr reist sofort ab«, beschied Eva sehr bestimmt.

»Dazu habe ich eigentlich gar keine Lust«, wandte Jimmy ein. »Du kannst uns doch nicht einfach so rauswerfen!«

»Ihr hattet strenge Auflagen …«, begann Eva.

»An die wir uns gehalten haben«, unterbrach sie Mats. »Kein Alkohol, keine Partys!«

Eva spürte, wie die Wut sich in ihr Bahn brach. Nichts regte sie so sehr auf wie jemand, der sie nicht ernst nahm. So wie die Studenten jetzt.

»Ich werde das regeln«, kam Astrid ihrem Ausbruch zuvor. »Geh du doch einfach an deinen Computer. Oder mach einen Spaziergang am See.«

»Ja, das ist vermutlich das Beste. Für alle«, stieß Eva vielsagend hervor und verließ die Hotelhalle. Alles war besser, als sich noch länger mit Mats und Jimmy abzugeben. Sie ärgerte sich vor allem darüber, dass die beiden sie und Astrid so zum Narren gehalten hatten. Abgesehen von der Vorstellung, dass eines ihrer Kinder oder die Kinder der Gäste, die in den nächsten Tagen eintrafen, im Vorbeigehen auf dem Balkon die Kekse im Zimmer der Studenten gesehen und stibitzt hätten. Sie mochte sich die Folgen gar nicht ausmalen.

Missmutig stapfte sie in ihr Büro. An ihrem Schreibtisch atmete sie erst einmal tief durch, bevor sie den Computer einschaltete. Sofort strömte ihr eine Flut von Nachrichten entgegen. Allesamt von Linn.

Wie lange muss ich noch auf die überarbeitete Korrektur warten?

Wann bekomme ich den unterschriebenen Vertrag zurück?

Bist du sicher, dass du keine zweite. Geschichte im Jahr schaffst?

Verdammt, Eva, warum antwortest du nicht?

Zwischendurch kam eine Nachricht von Astrid. *Die Studenten sind weg, nachdem sie im Komposthaufen nach den sterblichen Überresten von Ole und Leander gesucht haben. Aber Svante hat ganze Arbeit geleistet.*

Eva verzichtete darauf, die restlichen Mails von Linn zu lesen. Sie fuhr den Computer wieder herunter und beschloss, Astrids zweitem Vorschlag zu folgen und hinaus an den See zu gehen.

»Bist du jeden Abend hier?«, fragte sie überrascht, als sie Jon begegnete.

»Nein«, erwiderte er leise. »Aber offensichtlich verspüren wir immer gleichzeitig den Wunsch, hier draußen am See zu sein.«

»Quatsch!«, sagte sie. Es hatte grob klingen sollen, wurde aber nicht mehr als ein heiseres Flüstern.

Und dann war er plötzlich ganz nah. Sanft strich er mit dem Finger über ihre Wange, ihre Lippen. Sie hob die Hände, um ihn wegzustoßen, fuhr aber zu ihrer eigenen Überraschung sanft über seine Brust, umschlang seinen Nacken. Sie wehrte sich nicht, als er sie an sich zog und sie küsste. Er löste sich von ihr, umfasste ihr Gesicht mit beiden Händen. Sein nächster Kuss war drängender, fordernd, und Eva wollte ihm nah sein, drängte sich an ihn …

»Lasst euch nicht stören!«

Eva und Jon fuhren auseinander. Hinter ihnen stand ein Paar, eine sehr schlanke, blonde Frau und ein Mann in dunkler Kleidung, mit blondem, zum Pferdeschwanz gebundenem Haar. Er hielt eine Kamera in der Hand.

Eva hatte beide noch nie gesehen.

Offenbar im Gegensatz zu Jon. »Annika? Was machst du hier?«, stieß er hervor.

»Ich frage mich, was *du* hier machst.« Annikas Blick wechselte zwischen ihm und Eva hin und her.

Eva spürte instinktiv, dass sie fehl am Platze war. Dann kam ihr ein Gedanke: Annika? Hieß so nicht seine Ex? »Ich will nicht stören«, sagte sie spröde und wandte sich zum Gehen.

»Du störst nicht.« Jon wollte sie festhalten, doch Eva entwand sich seinem Griff. Ohne sich umzudrehen, ging sie weiter, Schritt für Schritt, bis in ihre Wohnung, wo sie leise die Tür hinter sich schloss. Mit geschlossenen Augen lehnte sie sich dagegen.

»Ist was?«, hörte sie Ann fragen.

Eva öffnete die Augen und zwang sich zu einem Lächeln. »Ich bin nur müde«, sagte sie. »Im Moment ist im Hotel so viel zu tun, außerdem drängt Linn.«

»Das geht mir ähnlich«, sagte Ann zerknirscht. »Elin und ich haben auch nichts Großartiges mehr auf der Autorenseite gepostet. Der falsche Mikael meldet sich ja überhaupt nicht mehr auf der Seite und Neuigkeiten gibt es von dir ja keine im Moment.«

»Mir fällt auch nicht viel ein.« Eva nannte ein paar Stichworte. »Macht was draus, wenn ihr wollt. Wenn nicht, ist es auch okay.«

Und mit einem Mal verspürte sie eine unbändige Lust zu schreiben. So stark, wie sie es schon lange nicht mehr empfunden hatte. Weg, weit weg von diesem chaotischen, ständig überraschenden realen Leben zum kontrollierten, konstruierten Dasein von Kommissar Lars Dahlström und seiner Welt.

Eva trat an das Fenster ihres Büros. Jon stand noch immer am See. Diesmal lehnte sich seine Ex an ihn, während der andere Mann beide fotografierte. Eva wandte sich ab und setzte sich an ihren Computer. Es wäre für ihren Seelenfrieden weitaus besser gewesen, wenn sie eben schon sitzen geblieben wäre, anstatt zum See zu gehen.

Mikael Käkelä

An Na: Seit Tagen nichts mehr von Mikael.

Kristina B.: Und mit diesem komischen Katzeneintrag kann ich auch nichts anfangen.

An Na: In dem Zusammenhang fällt mir auf, dass Curt aus Stockholm sich auch nicht mehr gemeldet hat.

Mikael Käkelä: Ich bin da, Leute, ich lese auch mit, aber von mir gibt es im Moment nicht viel zu berichten.

Um euch einen kleinen Einblick in meine Arbeit zu geben: Ich bin gerade mit den Korrekturen meines neuen Buches beschäftigt. Meine Lektorin wartet dringend auf Antwort. Sobald ich das erledigt habe, poste ich wieder mehr. Versprochen!

»Damit müssen die sich zufriedengeben«, sagte Ann, wirkte aber selbst unzufrieden.

»Es hat viel mehr Spaß gemacht, als der falsche Mikael sich noch gemeldet hat und wir ihn provozieren konnten.« Elin zog eine Schnute.

»Seit der bei uns kocht, ist der ziemlich langweilig geworden«, stimmte Ann ihr zu.

»Hat der deine Mutter eigentlich noch mal geküsst?«, fragte Elin neugierig.

»Keine Ahnung, ich glaube nicht.« Ann starrte eine Weile vor sich hin. »Ich hoffe es jedenfalls.«

»Und wenn doch?«

»Keine Ahnung.« Ann seufzte.

Elin blickte sie ernst an. »Ganz ehrlich, Ann, ich würde

mich freuen, wenn sich meine Mutter in einen Mann wie den falschen Mikael verliebt. Oder in Sten. Weil ich ihr wünsche, dass sie wieder richtig glücklich ist.«

Ann zuckte mit den Schultern. »Ja, wenn sie sich wirklich verliebt, dann wünsche ich ihr auch Glück. Aber muss es denn ausgerechnet der sein?« Sie zeigte auf den Monitor. »Guck mal, da kommen Antworten.«

Kristina B.: *Na gut, es sei dir verziehen!*

An Na: *Du könntest trotzdem mal wieder ein paar Fotos posten.*

Mikael Käkelä: *Mache ich, sobald ich Zeit habe. Tschüss für heute.*

Kapitel 24

»Nur ein paar Fotos«, versprach Arvid, »und ein kurzes Interview.«

»Wie habt ihr mich gefunden?«, fragte Jon.

»Über deine Autorenseite natürlich.« Annika lachte und hängte sich bei ihm ein. »Ich hab dich so vermisst«, säuselte sie.

»Und ich glaube dir jedes Wort«, erwiderte Jon trocken. »Habt ihr im Hotel Berglund eingecheckt?«

»In dieser Absteige? Spinnst du?« Annika klang entsetzt. »Arvid hat das beste Hotel in Torsby gebucht. Und morgen fahren wir schon wieder zurück nach Stockholm.«

Es ärgerte Jon, dass sie so abfällig über das Hotel sprach. Er öffnete den Mund, um zu widersprechen, doch dann überlegte er es sich anders. Es konnte ihm egal sein, was Annika dachte. Und er legte nicht den geringsten Wert darauf, mehr Zeit als unbedingt nötig mit ihr zu verbringen.

»Lass uns zum Ende kommen«, drängte er.

»Wieso bist du ... *hier*?«, fragte Arvid mit einer ausholenden Handbewegung. »Du bist ein berühmter Schriftsteller, könntest in der Karibik sein. Auf Hawaii, oder in New York.«

»Ich will herausfinden, was für ein Mensch Mikael Käkelä eigentlich ist.« Jon musste sich zusammenreißen, um nicht zu grinsen.

Arvid blickte ihn abfällig an. Was für Jon nichts als die pure Wahrheit war, hielt Arvid wahrscheinlich für eine Art philosophischer Selbstfindung, mit der Jon sich wichtig machen wollte.

»Wann erscheint dein nächstes Buch?«, wollte er dann wissen.

»Wende dich für solche Fragen bitte an den Verlag.« Jon hatte genug. Er ließ zwei weitere Fragen zu, dann verabschiedete er sich mit dem Hinweis, er müsse noch arbeiten.

»Schreiben?«, fragte Arvid interessiert.

Jon dachte an die Rezepte, die er Jakob versprochen hatte, und nickte lächelnd.

Doch bevor er sich versah, trat Annika vor ihn und küsste ihn leicht auf den Mund. »Vielleicht sehen wir uns ja bald in Stockholm wieder«, hauchte sie dicht an seinem Ohr.

»Ja, vielleicht«, erwiderte er ohne jegliches Interesse. »Ich habe mein Versprechen gehalten, wir sind jetzt quitt.«

Sie schenkte ihm ein rätselhaftes Lächeln. »Bis bald.«

»Hoffentlich nicht«, murmelte Jon, als die beiden außer Hörweite waren. Er blickte ihnen nach und fragte sich einmal mehr, was ihn einst zu Annika hingezogen hatte. Er fand keine Antwort.

Er ließ seinen Blick zu Evas Privatwohnung wandern. Hinter einem der Fenster brannte Licht. War das ihr Zimmer? Was machte sie gerade? Woran dachte sie? An den Kuss, aus dem sie so jäh gerissen worden waren, noch bevor er ihr sagen konnte, was er für sie empfand? Reglos stand er da und ließ die Sehnsucht nach ihr durch sich hindurchgleiten.

Auf dem Rückweg kam er an Svantes Zimmer vorbei. Die Tür stand weit offen, Svante saß auf einer Bank daneben und rauchte Pfeife.

Jon erkannte den merkwürdig süßlichen Geruch sofort

und grinste, als er Ole und Leander erblickte, die mitten im Zimmer standen. Er hatte gesehen, dass die Studenten im Komposthaufen gewühlt hatten, um wenigstens Reste der Pflanzen oder vielmehr der Blüten zu finden. Vergeblich. Jetzt wusste er auch, warum.

Svante hielt ihm die Pfeife hin. »Willst du auch mal ziehen, Käkelä?«

Jon lehnte ab. Er wünschte Svante eine gute Nacht und ging in sein eigenes Zimmer.

Die nächsten Tage waren so angefüllt, dass es keine Zeit für gemeinsame Erlebnisse mit Eva gab. Keine Treffen am See, keine Momente des Vertrautseins. Vielleicht ging sie ihm auch bewusst aus dem Weg. Jon vermochte es nicht zu sagen.

Und so konzentrierte er sich auf das, was er konnte und liebte. Er kochte mit einer Leidenschaft, so groß, als könne er dadurch die brennende Sehnsucht in seinem Herzen stillen. Er kreierte wundervolle Gerichte, die einige der Gäste zu der Aussage verleiten ließ, schon allein wegen der Küche im nächsten Jahr wieder Urlaub im Hotel Berglund machen zu wollen.

Am Dienstag hatte Ann Geburtstag, zwei Tage später Elin. Samstag sollte die große Party stattfinden. Dieses Jahr ausgerechnet an Mittsommer.

Der Tag begann nicht gut. Es regnete bereits am frühen Morgen in Strömen und daran änderte sich den ganzen Tag nichts.

Jon entging die zunehmend schlechte Laune der Mädchen nicht. »Für euch spielt das doch keine Rolle«, sagte Eva gerade beschwichtigend zu ihnen. »Ihr feiert doch im Speisesaal.«

»Ja, aber dann sitzt das Altersheim die halbe Nacht da, weil sie heute Abend nicht wie geplant auf die Terrasse können!«

»Wir lassen uns etwas einfallen«, versprach Astrid.

»Wir könnten heute Nachmittag kostenlos Zimtschnecken zum Kaffee anbieten«, überlegte Eva. »Und erklären den alten Leuten, dass das zum einen zur Feier des Tages ist, aber auch eine kleine Entschädigung, weil wir den Speisesaal wegen einer privaten Feier früher schließen müssen.«

Jon fand die Idee gut und versprach, zum Abendessen eine leichte und schnelle Küche zu reichen.

Das nächste Ungemach drohte am Nachmittag aus der Küche. Die alten Leutchen saßen im Speisesaal und warteten auf die versprochenen Zimtschnecken.

Doch zum ersten Mal vergaß Jakob die Zeit, weil er für den Abend als DJ eingeplant war und mit Ann und Elin die Musikwünsche besprach. Das komplette Blech mit den Zimtschnecken verbrannte.

Jon, der bereits mit den Vorbereitungen für das Abendessen beschäftigt war, stöhnte auf.

»Kein Problem«, rief Jakob in dem Versuch, ihn zu besänftigen. »Ich habe genug Teig, der ist auch schon fertig gegangen, und mache sofort ein neues Blech! Ich habe gesehen, dass wir in der Kühlkammer noch Gebäck haben, das gebe ich den Leuten zwischendurch, damit sie nicht ungeduldig werden.«

»Alles klar«, sagte Jon und kümmerte sich weiter um das Abendessen. Der Junge hatte ja alles im Griff.

Kapitel 25

»Mama, du musst kommen! Sofort!«

Anns Stimme klang am Telefon so panisch, dass Eva sich augenblicklich in Bewegung setzte. Sie war froh, dass sie sich wegen der Zwillinge keine Gedanken machen musste, sie waren bei Freunden und sollten da auch die Nacht verbringen.

Als Eva die Hotelhalle betrat, stand Astrid zusammen mit Elin und Ann an der Tür zum Speisesaal. Von innen war lautes Gejohle zu hören.

»Was ist hier los?«

»Keine Ahnung, schau selbst!«

Eva durchquerte eilig die Halle. Sie registrierte, dass Jon und Jakob auf der gegenüberliegenden Seite an der Küchentür standen, dann warf sie einen Blick durch die geöffnete Tür zum Speisesaal. Fassungslos starrte sie auf das wilde Tohuwabohu im Raum. Greta saß auf einem Stuhl, konnte aber nicht aufstehen, weil Ludvig und Olof mit ihrem Rollator Karussell spielten. Gerade saß Ludvig johlend auf der Sitzfläche, Olof hielt die Haltegriffe umklammert und drehte sie beide im Kreis. Nach mehreren Umdrehungen tauschten sie die Plätze.

»Flittchen, du elendes Flittchen«, schrie Greta immer wieder von ihrer ausweglosen Position in dem Versuch, ihren Bruder in Schach zu halten.

Der lag bäuchlings auf dem Tisch und machte Schwimmbewegungen. »Ich komme zu dir«, röchelte Erik in Camillas Richtung. »Gleich bin ich da.«

Camilla lächelte ihn kokett an, während sie gekonnt einen Striptease hinlegte. Ihren Rock und ihre Bluse hatte sie bereits ausgezogen. Jetzt tanzte sie in einem fleischfarbenen Korselett durch den Raum und begann, die winzigen Haken am Oberteil zu öffnen.

Eva ließ ihren Blick durch den Raum gleiten, bis er an einer Schale hängen blieb. Die Kekse! Meine Güte, die hatte sie ja vollkommen vergessen! Schlagartig wurde ihr klar, was hier vor sich ging.

»Sind die betrunken?«, stieß Astrid in diesem Moment hervor.

Eva atmete tief durch. »Nein, die sind nicht betrunken«, sagte sie. »Die sind total bekifft.«

Nachdem es ihnen gelungen war, das Durcheinander aufzulösen und alle Beteiligten in ihre Zimmer zu verfrachten, ließ Eva zur Sicherheit einen Arzt kommen, der sich um die alten Leute kümmerte. Sie fühlte sich schuldig, weil sie vergessen hatte, die Kekse rechtzeitig in den Abfall zu werfen, und vernichtete eigenhändig sofort selbst den kleinsten Krümel.

Dann konnten die Mädels endlich ihre Party feiern mit einem überaus stolzen Jakob als DJ.

Der Abend war zu schön, um ihn in der Wohnung zu verbringen. Die Zwillinge waren bei ihren Freunden, die Mädchen feierten und Astrid war im Hotel. Vorgeblich saß sie an der Rezeption, aber eigentlich war das ihr alljährlicher Vorwand, um die Party der Mädchen zu beobachten.

Eva setzte sich mit einem Glas Wein auf die Außentreppe und genoss die helle Nacht.

307

Mit einem Mal stand Jon am Fuß der Treppe und lächelte zu ihr hinauf. »Du solltest nicht allein Mittsommer feiern.«

»Normalerweise feiern wir alle am See«, sagte Eva. »Aber in diesem Jahr fällt die Geburtstagsfeier der Mädchen auf Mittsommer. Und nach der Orgie des Altersheimes ist mir die Lust zum Feiern vergangen.«

Jon lachte.

Eva zögerte. »Möchtest du auch ein Glas Wein?«, bot sie schließlich an.

Als er nickte, holte Eva ein weiteres Glas und die Flasche aus der Wohnung. Dann saßen sie nebeneinander auf der Treppe, tranken Wein und unterhielten sich. Eva musste sich eingestehen, dass sie sich wohlfühlte. Sie redeten über alles Mögliche und Eva gestand sich zu, die Nähe zwischen ihnen zuzulassen. Auch körperlich, denn Jon saß so dicht neben ihr, dass sich ihre Schultern berührten. Sie konnte nicht umhin, die Wärme, die sein Körper neben ihrem ausstrahlte, zu genießen.

Es war kurz vor Mitternacht, als sie die Flasche geleert hatten. Eva stand auf. »Ich gehe jetzt ins Bett«, sagte sie leise.

Jon erhob sich ebenfalls. »Es war ein wundervoller Mittsommerabend«, sagte er. Er stand vor ihr, schaute ihr unverwandt in die Augen. Sie empfand seine Blicke wie Liebkosungen, und plötzlich lag sie in seinen Armen. Er berührte ihre Lippen mit dem Finger, bevor er sie küsste.

Eva klammerte sich an ihn. Sie erwiderte seinen Kuss mit einer Leidenschaft, die sie selbst überwältigte. Jetzt, in diesem Moment, gab es keine Zweifel. Alles war richtig und gut. Selbstverständlich, leidenschaftlich, wunderschön. Eng umschlungen gingen sie in Evas Wohnung.

Weit nach Mitternacht schlief Eva in seinen Armen ein. Als sie morgens aufwachte, war er nicht mehr da. Sie war ihm dankbar, dass er aus Rücksicht auf Ann gegangen war, bevor sie aufwachte. Aber sie vermisste ihn jetzt schon …

Als Eva am Sonntagmorgen ins Hotel kam, war alles aufgeräumt und sie zutiefst erleichtert, dass die alten Leute den Genuss der Haschkekse gut überstanden hatten. Olof und Ludwig erkundigten sich vor dem Frühstück, ob es noch Kekse gab, was Eva lachend verneinte. Sie lächelte den ganzen Tag vor sich hin, dass es schließlich sogar Astrid auffiel. »Du siehst glücklich aus.«

»Das bin ich auch.«

Astrid sog tief die Luft ein. »Du hast dich verliebt«, stieß sie hervor.

Eva hatte das Gefühl, dass ihr ganzer Körper vor Freude strahlte. »Ja. Es ist alles noch so neu, Astrid, aber es ist auch wunderschön.«

Astrid umarmte sie herzlich. »Ich freue mich so für dich.«

»Danke.« Eva löste sich aus ihrer Umarmung. »Aber es weiß niemand außer dir. Und so soll es bitte auch erst mal bleiben.«

»Von mir erfährt niemand etwas«, versprach Astrid. Sie lachte. »Liebe zu Mittsommer. Das ist so romantisch.« Sie umarmte Eva erneut. »Ich wünsche dir alles Glück der Welt.«

Eva genoss den ruhigen Sonntag. Abends traf sie sich mit Jon am See. Alles war so intensiv, so warm, so erfüllend. Als sie zu Bett ging, schlief sie lächelnd ein, und sie lächelte immer noch, als sie am nächsten Morgen aufwachte, mit den Kindern frühstückte und die Zwillinge in den Kindergarten brachte.

Anschließend betrat sie die Küche durch den Hintereingang und schaute von dort im Speisesaal nach dem Rechten. Greta und Erik trafen gerade dort ein, kurz darauf kamen auch die anderen Gäste aus dem Altenheim.

»Meine Schöne!« Erik begrüßte Camilla mit einem Handkuss.

Eva tat so, als wäre sie intensiv am Büfett beschäftigt.

Als Erik Camilla den Stuhl neben sich zurechtrückte, protestierte Greta. »Die sitzt nicht mit uns an einem Tisch!«

Erik schaute seine Schwester mit unbeweglicher Miene an. »Dann setzen wir uns eben an einen anderen Tisch«, sagte er zu Camilla.

Camilla warf Greta einen triumphierenden Blick zu und folgte Erik zum Nebentisch.

»Du Luder«, rief Greta. »Ich weiß genau, was du vorhast. Aber das schaffst du nur über meine Leiche.«

Camilla lächelte böse. »Daran soll es nicht scheitern!«

Eva konnte sich ein Lachen nur mit Mühe verkneifen und huschte eilig zur Rezeption, um Astrid von dieser Szene zu berichten. »Ich weiß nicht, wer schlimmer ist. Das Altersheim oder die Horrorstudenten«, beendete sie die Geschichte. Doch Astrid verzog keine Miene.

»Was ist los?«, fragte Eva alarmiert.

»Also ... mir ist gerade nicht so zum Lachen zumute.« Astrids Blick war voller Mitgefühl. »Reg dich jetzt bitte nicht auf ... aber du weißt doch, dass Camilla sich ihre abonnierten Zeitschriften hierher nachschicken lässt. Und heute war diese dabei.« Sie schob die neueste Ausgabe des Fritidsmagasinet über den Tresen, sie hatte die entsprechende Seite bereits aufgeschlagen.

Berühmter Schriftsteller auf der Suche nach sich selbst, las Eva in der Überschrift. Wie in Trance glitt ihr Blick über die Fotos von Jon, zusammen mit seiner *Freundin* Annika. Mit einem eiskalten Schauder über dem Rücken überflog Eva den Text. Demnach hatte er ihr in der Silvesternacht einen Antrag gemacht. Das stimmte mit dem überein, was Jon ihr erzählt hatte. Doch jetzt erfuhr sie aus der Zeitung, dass Annika sehnsüchtig auf seine Rückkehr wartete, damit sie endlich heiraten konnten. Er hatte ihr bei ihrem Besuch in seinem Urlaubsdomizil versprochen, dass er bald zurückkehren würde.

Jedes Wort traf sie tief ins Herz. Ja, diese Frau war da gewesen. Eva hatte sie selbst gesehen. Und diese Fotos zeigten eine Vertrautheit zwischen Annika und Jon, die jedes einzelne Wort zu bestätigen schien.

Jon hatte ihr verschwiegen, dass es noch immer diese andere Frau in seinem Leben gab, und ließ sich gleichzeitig mit ihr ein! Und obwohl die Bilder und der Text Eva schmerzten, konnte sie den Blick nicht davon abwenden.

»Es tut mir so leid!« Astrid legte liebevoll eine Hand auf ihre Schulter.

»Ich wusste doch von Anfang an, dass er nicht ehrlich ist, also sollte ich mich jetzt nicht wundern«, stieß sie bitter hervor. Sie hatte sich in ihn verliebt, sie hatte mit ihm geschlafen. Sie hatte ihm vertraut, und heute hatte sie ihm sagen wollen, dass sie hinter dem Pseudonym Mikael Käkelä steckte. *Wie gut, dass ich wenigstens das für mich behalten habe*, dachte sie bitter.

Plötzlich spürte sie Jons Anwesenheit in ihrem Rücken. Langsam drehte sie sich um. Sein Blick war auf die Zeitung geheftet, seine Miene von Entsetzen gezeichnet. »Kein Wort davon ist wahr!«, behauptete er, obwohl er den Beitrag noch gar nicht gelesen hatte.

Eva schloss für einen Moment die Augen, in dem Versuch, sich zu sammeln. »Ich möchte, dass du gehst«, sagte sie leise. »Heute noch.«

Er starrte sie an. »Bist du sicher, dass du das willst?«, fragte er ebenso leise. »Willst du mir nicht erst die Gelegenheit geben, alles zu erklären?«

»Ich war mir noch nie einer Sache so sicher.« Ihre Stimme klang fest, und ihr Rücken war kerzengerade, als sie sofort im Anschluss die Hotelhalle verließ. Sie war froh, dass er ihr Gesicht schon nicht mehr sehen konnte und auch nicht die Tränen in ihren Augen.

Mikael Käkelä

Eva Berglund: Wenn ihr ein Foto von Mikael Käkelä sehen wollt, kauft euch das Fritidsmagasinet. Da werden einige Fragen beantwortet.

Aber dabei solltet ihr euch auch die Frage stellen, ob das, was offensichtlich ist, auch wirklich der Wahrheit entspricht.

Letzter Kommentar
Die Seite wird damit geschlossen!

Eva schaltete die Kommentarfunktion aus. Dann verbarg sie das Gesicht in den Händen und brach in Tränen aus.

Kapitel 26

Astrid maß ihn mit einem bösen Blick, als sie die Illustrierte zuschlug und an ihm vorbei zum Ausgang eilte. In der Tür traf sie auf Svante, dem sie kurz mitteilte, sie müsse zu sich nach Hause, weil sie ihr Handy vergessen hatte.

Zur gleichen Zeit meldete sich Jons Handy. *Sten*, verkündete das Display. Gut so, dann konnte er ihm auch gleich mitteilen, dass sie heute nach Hause fahren würden.

»Ich weiß, wer Mikael Käkelä ist«, sagte Sten.

»Sten, das ist mir so …«

»Es können nur Astrid oder Eva sein«, fiel Sten ihm ins Wort. »Alle anderen Computer des Hotels habe ich ja inzwischen kontrolliert.«

»Sten, ich will es nicht mehr wissen!«

Sten schwieg einen Moment. »Aber ich«, beschied er knapp. »Ich versuche jetzt, in Astrids Haus zu kommen, während sie an der Rezeption ist. Ich bin schon da.«

»Sten, sie ist nicht …« Wieder ließ sein Freund ihn nicht ausreden, sondern beendete zu Jons Entsetzen einfach das Gespräch, bevor er ihm sagen konnte, dass Astrid keineswegs an der Rezeption saß, sondern auf dem Weg zu ihrem Haus war. Das Handy in der Hand, rannte Jon los. Und sah gerade noch, wie Sten durch ein offenes Fenster im Erdgeschoss in Astrids Wohnung stieg.

Astrid war nirgendwo zu sehen. Sie musste im Haus sein, sonst wäre sie Jon auf ihrem Rückweg zum Hotel begegnet. Er musste Sten warnen! Langsam schlich er zu einem Baum vor dem Fenster, durch das Sten gekrabbelt war. Er verbarg sich dahinter und lugte vorsichtig hervor.

Sten befand sich offenbar in Elins Zimmer. Es war ziemlich pastellig, mit einem Himmelbett und Postern an den Wänden.

Gerade schaltete er den Computer ein und zog einen Zettel aus seiner Tasche. Jon überprüfte, ob die Luft rein war, und wollte sich gerade auf den Weg zum Fenster machen, als er entsetzt sah, wie die Tür aufging und Astrid den Raum betrat.

Sten fuhr herum, riss dabei eine Schale mit Stiften zu Boden und fegte einen Stapel Papier von dem Drucker, der gleich neben dem PC stand.

»Was machst du hier?«, verlangte Astrid sichtlich empört zu wissen.

»Ich …«, hörte Jon seinen Freund stammeln. »Ich …«

»Ja?«, hakte Astrid nach.

Jon sah, wie Sten aufstand und einen Schritt vortrat. Er wirkte verzweifelt, und dann passierte etwas, womit Jon niemals gerechnet hätte: Sten zog Astrid in seine Arme und küsste sie.

Jon hielt den Atem an und stieß ihn erleichtert aus, als Astrid im nächsten Moment ihre Arme um Sten schlang.

Doch seine Freude währte nur kurz, denn im nächsten Moment stieß Sten Astrid von sich, sprang mit einem Satz aus dem Fenster und rannte an Jon vorbei zum Hotel.

Jon traute seinen Augen nicht und setzte ihm nach. Vor dem Eingang holte er ihn ein. »Du hast sie geküsst!«, rief er.

»Ja! Mir ist nichts anderes eingefallen. Das war meine einzige Chance, ich saß in der Falle«, stieß Sten hervor. Er hielt

315

kurz inne, wandte sich Jon zu. »Das war knapp. Ich muss hier weg, so schnell wie möglich.«

Jon nickte. »Das trifft sich gut. Ich nämlich auch!«

Bereits eine halbe Stunde später saßen sie in dem von Gustav geliehenen Wagen. Während der gesamten Rückfahrt sprach Sten nur davon, wie unmöglich er sich benommen hatte und dass er Astrid nie wieder unter die Augen treten konnte.

Jon fiel irgendwann in eine Art Halbschlaf, dämmerte vor sich hin, bis Sten plötzlich hart auf die Bremse trat. Jon flog nach vorn und war mit einem Schlag hellwach. Sie befanden sich kurz vor der Stockholmer Stadtgrenze.

»Ich habe Curt vergessen!«, rief Sten entsetzt. »Ich muss zurück.« Er schien fest entschlossen, die mehr als vierhundert Kilometer sofort zurückzufahren.

Im Gegensatz zu Jon, der keinerlei Lust verspürte, weitere Stunden in diesem Wagen zu verbringen, schon gar nicht, um einen Kater wie Curt einzusammeln. Je weiter der weg war, desto besser. Außerdem wollte Eva ihn nicht mehr sehen, und er hätte ihre Zurückweisung kein zweites Mal ertragen. »Curt geht es gut in Torsby. Er wird bestens versorgt, und Lotta liebt ihn«, versuchte Jon seinen Freund zu beschwichtigen.

»Ich liebe ihn auch«, sagte Sten vorwurfsvoll.

»Wenn du wirklich zurückfahren willst, dann ohne mich«, beschied Jon.

Sten quengelte noch eine Weile, ließ sich dann aber überzeugen, zunächst einmal nach Hause zu fahren.

Auch am nächsten Tag lehnte Jon es ab, seinen Freund nach Torsby zu begleiten. Ebenso am zweiten und dritten Tag.

Nach einer Woche fuhr Sten allein. Zwei Tage später rief er Jon an. »Ich bleibe in Torsby«, sagte er fröhlich. »Astrid liebt mich.«

Jon fühlte einen Stich in seinem Herzen. »Herzlichen Glückwunsch«, stieß er sarkastisch hervor, schämte sich aber im nächsten Augenblick dafür. »Entschuldige bitte. Ich freue mich für dich und gönne dir dein Glück wirklich von ganzem Herzen, Sten«, sagte er. »Halte es mit beiden Händen fest.«

»Willst du nicht auch herkommen und …«

»Nein«, fiel Jon ihm ins Wort. »Eva hat mir gesagt, dass sie mich nie mehr sehen will. Das muss ich akzeptieren.«

Die Wochen zogen ins Land, der Sommer ging vorbei. Jon arbeitete wieder in der Kantine. Ronny hatte ihn sofort eingestellt, weil er bisher keinen Ersatz für ihn gefunden hatte, sparte aber nicht mit Spott. Jon war nichts geblieben als seine Träume von Eva, dem Leben in Torsby, dem gemeinsamen Kochen und den Menschen dort, die ihm so wichtig geworden waren.

Das Leben in Stockholm wurde auch sonst nicht leichter für ihn. Er wurde oft als Mikael Käkelä erkannt, und allmählich begann er diese Rolle zu hassen. Sie war am Anfang ganz witzig gewesen, bis sie ihm alles genommen hatte. Und diesmal war es schlimmer als die Trennung von Annika.

Jon fühlte sich zunehmend eingeengt und fasste einen Entschluss: Er musste Mikael Käkelä wieder loswerden. Und dafür brauchte er einen großen, öffentlichen Auftritt.

Anfang September erhielt er als Mikael Käkelä eine Einladung zu einem Fernsehinterview, zusammen mit seiner angeblichen *Lebensgefährtin* Annika Sand. So stand es jedenfalls in der Einladung. Vermutlich steckte Arvid dahinter, der den Redakteur des Senders kannte.

Jon lächelte grimmig, als er das las. Es spielte keine Rolle, dass Annika auch da sein würde. Für ihn war es die Chance, auf die er gewartet hatte, und sicher sein letzter öffentlicher Auftritt.

Der Moderator Bengt Lindh empfing ihn im Studio und stellte ihn unter dem donnernden Applaus des Publikums als Mikael Käkelä vor. »Und hier, meine Damen und Herren, kommt die reizende Verlobte des Starautors.«

Wieder brandete Applaus auf, als Annika ins Studio kam. Sie trat vor Jon und griff nach seiner Hand. »In der letzten Silvesternacht hast du mich auf dem Monteliusvägen gebeten, deine Frau zu werden.«

»Mach das nicht!«, formten seine Lippen warnend die Worte, während er kaum merklich den Kopf schüttelte.

Doch Annika ließ sich nicht aus dem Konzept bringen. »Ich habe nicht sofort zugestimmt, aber jetzt weiß ich, dass ich nur mit dir glücklich sein kann. Und deshalb, lieber Mikael, möchte ich dir hier und jetzt mein Jawort geben. Ja, ich liebe dich. Und ja, ich will dich heiraten.«

Jon schloss gequält die Augen. Meine Güte, die ließ aber auch nichts aus. An seiner Entscheidung änderte das nichts.

»Liebes Publikum, was für eine aufregende, bewegende Liebesgeschichte. Offensichtlich ist unser Starautor so berührt, dass er nichts mehr sagen kann.«

Es war wie ein Startschuss. Jon öffnete die Augen, riss dem Moderator das Mikrofon aus der Hand und suchte die nächste Kamera. »Oh doch«, sagte er mit fester Stimme, »ich habe eine ganze Menge zu sagen. Und es wird vermutlich nicht das sein, was ihr alle hören wollt.« Er schwieg einen Moment, dann sagte er entschlossen: »Also, erst einmal: Ich bin nicht Mikael Käkelä.« Ein Raunen ging durchs Publikum, während Bengt Lindh ihn mit großen Augen anstarrte. »Ich bin kein berühmter Starautor, sondern einfach ein Koch vom Siljansee«, fuhr Jon fort. »Und diese Frau«, er wies auf Annika, »ist nicht meine Verlobte.« Er wartete einen Moment, bis das erneute Raunen abebbte.

»Es stimmt, ich habe ihr einen Antrag gemacht, aber sie hat ihn abgelehnt«, stellte er klar. Er spürte, dass er auf dem richtigen Weg war, und fühlte sich gut. »Ich bin sehr froh darüber, weil ich sonst nie die Frau kennengelernt hätte, die mein Herz wirklich bewegt.«

Er blickte kurz zu Annika. Sie lächelte lediglich knapp, schien aber keineswegs verletzt, und Jon ging auf, dass sie genau das bekommen hatte, was sie wollte: öffentliche Aufmerksamkeit.

Er trat dicht an die Kamera heran und blickte mitten in das Objektiv. »Eva, ich liebe dich so sehr, ich kann mir ein Leben ohne dich nicht mehr vorstellen.«

Jon atmete tief durch und gab Bengt das Mikrofon zurück. Es war mucksmäuschenstill im Raum.

»War das alles?«, fragte Bengt ironisch. »Oder hast du noch etwas zu sagen?«

Jon, der zutiefst zufrieden mit sich war, fiel tatsächlich noch etwas ein. Er nahm das Mikrofon aus der Hand und trat noch einmal vor die Kamera. »Ronny, wenn du das hier siehst: Du kannst dir deine tiefgefrorenen Köttbullar sonst wohin stecken. Ich komme nicht mehr zurück.« Damit übergab er das Mikro an den sichtlich perplexen Bengt. »Jetzt bin ich fertig, vielen Dank!«

Noch in der Nacht machte er sich mit einem Leihwagen auf den Weg nach Torsby. Am frühen Morgen erreichte er das Hotel, in dem alle noch in tiefem Schlaf versunken schienen. Jon ging langsam auf den Eingang zu, blieb immer wieder stehen und sah sich um. Alles war so vertraut und fremd zugleich. Und dann sah er sie. Eva. Sie war offensichtlich gerade auf dem Weg von ihrer Wohnung zum Parkplatz, in der Hand hielt sie eine Reisetasche. Als sie ihn bemerkte, blieb sie abrupt stehen. Sie schaute ihn an, als könne sie nicht fassen, dass er da war. Dann ließ sie die Reisetasche fallen und lief los. Er rannte ihr entgegen und fing sie auf, als sie in seine Arme flog.

»Ich wollte gerade zu dir nach Stockholm kommen«, sagte sie atemlos. »Ich habe das Interview gesehen.« Sie seufzte. »Du hast mir so gefehlt.«

»Ein Wort von dir, und ich wäre sofort gekommen.«

»Ich habe mich nicht getraut«, gestand sie leise. »Nach allem, was ich zu dir gesagt hatte.«

»Und ich hatte nicht den Mut, zu dir zu kommen. Ich hätte es nicht ertragen, wenn du mich wieder weggeschickt hättest.« Er umfasste ihr Gesicht mit den Händen. »Ich liebe dich, Eva. Ich liebe dich so sehr.«

»Ich liebe dich auch.« Ihre Augen strahlten. Doch als er sie küssen wollte, drückte Eva ihre Hände gegen seine Brust.

»Ich muss dir erst etwas gestehen«, sagte sie leise. »Ich bin Mikael Käkelä.«

»Das trifft sich gut.« Jon lachte. »Ich habe nämlich überhaupt keine Lust mehr, Mikael Käkelä zu sein. Ich bin nur der Koch Jon Erlandsson und der Mann, der dich liebt.« Er hielt sie fest in seinen Armen, um sie endlich zu küssen.

Rezepte

Zimtschnecken

Zutaten:

Für den Teig:
300 ml Milch
45 g Hefe
700 g Mehl
150 g Butter
1 TL gemahlener Kardamom
1 Ei
½ TL Salz
125 g Zucker

Für die Füllung:
75 g Butter
100 g Zucker
2 EL gemahlener Zimt

Zum Bestreichen:
1 Ei
grober Zucker

Zubereitung:

Milch erwärmen, eine Tasse davon abnehmen und die Hefe darin auflösen. Ein EL Mehl einrühren und 15 Min. gehen lassen. In der restlichen Milch, die Butter zerlassen und lauwarm werden lassen.

Das restliche Mehl, Ei, Zucker, Salz und Kardamom dazugeben und alles verkneten. Zusammen mit dem. Vorteig mit der Küchenmaschine kneten.

Mit einem. Küchenhandtuch abdecken und mindestens eine Stunde an einem, warmen Ort gehen lassen.

Für die Füllung die Butter zerlassen, mit Zimt und Zucker mischen.
Den Backofen auf 250 Grad vorheizen.

Den Teig noch einmal verkneten, in zwei Portionen teilen und jeweils zu 5 mm dicken Rechtecken ausrollen. Mit der Füllung bestreichen, zusammenrollen, in kleine Schnecken schneiden und auf ein mit Backpapier ausgelegtes Backblech legen. Noch mal abgedeckt eine halbe Stunde gehen lassen.

Mit dem verquirlten Ei bestreichen und mit Hagelzucker bestreuen.

Die Schnecken 5–10 Minuten backen.

Lussekatter

Zutaten:

150 g Butter
50 ml Milch
3 Päckchen Safran
½ Teelöffel Salz
125 g Zucker
50 g Hefe
850 g Mehl
½ Tasse Rosinen
½ Tasse gehackte Mandeln

Zubereitung:

Die Butter zerlassen und die Milch leicht erwärmen. Davon eine halbe Tasse Mich abfüllen und darin den Safran mit einem Teelöffel Zucker auflösen.

Die Hefe zerkleinern und in eine Rührschüssel geben. Die erwärmte Milch unter Rühren zugeben, bis die Hefe gelöst ist. Nun die zerlassene Butter und die zuvor hergestellte Safranlösung zugeben. Alles gut verrühren. Danach den restlichen Zucker und das Salz unterrühren.

Zum Schluss das gesiebte Mehl zugeben. Den Teig gut durchkneten, bis er Blasen wirft und sich vom Schüsselrand löst. Rosinen und

Mandeln einarbeiten, dabei einige Rosinen für die Verzierung zurückbehalten. Den Teig zugedeckt eine Stunde an einem warmen. Ort gehen lassen. Anschließend gut durchkneten.

Nun Stangen rollen und zu einem »S« formen. In die Mulden Rosinen geben, mit geschlagenem Eigelb bepinseln. Auf ein eingefettetes, mehlbestäubtes Backblech legen.

Bei 225–240 Grad ca. 7–10 Minuten backen. Abkühlen lassen.

Dazu trinkt man Kaffee oder Glögg.

Schweinebraten mit Backpflaumen

Zutaten:

1 kg Schweinebraten
ca. 14–16 Backpflaumen
8 Scheiben Speck
1 Zwiebel
Salz
Pfeffer
Paprika, edelsüß
1 EL Senf
1 EL Butter
1 Lorbeerblatt
2 Nelken

Zubereitung:

Die Backpflaumen über Nacht in lauwarmem Wasser einweichen. Abtropfen lassen. Schweinebraten über die Länge einschneiden, mit den Backpflaumen füllen und mit den Gewürzen einreiben.

Den Braten mit Speckscheiben umwickeln und mit Küchengarn festbinden.

Zusammen, mit der Zwiebel, dem Lorbeerblatt und den Nelken in eine gefettete Auflaufform geben. Im vorgeheizten Backofen bei 180 Grad ca. 30 Min. braten.

Lachsröllchen mit Forellenkaviar

Zutaten:

250 Gramm Räucherlachs
2 TL Forellenkaviar
250 Gramm Mascarpone
150 ml Sahne
2 EL Wodka
1 Bund Schnittlauch
Pfeffer
Salz
Saft einer Zitrone

Zubereitung:

Die Sahne steif schlagen, mit dem Mascarpone, Zitronensaft und Wodka vermischen. Schnittlauch (etwas zur Verzierung zurückbehalten) fein hacken und unter die Creme rühren. Mit Pfeffer und Salz abschmecken. Im Kühlschrank 3 Stunden ziehen lassen.
Die Lachsscheiben einzeln auf ein Stück Klarsichtfolie legen. Etwas von der Creme darauf geben und zu einer Rolle formen.. Bis zum Servieren in den Kühlschrank stellen.
Vor dem Servieren wegen der besseren Optik die Enden der Lachsröllchen mit einem scharfen Messer abschneiden. Lachsröllchen auf einer Platte anrichten, Forellenkaviar darüber geben und mit Schnittlauch garnieren.

Gebratener Bauchspeck mit Zwiebelsoße, Kartoffelstampf und braunen Bohnen

Zutaten für 4 Portionen:

Für den Speck:
500 g Bauchspeck in Scheiben

Für die Zwiebelsoße:
4–6 EL gehackte rote oder
    gelbe Zwiebeln
1 EL Butter
2 EL Mehl
ca. 4 dl Milch
1 TL kalte Butter

Für den Kartoffelstampf:
750 g Kartoffeln
2 dl kochende Milch
1 EL Butter

Für die Bohnen:
4 dl braune Bohnen
1–1,5 l Wasser
2–4 EL Sirup
3–5 EL Essig
1–1,5 TL Salz
Salz, Pfeffer, Muskatnuss
    (gerieben)

Zubereitung:

Speck:
Die Schwarte jeder Scheibe an mehreren Stellen einschneiden. Den Speck leicht salzen und pfeffern und in der Pfanne bei mittlerer Hitze 1–2 Minuten pro Seite braun anbraten.

Soße:
Die Butter in einem Topf zerlassen, Zwiebeln zugeben und anschwitzen (nicht bräunen). Mit dem Mehl bestreuen und unter Rühren erhitzen, bis die Masse eine goldbraune Farbe annimmt. Nach und nach die Milch unter Rühren hinzugeben, dabei die Soße nach jeder Milchzugabe unter Rühren zum Kochen bringen. Bei geringer Hitze unter gelegentlichem Umrühren mindestens 5 Mi-

nuten köcheln lassen. Mit Salz und Pfeffer würzen. Topf vom. Herd nehmen, und 1 TL kalte Butter oder ein wenig ausgebratenes Fett vom Bauchspeck hinzugeben.

Kartoffelstampf:

Die geschälten und geviertelten Kartoffeln in gesalzenem Wasser kochen. Wasser abgießen. Mit einem Kartoffelstampfer zu Brei stampfen. Die heiße Milch nach und nach kräftig mit dem Schneebesen unter die noch warme Kartoffelmasse rühren, bis der Brei luftig ist. Mit Pfeffer, Salz und Muskatnuss würzen.

Braune Bohnen:

Bohnen abspülen und einige Stunden in kaltem Wasser ruhen lassen. In diesem Wasser in einem Topf bei geringer Hitze zugedeckt 1,5–2,5 Stunden (je nach Bohnensorte) langsam köcheln lassen. Ab und zu umrühren und gegebenenfalls Wasser zufügen, bis die Masse sämig ist. Mit Sirup, Essig und Salz würzen.

Köttbullar mit brauner Soße, Preiselbeeren und Kartoffeln

Zutaten für 4 Portionen:

Für die Hackfleischbällchen:
1,5 dl Milch
5 EL Paniermehl
500 g Hackfleisch
    (Rind oder gemischt)
½ Zwiebel (geschält und
gehackt)
1 Ei
1 TL Salz
½ TL Zucker
Pfeffer
Butter oder Margarine
    zum. Braten

Für die Soße:
2 EL Butter
2 EL Mehl
4 dl Rinderbrühe
1 dl Schlagsahne
½ TL Sojasoße
Salz, Pfeffer
750 g Kartoffeln
Preiselbeeren aus dem Glas

Zubereitung:

Hackfleischbällchen:
Das Paniermehl in eine Schüssel geben und mit der Milch vermischen. 10 Minuten ruhen lassen. Hackfleisch, Zwiebel, Ei, Salz, Pfeffer und Zucker zugeben und zu einer geschmeidigen Masse vermengen.
Die Hände mit kaltem Wasser befeuchten und kleine Bällchen aus der Masse formen. Die Bällchen nach und nach im heißen Fett braten, dabei die Pfanne ab und zu schütteln, damit die Köttbullar sich darin bewegen und ihre runde Form, bewahren.

Soße:
Die Butter in einem Topf zerlassen. Das Mehl unter Rühren zugeben und die Masse erhitzen, bis sie eine

goldbraune Farbe annimmt. Rinderbrühe, Sahne und Sojasoße zugeben und unter Rühren erhitzen. 2 Minuten köcheln lassen. Mit Salz und Pfeffer würzen.

Beilagen:
Die Kartoffeln in Salzwasser kochen und abgießen. Mit Preiselbeeren servieren.

Jakobs Lachs mit gebackenen Süßkartoffeln, Gemüse und Frühlingsschmand

Zutaten:

Für den Lachs:
4 Lachsfilets
2 halbe Zitronen
2 zerstoßene Knoblauchzehen
Salz
Butter

Für die Beilagen:
4 mittelgroße Süßkartoffeln
4 EL Schmand
4 Frühlingszwiebeln
Zitronensaft

Für das Gemüse:
Lauch
2 Zucchini
2 Auberginen
2 Paprika (rot oder gelb)
2 gelbe Zwiebeln
50 ml Gemüsebrühe
Zitronensaft
Pfeffer, Salz
Olivenöl zum Braten

Zubereitung:

Beilagen:
Die Süßkartoffeln waschen und rundum mit einer Gabel mehrfach einstechen. Die Knollen einzeln in Alufolie wickeln und im Backofen 45–60 Minuten bei 200 Grad backen.

Die Frühlingszwiebeln in feine Ringe schneiden und mit dem Schmand verrühren. Mit Zitronensaft, Salz und Pfeffer würzen.

Lachs:
Die Butter bei mittlerer Hitze in einer Pfanne schmelzen. Den Lachs mit der Hautseite nach oben in die Pfanne geben und anbraten, bis die Unterseite am Rand eine leicht braune

Farbe annimmt. Den Lachs auf die Hautseite wenden. Die zerstoßenen Knoblauchzehen sowie die beiden Zitronenhälften (mit der Schnittfläche nach unten) mit in die Pfanne geben. Den Fisch braten, bis er an der Seite gar aussieht. Dann erneut Butter in die Pfanne geben und diese aufschäumen lassen. Den Lachs auf der Hautseite gar braten, dabei mehrfach mit der geschmolzenen Butter übergießen.

Ein wenig Saft aus der Zitronenhälfte auf den Lachs träufeln und heiß mit der krossen Seite nach unten servieren.

Gemüse:
Die Zucchini putzen, waschen und in 1 cm dicke, halbierte Scheiben schneiden. Die Paprikaschoten halbieren, entkernen und in 1 cm breite, halbierte Streifen schneiden. Auberginen waschen, in ca. 1 cm dicke

Scheiben und diese in mundgerechte Stücke schneiden. Zwiebeln schälen und in schmale Streifen schneiden. Das Öl in der Pfanne erhitzen und die Zwiebeln darin bei mittlerer Hitze 1–2 Minuten glasig dünsten. Paprika hinzugeben und unter Rühren 1–2 Minuten garen. Gemüsebrühe, Zucchini und Auberginen zugeben und ca. 6 Minuten schmoren. Mit Salz, Pfeffer und Zitronensaft abschmecken.